장미 ✝ 눈물

원제 예수의 눈물 イエスの涙

피터 샤비에르 장편소설

PETER CHAVIER

정만호 옮김

제자들에게 오사 그 자는 것을 보시고

베드로에게 말씀하시되

너희가 나와 함께 한 시간도

이렇게 깨어 있을 수 없더냐

[마태복음 26:40]

목차

프롤로그

2013년 4월 16일. 미합중국 뉴욕주州 레드 훅.

"쇼핑하러 안 갈래요. 그래도 돼요?" 쇼핑가기를 늘 은근히 기다렸던 데이빗이 갑자기 말을 꺼냈다.

존 도나휴와 아내 메리에게 매주 토요일 오후 외아들 데이빗과 함께 쇼핑몰로 하는 외출은 일상이었다. 사고 싶은 장난감과 게임, 과자 등의 리스트를 가득 적은 종이를 들고, 차 속으로 뛰어 들어 오는 아들의 모습을 그렸던 그들에게는 조금 의외의 말이었다.

"최근에 샀던 비디오게임을 하고 싶어서 그러나…."

이렇게 아들의 말을 이해한 존과 메리는 데이빗을 집에 두고 쇼핑몰을 향하였다.

평소 아들이 잠들었을 때까지 기다렸다가 깨지 않도록 조용하게 이야기를 하곤 했던 부부에게 오늘은 오랜만에 갖는 둘 만의 시간이었고 또 그것이 무척 즐거웠다. 아이에 대한 교육 방법이나 장래의 비전 등 차 속에서의 나눈 대화는 늘 나누던 부부간의 화제들이었다. 쇼핑몰에서도 서로 행복한 미소를 지으며, 결혼하기 전의 추억으로 이야기꽃을 피웠다.

두 사람은 3시간 정도 쇼핑을 즐기고 1주일 치의 식료품을 사가지고 집으로 돌아왔다. 평소처럼 리모컨으로 차고의 문을 열며 서로의 표정을 바라보고 기쁨과 행복감에 빠져 있었다. 특히나 오늘은 데이빗의 생일이었다. 이제부터 셋이서 아들이 가장 좋아하는 해산물 피자와 케이크를 만들 예정이었다.

집에 도착한 부부는 데이빗이 차 소리를 듣고 현관 밖으로 뛰어 나올지, 나오지 않을지 내기를 했지만 두 사람 모두 '뛰어 나온다' 쪽으로 걸었다. 하지만 두 사람의 예상을 깨고 데이빗은 나오지 않았다.

"아마 게임에 몰두하고 있을 거야."

메리의 말에 존이 맞장구치며 두 사람은 큰 짐들을 차에서 내려 걷기 시작하였다. 그런데 숲에 가로막혔던 현관이 보이기 시작하면서 그들의 눈에는 믿을 수 없는 광경이 들어왔다.

정원에 세워진 큰 십자가 예수 상像이 사라져버린 것이다. 그리고 사라진 십자가상 옆에는 데이빗이 혼이 나간 듯 멍한 눈으로 서 있었다. 그의 발 옆으로 전기톱이 굴러다니고 있었다. 그리고 땅 위로 무엇인가 태워진 자국이 있었고, 그곳에서 조금씩 연기가 피어오르고 있었다.

그때까지 두 사람을 감싸고 있던 달콤한 분위기는 일순간에 사라져 버렸다. 두 사람은 손에 들고 있던 짐을 자기도 모르게 땅에 떨어뜨리고 데이빗에게 달려갔다. 메리는 데이빗의 어깨를 끌어안고 머리를 쓰다듬은 후, 부상은 없는지 확인한 다음 숨이 막히도록 힘껏 부둥켜안았다.

"누구와 무슨 일이 있었던 거야?"

"제가 이렇게 했어요."

데이빗은 어머니의 질문에 그렇게 한마디로 대답했을 뿐 더 이상 아무 말도 하지 않았다. 존과 메리는 데이빗과 주변의 상황에 아연실색하면서도 무슨 일이 벌어진 것인지 이해하려고 필사적으로 노력했다.

정원에 세워진 큰 십자가 예수 상은 도나휴 가家의 자랑이었다. 그것은 데이빗의 할아버지이자 존의 아버지인 제임스 도나휴가 예수 그리스도에 대한 신앙과 사랑을 자손에게 전하고 싶어서 50년 전에 세운 상이었다. 도나휴 가는 그 지역에서 가장 독실한 크리스찬 가정으로 알려져 있었고 그 상징으로서 십자가 예수 상이 도나휴 가를 영원히 지켜 줄 것으로 믿으며 소중하게 관리하여 온 것이다.

데이빗의 팔과 옷에 묻어있는 톱밥들, 손에 든 라이터, 타다 남은 신문지, 손가락에 그을린 자국들이 지금의 상황을 하나하나 알려주는 듯 하였다. 데이빗의 말대로 십자가 예수 상을 쓰러뜨려 태운 것은 제 3자의 범행이 아니고 데이빗이었던 것이다. 존과 메리에게 데이빗은 아직 어린 아들이었지만 도나휴 가의 상징에 대한 파괴를 목격한 순간의 감정은 놀람에서 분노로 바뀌기에 충분한 것이었다.

"이 십자가가 얼마나 소중한 것인지 너도 잘 알잖아! 너에게 수도 없이 이야기했는데도 잊은 거야? 이 상은 우리 집안의 보물이야! 이 상이 도나휴 집안을 지금까지 지켜준 거라고! 왜 이런 짓을 한거야? 어서 말해봐!"

메리는 실망과 분노로 아들에게 큰 소리로 호통을 쳤다. 데이빗은 언제나 온순하였으며 부모를 화나게 하거나 걱정을 끼치는 일은 거의 한 적이 없었다. 그래서 그들은 그 상황을 더욱 믿을 수가 없었다. 마치 공포 영화에 나오는 한 장면을 보고 있는 것만 같았다. 그러나 지금 존과 메리에게 벌어지고 있는 일들은 의심할 것도 없는 현실이었다.

"왜? 어째서 이런 일을 한 거야?"

몇 번이나 끈질기게 묻는 아버지에게도 데이빗은 여전히 대답 없이 고개를 숙인 채 입을 다물고 있었다. "데이빗! 도대체 어떻게 된 일인지 말해보라니까?" 존은 데이빗의 몸을 강하게 잡아 흔들며 분노했다.

지금까지 본 적이 없는 아버지의 심한 노여움에 데이빗이 드디어 입을 열었다.

"예수님이 너무 고통스러워 하기에…. 제가 그만…."

땅만 보던 데이빗이 힘겹게 입을 열었다. 그리곤 눈물이 볼로 흘러내렸다.

"예수님이 고통스럽다니? 그게 무슨 말이야! 그게 십자가를 태운 것과 무슨 상관이 있는데? 그렇게 무책임한 말을 하면 안 되지!"

데이빗의 대답에 존은 어찌할 바를 몰랐다. 불안에 떨던 메리도 남편의 격한 분노에 허둥대면서도 아들이 저지른 무서운 현실을 실감할 수 없어 정신이 혼란스러웠다.

"데이빗. 너도 이제 12살이야. 자신이 어떤 일을 했는지 정도는 알지? 이제 차분하게 진실을 말해봐. 어떻게 된 일이지."

분노를 필사적으로 가라앉히면서 냉정하게 존이 말했다. 그러나 데이빗은 사죄하기는커녕 입을 벌리는 시늉도 하지 않았다. 부모의 어떤 설득에도 데이빗은 단지 가만히 고개를 숙이고만 있었다. 메리는 존의 꾸중에도 최소한의 변명도 없이 계속해서 입을 다물고 있는 아들의 완고한 모습에 두려움마저 느껴지기 시작하였다. 데이빗이 자신의 손이 닿지 않는 곳으로 가버릴 것만 같은 불안감이 메리의 머릿속을 흔들었다.

"네가 정말 이제까지 내가 키운 온순했던 네 아들 데이빗이야? 네게 도대체 무슨 일이 일어난 거야?"

반 시간정도 경과했을 즈음에서야 두 사람의 질문에 대한 대답도, 자신의 행위에 대한 반성도 없는 데이빗의 모습에 부부는 더 이상 질문을 해보아도 결말이 나지 않을 것이라는 것을 느꼈다.

“나중에 다시 말하자. 일단 네 방에서 기다리고 있어. 어서!”

그렇게 데이빗을 자기 방으로 가게 한 뒤 두 사람은 거실에서 이제부터 어떻게 하면 좋을지 상의하기 시작하였다. 그들은 데이빗이 무엇인가 사악한 악령에 홀린 것인지, 아니면 정신 이상이 생긴 것은 아닌지 라는 걱정을 하기 시작했다. 메리는 슬픔과 불안으로 눈물이 멈추지 않았고, 존은 분노로 가슴이 터질 것만 같았다.

“더 이상 우리 손으로는 어떻게 할 수 없을 것 같아. 메도윗도 신부와 상의해야겠어.” 존과 메리는 이 믿을 수 없는 상황에 부모로서 자신들의 한계를 느끼고 마이크 메도윗도 신부에게 이 악몽과 같은 사건을 상의하기로 했다. 메도윗도는 집에서 가까운 가톨릭교회의 주임사제로서 데이빗 가족과도 친분이 있었고 덕망 있는 신부였다.

제 1 장 위기

기독교의 위기

† 바티칸 비밀 회의

칠월 초순, 김성일 신부는 밝은 아침 햇살을 받으며, 로마의 바티칸으로 발걸음을 재촉하고 있었다.

"왜 이렇게 시간이 빨리 지나가는 걸까." 3년 6개월의 유학 생활을 마치고, 곧바로 일본으로 귀국하려던 김 신부는 로마에서 있었던 추억들을 상기하고 있었다. 그는 이제까지 신세지고 있었던 교회를 떠나 버스로 바티칸을 향하고 있었다. 차창 밖으로 보이는 로마의 거리와 풍경은 언제 보아도 아름다웠다. 그는 재일 한국인으로서 일본에서 가톨릭 신부가 되기 위해 사제 서품敍品을 받은 것은 그의 나이 28세 되는 해였다. 그 후 4년간 신부로서 일한 뒤, 신학 학위를 따기 위해 로마의 그레고리안 대학Pontificia Universit Gregoriana에 유학생으로 파견된 것이다.

"내년이면 37세라니!"

그는 자신이 벌써 이 나이가 된 것이 믿을 수 없어 마음속으로 중얼거렸다. 로마에서는 신학공부가 주된 일이었지만 일주일에 2, 3일 동안은 신부로서 교회의 일을 적극적으로 도왔다. 기본적으로는 무상 봉사였지만, '고마움의 답례'로 얼마간 받아 쓰기도 하였다.

그는 가까운 여자 수도원에서 매일 아침 미사를 집전하였으며 토요

일과 일요일에는 교회에서 미사를 집전하고 강론을 하였다. 고해실에 들어가 신자들이 범한 죄와 고민을 들어주고 '용서의 성사'를 하거나, 병원을 방문하여 환자들에게 그리스도의 참된 몸이라고 믿는 성체聖體를 주기도 하였다.

그는 또한 결혼식이나 장례식의 미사를 돕기도 하였다. 학비나 기본적인 생활비는 그가 소속한 로만 가톨릭의 일본 간사이關西 제2교구에서 지원을 받고 있었다. 그러나 책값도 만만치 않았었기에 '고마움의 답례'로 받아둔 돈도 많은 유학생활이 도움이 되었다.

바티칸으로 길을 재촉하고 있을 때 부활절 전날의 기초신학 수업의 한 장면이 문득 떠올랐다.

"여러분! 내일은 부활절입니다. 여러분들 각자 출신의 나라의 언어로 주의 부활을 축하합시다!" 교수의 제안에 학생들은 각자 자신의 나라의 언어로 앞을 다퉈서 칠판에 쓰기 시작하였다.

"Happy Easter! Buona Pasqua! 부활절 축하합니다! Frohe Ostern! 復活祭おめでとう！…."

큰 칠판은 순식간에 전 세계의 언어로 채워졌다. 가톨릭교회가 그 이름 그대로 세계 도처에 널리 존재하는 보편적인 교회인 것을 한 순간에 모두가 느낄 수 있었다. 그곳에는 국경을 넘어 세계적인 일치와 조화, 그리고 신의 나라가 존재할 것만 같았다.

바티칸은 세계에 약 10억 명의 신자를 둔 가톨릭교회의 총본산이자 가톨릭 성직자들과 신자들에게는 마음의 고향이었다. 특히 그곳에서 추억을 가지고 있는 사람들, 즉 신학 공부나 일을 했거나, 회의 등 순례자로서 방문한 경험이 있는 사람들에 있어서 한층 더 깊은 의미를 가지고 있었다.

유학 기간이 끝난 뒤 김 신부는 잠시 로마에 체류하고 있었다. 그가 이번 바티칸을 방문한 목적은 어떤 중요한 비밀회의에 참석하기 위해서였다. 그것은 그가 신학박사 취득한 후 최초의 일이었다.

김 신부는 귀국 전에 친구들과 유럽 여행을 하기로 약속하였다. 그러나 그 일정을 취소할 수밖에 없었다. 그가 그때까지 신세졌던 간사이 제2교구의 책임자인 하야타 류조早田隆三 주교로부터 국제전화로 직접 회의에 참석하기를 부탁 받았기에 거절할 수 없었던 것이다. 정확히 말하면 간사이 제2교구 소속의 신부로서 그가 우연히 그때 로마에 있었기 때문이다. 그러나 전화에서의 주교의 음성 속에서 김 신부를 신뢰하고 있다는 것도 함께 전해졌기에 기분은 나쁘지 않았다.

회의 장소는 바티칸의 대성당을 향하여 볼 때 왼쪽에 위치한 신앙교리성信仰教理省, Congregatio pro Doctrina Fidei의 건물 안에 있는 한 회의실이었다. 신앙교리성은 교회의 신앙과 교리문제를 책임지는 부서이지만 한편으로는 악명 높은 이단 심문소로서도 유명한 곳이었다. 1542년부터 가톨릭교회에 큰 쇄신을 불러온 제2회 바티칸공회의(1962~65년)까지는 검사성성檢邪聖省이라고 불리었다.

코페르니쿠스(1473~1543)의 옹호자이며, 천동설을 반대하고 지동설을 주장한 갈릴레오 갈릴레이(1564~1642)도 그곳에서 종교재판을 받았다.

그 후 350년이 지난 1992년, 로마교황 요한바오로 2세는 갈릴레이의 재판이 잘못되었음을 공식 사죄하였고 이로써 교황청은 갈릴레오와의 대립에 대한 반성으로 천문학 연구에 투자하여 천문대를 직접 운영하고 있다.

현재에 와서 과거와 같은 나쁜 이미지는 물론 없지만 그래도 여기에서 심문을 받고 가톨릭의 신앙과 교리에 반대된다고 판단되는 교리나 행위를 철회하지 않아 파문된 사람들은 지금도 있다. 그래서 사람들은 신앙교리성과의 관계 맺기를 꺼려한다.

잠시 동안 갈릴레오 갈릴레이의 장면을 떠올렸던 김 신부는 '신앙교리성'이라고 써진 간판을 보고 다시 현실로 돌아왔다. 그는 떼고 있던 로만컬러를 신사복 안주머니에서 꺼내어 셔츠 옷깃에 채우고 옷을 단정히 하였다. 조금 긴장된 표정으로 회의실로 향하였다.

회의는 신앙교리성 장관으로서 '십자가혐오 신드롬 대책위원회'의 책임자를 맡은 한스 라나 추기경의 말로 시작되었다.

"미리 보내드린 문서로 알려드렸습니다만, 오늘 세계 각국에서 여러분들이 모여 주신 이유는 최근 수년간에 걸쳐 세계 각지에서 십자가에 관련된 일련의 사건들이 일어나고 있기 때문입니다. 우리들은 그것을 일단 '십자가혐오 신드롬'이라고 부르기로 하였습니다. 그것에 대하여 지금부터 여러분들께 보고 드리고 난 이후 어떻게 대처해야할지 토의를 함께 했으면 좋겠습니다. 사실 이 문제는 2013년 10월 30일부터 한국의 부산에서 열리는 세계교회협의회WCC World Council of Churches부산총회에서 논의하려 했습니다. 그러나 이 문제는 아주 민감한 사안이고 또 한국에서는 한국기독교총연합회, 예장합동, 예장통합 등을 포함한 보수 교단들의 반대로 진행하기가 어려울 것 같아 이렇게 급하게 세계교회협의회 에 공식 요청을 했던 것입니다.

오늘 이곳에는 가톨릭뿐만 아니라 다른 기독교 교단의 대표자 분들도 많이 참석하여 주셨습니다. 이에 의견이나 질문을 거리낌 없이 토의하여 주셨으면 좋겠습니다. 다만 이 회의는 어디까지나 교파를 넘어 함께 대책을 강구하는 위한 자리니 신학적인 논쟁은 가급적 피해주시기를 간절히 부탁드립니다."

이번 회의의 사회를 진행하는 라나 추기경은 10년 전 독일에서 로마로 초대된 우수한 학자였다. 처음에는 그레고리안 대학에서 교의신학을 가르치다 후에 신앙교리성 장관으로 임명되었다. 60세가 된 라나 추기경은 여생을 시골의 작은 교회에서 자신이 좋아하던 저작 활동과 독서를 즐기며 조용히 보내려고 교황에게 부탁하였지만 그의 유능함에 교황은 그에게 바티칸에 남아달라 부탁한 것이다. 젊은 시절의 그는 개혁적이었으며 혁신적인 사상가로서 알려졌지만 신앙교리성 장관이 되고 난 후부터는 '보수적인 사람'이 되었다는 소문이 돌았다.

그 회의에 참석한 사람들은 모두 200여명 정도였으며 회의는 대부분 영어로 진행되었다.

† 기독교의 위협

"최근 '십자가혐오 신드롬'은 세계 각지에서 발생하고 있으며 그 현상도 다양합니다. 일련의 사건들과 발병된 사람들이 보여주는 현상의 공통점은 기독교의 상징인 십자가에 대한'혐오'의 감정입니다. 비록 지금 일반사회에는 아직 널리 알려지지 않았지만 보고된 사례의 수가 계속 증가하고 있습니다.

'십자가혐오 신드롬'이란 명칭은 어디까지나 현시점에서 명명한 임시의 이름에 지나지 않습니다. 만약 보다 어울리는 명칭이 있다면 변경될 가능성은 언제든지 충분히 있습니다."

라나 추기경은 안정된 목소리로 천천히 사회를 진행하였다.

"여러분들도 아시는 바와 같이 십자가는 기독교의 상징입니다. 십자가를 무서워하는 사람들에 대하여 우리는 그들의 마음속에 악이 존재하거나, 혹은 그 사람들이 악령에게 컨트롤 당한다고 이해해 왔습니다. 또 악령에게 홀린 사람들은 살인, 거짓, 음란 등을 통해 많은 사람들에게 피해를 준다고 생각해 왔습니다. 이번에 언급된 '십자가혐오 신드롬'은 교회의 십자가를 불태우거나, 훌륭한 기독교 예술작품을 파괴하는 범죄 행위를 말합니다. 그러나 이번에 벌어진 일련의 사건들을 검토해보니 살인이나 폭력, 아동학대 등과 같은 흉악한 범죄행위 사례는 전혀 보고되어 있지 않았습니다. 그렇다고 할지라도 이 문제는 앞으로 모든 기독교 교회에 있어서, 대단히 큰 위협이 될 가능성을 내포하고 있습니다."

이에 관하여 영국 성공회聖公會의 사제로부터 질문이 있었다.

"흉악한 범죄행위를 수반하지 않는 그 신드롬을 모든 기독교 교회가 위험 요소로 볼 필요가 있습니까?"

"이번 '십자가혐오 신드롬'은 전 세계 여러 나라와 지역에서 나타나고 있고, 그 발생 수가 계속 증가하고 있습니다. 문제는 이 신드롬에 의하여 십자가에 대한 부정적인 인상이 확산될 수 있다는 것입니다. 다시 말해, 십자가가 가진 신성하고 숭고한 이미지가 상처를 받을 것으로 예상되며 나아가 기독교와 기독단체 등 전체 이미지에도 큰 손상을 줄 수 있는 위험성을 가지고 있다는 것입니다.

우리 크리스천들은 예수그리스도의 죽음과 부활에 의해 인류에 대한 속죄와 구원이 성취되었다는 것을 절대적으로 믿고 있습니다. 크리스천이 아닌 사람들에게는 이해하기 어렵겠지만, '십자가에 매달려 돌아가신 예수야말로 인류가 기다리고 소망하던 메시아요, 그리스도요, 구세주다'라는 고백이야말로 기독교 신앙의 본질입니다. 그렇기 때문에 기독교는 십자가를 그 상징으로서 숭상해 오고 있으며 크리스천들에게 있어서 십자가는 귀중하고 신성한 것이며 지극히 아름다운 것입니다. 그 때문에 십자가의 이미지를 현저하게 손상시킬 가능성이 있는 '십자가혐오 신드롬'의 존재와 그 확산은 그리스도 교회에 있어서 대단히 위협적인 요소가 될 수 있다고 판단한 것입니다. 만일 이 상태로 '신드롬'의 원인과 확대를 막을 방법을 찾지 못한다면 그 발생자수가 계속 증가하여 전 세계의 그리스도 교회에 치명적인 피해를 줄 것으로 예상됩니다."

그러자 프랑스 칼빈Calvin교회의 목사가 안경을 내려놓고 라나 추기경을 쏘아보며 질문하였다. " '십자가혐오 신드롬'의 증상을 보인 사람들은 크리스천입니까? 만일 그렇다면 어느 교파에서 가장 많이 발생했습니까?" "그들은 모두 기독교 세례를 받은 사람들입니다. 그러나 특별한 교파에 치우치지 않고 가톨릭, 프로테스탄트, 동방정교회, 영국성공회 등 다양한 교파에서 발생하고 있습니다."

칼빈 교회의 목사가 계속해서 질문하였다. "그렇다면 그 '신드롬'은 기독교에 대하여 적대적 감정으로 공격을 목적으로 한 '어떤 악마적 존재'에 의한 것이 아닐까요?" "지금까지 보고된 내용만으로는 아직 정확하게 판단할 수 없지만 그러한 가능성도 배제할 수는 없습니다."

라나 추기경은 대답하였다. 다음 질문자는 나이지리아의 흑인 가톨릭 주교였다. 그는 큰 몸을 일으키며 냉정한 목소리로 질문하였다. " '어떤 악마적 존재'라면 영적 존재만을 의미 합니까? 아니면 현실에 존재하는 구체적인 국가나 어떤 특정 단체 등을 의미할 가능성도 있습니까?"

"그것도 지금 시점에서는 뭐라고 말씀 드릴 수 없습니다. 그러나 십자가에 달려 돌아가신 예수는 자기들이 바라고 기다리던 메시아, 즉 구세주가 아니라고 생각하는 유대교나, 원래부터 십자가에 대하여 호의적이지 않았던 이슬람교나 불교 등의 타 종교, 혹은 공산주의자나 무신론자들에 의하여 이것이 반 기독교적 선전으로 이용당할 가능성도 충분히 있다고 생각됩니다."

"지금까지 발생 건수는 얼마 정도 됩니까?" 계속해서 미국의 가톨릭 주교가 현실적인 질문을 하였다.

"최초로 사건이 발생한 2002년 2월부터 시작하여 지금까지 세계 각지에서 약 200건 정도 확인되었습니다. 미확인된 건수를 포함한다면 그 수가 얼마나 될지 알 수 없습니다. 이 속도로 계속해서 증가한다면 매스컴이나 일반 사회가 알게 될 것이고 기독교가 혼란에 빠지는 것은 시간문제라고 봅니다. 그래서 기독교 교회와 세계교회협의회가 하나로 힘을 합쳐 그런 사태를 미연에 막지 않으면 안 될 것입니다." 라나 추기경은 더욱 뜨겁게 호소하였다. 참석자들은 라나 추기경의 말이 사실이라면 '십자가혐오 신드롬'에 의하여 기독교교회는 대단히 혼란스러운 위기상황에 빠질 수 있다는 것에 공감하였다. 라나 추기경은 말을 계속하였다. "지금 상황은 지극히 심각합니다. 그럼에도 불구하고 신드롬의 원인과 목적이 무엇인지 아직도 확실히 알 수 없고 단지 여러 가지 의문만 있을 뿐입니다. 그 때문에 그 확산을 어떻게 막아야 좋을지 확실한 대책도 방법도 없습니다. 또한 이런 현상이 악령에 의한 싸움이라 해야 할지, 현실적 사회에 기반을 둔 악마적 권력에 의한 것인지 아무도 단정할 수 없습니다. 그래서 여러분들과 이렇게 함께 모여서 이런 상황을 서로 알리고 또한 미지의 정보를 공유하여 유익한 지혜를 얻을 수 있는 기회가 되었으면 좋겠습니다. 다음으로는 조금 더 구체적인 내용에 대하여 스튜어트 추기경의 보고가 있겠습니다."

라나 추기경의 인사와 '십자가혐오 신드롬'의 간략한 설명에 이어 이 위원회의 실무책임을 맡은 영국인 추기경 윌리엄 스튜어트가 자세하게 보고를 하기 시작하였다.

'십자가혐오 신드롬'의 확산

† 색칠된 십자가

2002년 2월. 독일의 뮌헨.

33세의 네덜란드 출생의 폴란드인 건축설계사 '야노슈가고'가 독일의 뮌헨에 있는 알테 피나코텍 미술관에 침입하여 전시된 유명한 '렘브란트'의 그림 『십자가에서 내림』의 십자가 부분을 페인트로 색칠해 버린 사건이 일어났다.

경비원이 알아차리고 황급히 달려갔을 때는 이미 늦었으며 십자가의 대부분이 하얀색 페인트로 빈틈없이 칠해져 있었다.

그 사건은 1972년 5월 21일 오스트레일리아 출생의 헝가리인 '라즐로 도토'에 의해 일어난 미켈란젤로의 걸작품 『피에타Pieta』 파괴사건의 악몽을 사람들에게 되살리게 한 것이었다.

그날 바티칸의 성 베드로 대성당에서 열리는 미사에는 당시 로마교황 파울로 6세의 축복을 받으려고 많은 사람들이 참석하였다. 라즐로 도토는 군중 속에 섞여 들어가 빈틈이 보이자 경비원 그물을 돌파하여 미켈란젤로의 피에타 상을 습격하여 파괴한 것이다. 그는 "나는 예수 그리스도다!" 라고 몇 번씩이나 외쳤으며 가지고 있었던 쇠망치로 15번이나 피에타 상을 내리 쳐 십자가에 내려진 예수를 슬픔에 안고 있는 성모 마리아의 팔을 부수고 마리아의 코와 눈에도 상처를 입혔다.

이 사건으로 라즐로 도토에게는 징역 9년의 판결이 내려졌으며 전 세계의 매스컴은 위대한 예술작품에 대한 테러 행위에 대해 '예수가 성모 마리아를 쳤다'라는 지극히 자극적인 표현으로 이 사건을 대서특필하였다. 예술 애호가뿐만 아니라 전 세계의 사람들, 특히 기독교를 신앙으로 가진 사람들은 슬픔에 잠겼고, 미디어는 눈물을 흘리면서 피에타 상에 모여 슬퍼하는 그리스도 신자들과 많은 예술가들의 모습을 연일 보도하였던 것이다. 야노슈 가고에 의해 발생한 '십자가를 페인트로 빈틈없이 색칠한 사건'에 대해서도 매스컴은 연일 대서특필로 다루었다. 이번에 상처를 입었던 것이 성모 마리아가 아닌 기독교의 상징인 '십자가'였기에 사회적 충격은 더욱 컸던 것이다. 이상한 것은 야노슈 가고도 "나는 예수그리스도다." 라고 주장한 것이다. 때문에 라즐로 도토의 때와 같이 신문이나 텔레비전, 인터넷 뉴스에서도 '예수 그리스도가 십자가를 빈틈없이 색칠했다.' 라는 자극적인 제목으로 화제를 불러 일으켰던 것이다.

그러나 이런 이상한 범행의 원인은 밝혀지지 않았다. 그는 체포된 후에도 영문 모를 말만 되풀이하였고 정신장애로 진단되어 뮌헨의 한 병원에 수용되었다. 그 후 암스테르담의 병원으로 옮겨져 현재도 그곳에서 치료를 계속 받고 있다.

그 사건 이후 여느 때처럼 비평가들의 각양각색의 억측이 쏟아져 세상을 떠들썩하게 하였지만 그 중 어느 것도 상상의 영역을 벗어나지는 못하였다. 아무튼 세상은 대체로 '정신 이상자가 귀중한 문화유산을 파괴하였다.'라는 식으로 해석하고 이해한 것이다. 그리고 그 사건도 매일 잇달아 일어나는 다양한 사건에 휘말려 시간의 흐름에 따라 사람들의 기억으로부터 차츰 사라져 갔다.

아무도 그 사건을 '십자가혐오 신드롬'의 한 예로 생각한 사람은 없었다. 어디까지나 독립된 사건이라고 사람들은 생각하였다. 그러나 이번 '십자가혐오 신드롬 대책위원회'는 그 사건도 '십자가혐오 신드롬'의 대단히 중요한 한 사례로 포함시키기로 하였다. 왜냐하면 그 사건 외에도 십자가를 페인트로 색칠한 사건과 너무나도 닮은 사건이 세계 각지에서 78건이나 발생하였기 때문이었다.

스튜어트 추기경은 다른 사건에 대해서도 하나하나 자세히 보고를 계속하였다. 발생 건수는 적지 않았지만 피해를 입은 작품의 대부분이 이름이 알려지지 않은 작가에 의해 그려진 그림이거나, 각 나라의 작은 도시나 마을에서 일어난 사건이었기 때문에 지금까지는 큰 문제가 되지 않았던 것이다.

그러나 '십자가를 색칠한 사건'과 같은 기괴한 사건이 그렇게도 많이 발생하고 있다는 사실에 회의에 참가한 사람들은 큰 충격을 받았던 것이다.

계속해서 우크라이나에서 일어난 십자가 방화 사건이 소개되었다.

† 태워진 십자가

2012년 12월. 리뷔보. 우크라이나.

가톨릭교회를 다니던 8살 소녀 다치아나 셰후첸코가 십자가 문장을 꿰매 붙인 역사 깊은 국보급 깃발을 교회 밖으로 빼내어 불을 붙여 태워버린 사건이 일어났다.

사제관의 창문으로 우연히 그것을 목격한 사제 미하일 크즈네츠프는 소녀를 멈추게 하려고 큰 소리로 외쳤지만 때를 놓치고 말았다. 십자기(旗)는 이미 다 타버린 후였다. 그때 성당 안에는 다치아나 외에는 아무도 없었던 것이다.

다치아나 사건 외에도 그와 유사한 '십자가 방화 사건'은 70여건 정도 보고되어 있었다. 여기에서도 범인이 십자가를 태운 범행 동기는 '십자가를 색칠한 사건'과 동일하게 불분명하였다.

그 다음은 2013년 4월 16일. 미국 뉴욕 주 레드훅에서 일어난 12세 소년 데이빗 도노휴가 십자가를 태운 사건이 보고되었다. 그리고 독일에서 십자가를 보고 많은 학생들이 집단적으로 몸에 이상을 호소한 사건도 보고되었다.

† 어린이들을 습격하는 십자가

2012년 2월. 독일 바덴 뷔르템베르크 주州 로트와일러.

이 마을에 가톨릭 초등학교 교실에는 십자가가 걸려 있었다. 그 초등학교 교실에서 이상한 사건이 일어났다. 몇 명의 어린이들이 수업 중에 기분이 울렁거려 구토를 했다는 것이다. 대부분의 학생들은 점심을 집에 돌아가서 먹거나, 밖에서 사먹기도 하고, 교내의 식당에서 간단하게 먹기도 하였다. 독일 초등학교는 급식 제도가 없지만 학교는 우선 그 어린이들이 공통적으로 먹은 것과 마신 음료수에 관련된 식중독을 의심하였다. 그런데 위생연구소에 의한 검사 결과와 의사들의 진찰 결과로부터 식중독의 의혹은 전혀 없다고 밝혀진 것이다.

검사 관계자들을 놀라게 한 사실은 구토한 어린이들이 한결같이 '교실의 벽에 걸려 있는 십자가를 보고서 구역질이 났다'는 이해할 수 없는 말을 했다는 것이다.

'십자가를 보고 신체에 이상을 호소한 사건'은 독일의 초등학교뿐만 아니라 다른 나라의 기독교 교회나 기독교계의 시설과 병원 등에서도 57건이나 발생하였다. 그 중에는 구역질뿐만 아니라 심장의 고통, 호흡 곤란 등의 증상도 보고되었다. '신드롬 대책위원회'는 이 사례도 '십자가혐오 신드롬'의 증상의 하나로 포함시켰다.

이 사건은 지금까지 발생한 '십자가 태우기'나 '십자가를 색칠한 사건' 등과는 다르며 십자가에 대한 적극적인 공격성은 보이지 않았다. 그러나 이런 류의 현상도 십자가의 신성함과 숭고한 이미지를 실추시킬 수 있다는 의미에서 큰 영향을 줄 수 있다고 '십자가혐오 신드롬 대책위원회'는 판단한 것이다.

과거에는 환자나 고통 받고 있는 많은 사람들이 십자가를 통해 고통 받는 예수의 모습을 우러러보는 것만으로도 일종의 정화 작용이 일어나 괴로움이 경감되거나 때로는 치유가 어려운 병의 증상이 호전되기도 하였다. 기독교 계열의 병원이나 시설에서 환자들이 잘 볼 수 있는 곳에 십자가를 두는 것은 십자가가 신앙적인 의미와 함께 십자가가 치료적인 효과도 있다는 것을 의미하는 것이었다. 그러나 십자가를 보고 구역질이 나거나, 심장 통증을 일으킨 사건 등은 '예수의 십자가'가 가진 구원이나 치료 효과를 부정하는 이른바 십자가에 대한 도전이라고 대책위원회는 단정 지었다. 오히려 심령 영화에 나오는 십자가를 싫어하는 악령을 그들은 연상하였던 것이다. 그 후 참석자들에게 몇 가지 비슷한 사건들이 계속 보고되었다. 그 자리에 참석한 사람들 대부분은 그 내용에 큰 충격을 받았으며, '십자가혐오 신드롬'이라는 명칭도 이해되면서 기독교 전체에 있어서 매우 심각한 문제라고 인식되기 시작하였던 것이다. 그런 생각은 김 신부도 마찬가지였다. 시간상의 이유로 논의 자체는 그다지 깊이 다루어지지 못하였지만 이번 보고를 토대로 다음번에 깊은 논의를 하기로 하고 폐회를 선언하였다.

신의 경고

† 태우지 않았던 예수의 상

두 번째 '십자가혐오 신드롬'에 관한 회의는 최초 회의로부터 약 1개월 뒤에 있을 예정이었다. 그 동안 김 신부는 귀국을 미루고 로마에서 같이 공부한 동료들이 있는 교회들을 방문하며 혼자서 유럽 여행을 여유롭게 즐겼다.

이번 회의는 2일간의 예정으로 첫 회의 때의 참석자들이 다시 소집되었지만 시간이 그다지 경과되지 않아 세계 각국에서 흩어져있던 참석자들이 다시 모이기엔 스케줄에 다소 무리가 있었다. 그리하여 지난번 회의 참석자 수의 약 3분의 1 정도는 새로운 사람들이 올 수밖에 없었다. 이날은 처음으로 십자가를 태운 데이빗 도노휴의 경과와 마이크 메도윗도 신부의 보고에 근거하여 스튜어트 추기경의 사회로 진행되었다.

"이번 보고서에 의하면 '십자가혐오 신드롬'에 관한 새로운 관점이 전개 되었습니다. 그것에 대하여 먼저 보고를 드린 후에 여러분들의 의견을 듣기로 하겠습니다." 그렇게 말하고 스튜어트 추기경은 마이크 메도윗도 신부의 보고서를 상세하게 설명하였다.

마이크 메도윗도 신부는 데이빗이 언제나 열심히 교회에 다녔으며, 제단봉사자의 일도 맡았던 신앙 깊은 그가 갑자기 십자가를 전기톱으로 자른 뒤 불에 태운 기괴한 행동을 한 이유를 이해하기 어려웠다고 하였다. 신부는 양친과 상의하여 데이빗과 두 사람만이 이야기를 할 수 있는 시간을 갖기로 하였다.

"데이빗, 어째서 십자가를 태웠지? 그 이유를 나에게 이야기 할 수 있을까?" 메도윗도 신부는 상냥하게 질문하였다. 데이빗은 대답을 주저하고 있었다. 그러나 그의 모습은 평소와 조금도 변함이 없었다. 무엇인가 나쁜 짓을 했다고 하는 기색도 보이지 않았다.

"데이빗, 나는 네가 신앙심이 깊고 매우 마음이 상냥한 아이인 것을 잘 안다. 그런 네가 이유 없이 십자가를 태웠다는 것을 나는 도저히 믿을 수가 없어. 꼭 무엇인가 이유가 있을 것 같은데… 그렇지? 뭔가 이유가 있지? 아버지와 어머니의 이야기만으로는 네가 무엇인가 악령에 홀린 것 같은 느낌이라 하던데. 나는 그런 말은 믿을 수가 없어. 그래서 진실을 알고 싶어. 너에 대한 오해를 풀고, 아버지와 어머니를 안심시켜 드리고 싶은데." 메도윗도 신부는 다시 말을 걸었다. 데이빗은 그 말에 수긍하듯 겨우 입을 열었다. "신부님! 아버지와 어머니에게 이야기를 했던 것처럼 정말 아무것도 없어요."

"그래, 단지 너의 부모님은 소중한 십자가를 태운 것 그 자체에 흥분해서 네가 무슨 말을 했는지 충분히 귀에 들리지 않았을 거야. 들었다 해도 그 내용이 이해가 되지 않았을 것 같은데. 할 수만 있다면 지금 다시 한 번 나에게도 그 때 무슨 일이 있었는지 이야기를 해줄 수 있을까? 같은 이야기를 몇 번이나 하게 해서 미안하지만…." 신부가 그의 부모처럼 화내지 않는 것에 안심을 한 것인지 데이빗은 조용히 말을 꺼내기 시작하였다.

"정확히 지난 주 금요일 밤이었어요. 내 방에 걸려있는 십자가 앞에 무릎을 꿇고 기도를 하고 있었어요. 그러자 갑자기 십자가상에서 죽어가는 예수님의 괴로움이 저의 아픔으로 전해져 온 거에요. 이제까지 그런 느낌을 받아 본 적은 전혀 없었어요. 이상하죠? 그리고 나서 저는 너무나 슬펐고 눈물이 끊임없이 흘러내렸어요." 그렇게 말하는 동안에도 데이빗의 눈에서는 눈물이 당장이라도 흘러 떨어질 듯 글썽거렸다.

"예수님의 괴로움이 아픔으로 전해져 왔다고?" 데이빗의 말을 신부는 작은 목소리로 되풀이하였다.

"부모님에게도 그렇게 말했어요! 그런데 아버지는 큰소리로 '예수님이 괴로워하신 것과 네가 십자가를 태운 것과 도대체 무슨 상관이 있다는 거야!' 라며…."

그것이 사실 신부가 듣고 싶었던 말이었다.

십자가에 매달려 고통을 당하는 예수에게 동정을 느끼는 것은 감수성이 강한 순수한 어린이들에는 자주 있는 일이다. 그것은 달리 희귀한 것도, 새로운 것도, 이상한 것도 아니다. 어떤 의미에서는 당연한 것이며 그런 생각을 어린이들이 느끼는 것은 오히려 그들의 마음이 순수하고 다정다감하다는 뜻이며 좋은 현상이라고 신부는 생각을 한 것이다.

인류를 위해 구세주로 오신 예수의 생애와 십자가의 고난과 부활을 이해한다면, 사랑으로 인류의 지은 모든 죄를 용서하고 구원해 주신 것에 대한 감사의 마음도 누구나 자연스럽게 이해할 것이다.

어린이가 어른으로 성장함에 따라 성숙한 신앙인으로 변화하는 모습을 신부는 많이 보아왔다. 그러므로 데이빗이 십자가에 매달려 돌아가신 예수의 고통을 느낀 것을 신부로서 조금도 의심하지 않았다. 그러나 데이빗이 왜 십자가를 태웠는지에 대해서는 이해되지 않았다. 그래서 신부는 그것에 대하여 질문하기로 하였다. 그런데 마침 그 때 교회의 식사를 담당하고 있는 위트 부인이 당황하며 황급히 신부를 찾았다. "신부님! 갑자기 바카 부인이 쓰러졌다고 해요. 성 프란치스코 병원에 입원했다고 가족으로부터 지금 전화가 왔는데 의식 불명의 혼수상태라고요. 급히 '환자의 도유塗油의 성례'(환자에게 정신적 원조와 힘을 주는 가톨릭의 의식)를 주셨으면 한다는데 어떻게 하시겠어요?" "그래요? 바로 간다고 전해주세요!"

급하게 준비를 끝마친 신부는 "데이빗! 오늘 이야기는 다음 주에 다시 하기로 하자. 계속 들려줬으면 해." 라고 말하고 현관문을 열고 나갔다.

"병실은 325호실이에요!"

위트 부인이 급하게 차를 오르고 있는 신부에게 외쳤다.

"알았어요. 고마워요. 데이빗의 집에 전화해서 그를 데리러오라고 전해 주세요. 내일 내가 다시 연락하겠다는 것도. 그럼 데이빗, 또 만나자." 신부는 그렇게 말하고 차에 올라탔다.

'신부님은 정말로 바쁘시네….' 데이빗은 마음속으로 그렇게 중얼거리며 위트 부인과 함께 신부를 배웅하였다.

데이빗과의 대화를 '환자의 도유의 성례'로 중단해야 했던 메도윗도 신부는 다음 주 수요일 오후 도노휴 가를 방문하여 타버린 십자가가 있는 곳을 가보기로 하였다. 그 십자가 예수상은 유명한 조각가에 의해 새겨진 것으로 신부도 몇 번 본적이 있어 기억하고 있었다. 얼마쯤 시간이 지났을까 땅을 자세히 살펴보며 웅크리고 있었던 신부가 "혹시… 어쩌면?" 이라고 존과 메리가 들릴 정도의 목소리로 말하였다.

"무슨 일이죠 신부님?"

"여기에서 데이빗이 십자가를 태운 건가요?" 신부는 지면에 희미하게 남아있는 재를 가리키며 물었다.

"네. 그렇습니다만…. 그건 왜…?" 존이 의아하게 말하였다.

"확실히 십자가와 예수님의 상은 다른 나무로 되어 있습니다. 확실하진 않지만 다른 나무라도 불에 탄 재는 같지 않습니까?" 그렇게 신부에게 말을 했지만 두 부부는 아직 신부가 어떤 말을 하려고 하는지 알 수 없었다.

"…뭐라고 말씀하셨지요?"

"데이빗이 십자가와 예수 상 양쪽 모두 태웠다고 말씀하셨습니까?"

"아니요. 그렇게는 물어보지 않았지만, 우리는 양쪽 모두 태웠을 것이라고 생각했습니다만…. 신부님의 말씀은 십자가만 태우고 예수 상은 태우지 않았다는 겁니까?"

"아니요. 단지…. 어쩌면 그럴지도 모른다는 생각이 들어서요."

"그렇다면 대단히 기쁜 일이네요! 십자가는 다시 만들면 되지만 그 예수 상은 만들었던 조각가도 돌아가시고 안 계셔서. 그 정도의 조각상을 새길 수 있는 사람을 찾기란 그리 간단하지 않지요. 그런데 신부님은 어째서 데이빗이 십자가만 태우고 예수 상은 태우지 않았을 거라고 생각하시는 겁니까?"

"음. 어째서 인지는 알 수 없지만 이곳에 타다 남은 재를 보고 갑자기 데이빗이 지난번에 해준 이야기가 생각났어요. '예수님의 괴로움이 아픔으로 전해져 왔다'며…. 데이빗은 두 분에게도 그렇게 이야기를 했다고 하던데…" 신부는 조금 장난스러운 눈빛으로 미소를 지으며 이야기를 하였다.

"그 때 우리 두 사람은 너무나 놀라서 어찌할 바를 몰랐습니다. 그 이야기를 들었는지 모르겠지만, 잘 기억이 나지 않습니다."

"만약 데이빗이 예수님의 십자가의 고통을 느껴서 동정심을 가지고 한 행동이었다면 예수의 상은 혹시 태우지 않고 그대로 있을지도 모른다는 생각이 문득 떠오른 거죠. 그다지 꾸짖지 말고 한 번 더 상냥하게 물어보세요." 신부는 두 사람에게 그렇게 다정하게 이야기하고 데이빗은 만나지 않고 돌아갔다.

신부가 이야기한 그대로였다. 데이빗은 십자가만을 태웠고 예수 상은 태우지 않았던 것이다. 예수 상은 데이빗이 혼자서 자주 놀던 지하실에 두었던 것이다. 그곳에는 매트리스가 깔려있었고 그 위에 예수는 편안하게 누워있었다. 존과 메리에게는 전등 빛에 반짝이는 예수상이 지금까지 보아 왔던 어떤 상 보다 더 아름답게 느껴졌다. 데이빗이 지저분했던 예수 상을 깨끗이 닦아 둔 것이다.

그 소식을 들은 신부도 그렇게 무거운 예수 상을 아이 혼자서 운반한 것에 대하여 놀라워하였다. 부부는 언제나 상냥했던 데이빗의 다시 모습을 볼 수 있게 되어 정말 기뻤다. 데이빗의 생각과 행동은 약간 엉뚱했지만 악령에게 사로잡히거나 홀리지 않았다는 것에 그들은 안심을 하였다. 그러나 어째서 십자가를 태웠는지에 대하여는 여전히 의문이었다.

"여러분! 이번 메도윗도 신부의 보고를 바탕으로 '십자가나 깃발을 태운 사건'과 '십자가를 색칠한 사건'을 한 번 더 자세히 조사해 본 결과, 데이빗의 사건과는 공통점이 많다는 것이 밝혀졌습니다. 다시 말해 태워지거나 색칠을 당한 것은 '십자가'뿐이었으며 예수의 그림이나 조각상 자체가 아니었다는 것입니다." 스튜어트 추기경이 보고를 마치자 회의실의 긴장된 분위기는 약간 누그러졌다.

† 잃어버린 십자가의 본래의 모습

"그러면 여러분들의 의견을 들어 보겠습니다."

스튜어트 추기경의 말이 끝나자 처음으로 손을 든 사람은 독일 루터 교회의 목사였다.

"지난번 회의에서 최근 수년간에 걸쳐 예수의 십자가에 관련된 사건이 일어난 것에 대하여, '십자가혐오 신드롬'이라고 부른 것은 당연하다고 생각했습니다. 그러나 오늘 보고를 들으면서 그 명칭은 부정적이어서 어울리지 않다고 느껴졌습니다. 데이빗 도노휴는 물론이고 다치아나 셰후첸코나 야노슈 가고들은 십자가를 태우거나 페인트로 색칠한 것뿐이지 예수 자체를 훼손한 것은 아니었기 때문입니다. 데이빗은 예수의 고난에 대하여 오히려 동정심을 가지고 있었습니다. 그래서 그 신드롬의 명칭을 바꿀 필요가 있다고 생각합니다."

"확실히 그 신드롬의 관련된 사람들이 예수 자체에 대한 혐오감은 나타내지 않았지만 십자가에 대해 드러낸 혐오감은 분명하고'십자가혐오 신드롬'이라고 하는 명칭은 아직 변경해서는 안 된다고 생각합니다." 네덜란드의 가톨릭 신부가 그렇게 이의를 제기하자 몇몇 사람들이 그 말에 동조하였다.

미국의 침례교 교회의 목사가 의외의 발언을 하였다. "어쩌면 그 일련의 현상은 예수님과 기독교에 반대하는 사탄이나 악한 세력으로부터 오는 것이 아니라 오히려 선善으로부터 오는 … 굳이 말하자면 신으로부터 오는 경고라고 생각하지는 않습니까?"

그리스정교회의 한 사제는 그 모순을 지적하였다. "그러나 그 경고가 신으로부터 온 것이라면 십자가나 십자기를 태우고, 성화聖畵의 십자가를 페인트로 색칠하는 행위는 신성에 대한 범죄…. 모순이라고 생각하지 않습니까?"

"그들의 행위를 신의 관점에서 본다면 범죄인지 아닌지 단언하기란 어렵습니다. 예수님자신도 예루살렘 성전에서 장사하는 사람들의 좌판을 뒤집어 엎은 적이 있지 않습니까?" 미국의 침례교회 목사는 예수의 행위를 예로 들어 말한 뒤 어떤 인물을 소개하였다.

"여러분들도 이미 알고 계시리라 생각됩니다만 '십자가혐오 신드롬'에 대하여 다시 한 번 생각해볼 시간이 되기를 바라면서 한 인물을 소개해 드리겠습니다. 그 인물은 12세기에 십자가를 우상숭배로 규정하고 십자가 파괴운동을 추진한 '페토로 부류이'입니다. 그의 주장에 많은 사람들이 동참했지만 최종적으로는 이단자로 몰려 화형을 당했습니다. 페토로 부류이와 그 추종자들이 파괴한 것은 물론 십자가만이 아니었지만, 그들은 십자가를 우상숭배의 중심이라고 생각했습니다. 여기에서 주목해 주셨으면 하는 것은 지금도 가톨릭교회에서는 그를 이단자로 규정하고 있지만 우리 침례교회에서는 그를 우상숭배를 거부하고 참된 신앙을 지킨 순교자로서 존경하고 있다는 것입니다.

확실히 그의 행동에는 극단적인 면이 있었을 것입니다. 그러나 십자가를 우상 숭배하는 당시 기독교의 틀린 풍조에 대하여 목숨을 걸고 반대했다는 것은 긍정적으로 평가되어야 한다고 생각하지 않습니까? 침례교회는 그가 이단자로서 처형된 일은 잘못된 일이고 또한 그의 명예를 회복 시켜주기를, 아마도 그러한 일은 이루어지지 않겠지만…. 가톨릭교회에 부탁드립니다.

제 생각에는 이 일련의 사건들이 어쩌면 기독교 교회와 일반 사회로 점점 퍼지고 있는 '십자가 우상숭배'에 대한 경고이자 비판이 아닐까 생각됩니다."

"좀 더 구체적으로 말씀해 주시겠습니까?" 스튜어트 추기경이 요청하였다. 침례교 목사는 계속 말을 이어갔다.

"이 세상을 보면 잘 알겠지만 현대사회에서의 '십자가'는 구원이나 신앙적 의미를 모르는 많은 사람들에게는 단순한 장신구 정도로 이용되고 있습니다. 이런 풍조는 결코 신께서 기뻐하시지 않을 것이라 생각됩니다." 스튜어트 추기경은 이야기를 들으면서 '십자가 우상숭배'에 관하여 좀더 자세한 설명이 필요하다고 느껴졌다.

"그럴 수도 있겠지만 그것만으로 신의 분노나 경고라고는 생각되지 않습니다. 그러나 귀중한 의견 정말 고맙습니다. '십자가에 대한 우상숭배의 비판'이라는 의견이 나왔는데, 위르겐 바르타자르 교수께서는 어떻게 생각하십니까? 오랫동안 '십자가'를 연구해 온 입장에서 '십자가와 우상숭배'라는 관점에 대하여 구체적인 의견은 없습니까?"

독일의 프로테스탄트로 유명한 학자인 바르타자르 교수는 갑자기 자신의 의견을 물어오자 조금 당황한 듯, "여러분들에게 참고가 될지, 어떨지 모르겠지만…." 하고 말을 꺼냈다.

"기독교의 상징인 십자가는 지금 확실히 기독교 신자들에게 있어서 숭상의 대상이며 기독교 신앙의 상징입니다. 또 크리스천뿐만 아니라 많은 일반사람들에게도 호의적으로 받아들여지고 있습니다. 그러나 여러분들도 아시는 바와 같이 처음부터 그랬던 것은 아닙니다. 십자가는 본래 고대 국가에서부터 사용되었던 가장 잔혹한 형틀로서 죄인을 처형하던 도구였습니다. 기원후 30년경 예수가 십자가로 죽음을 당할 당시에도 사람들이 생각하는 '십자가'의 이미지란, 현대의 크리스천들처럼 십자가를 목과 귀에 걸거나 액세서리 등으로 즐기는 사람들과는 현저히 달랐습니다. 당시 십자가는 공포의 대상이었으며 그것을 생각하는 것만으로도 구역질이 날 것 같은 혐오감과 잔혹한 이미지를 가지고 있었습니다. 그것은 우리가 교수형이나 화형, 길로틴(Guillotine, 목을 자르는 장치)이나 총살, 전기의자 등을 떠올렸을 때에 느끼는 이미지와 비슷합니다. 십자가형이 당시 처형 방법 중 가장 잔혹했던 까닭에 십자가에 대한 이미지는 더욱 나빴습니다. 따라서 초대교회의 사도들과 크리스천들은 기독교의 상징으로 십자가를 결코 사용하지 않았습니다. 로마제국의 박해 아래 크리스천들이 비밀집회장소로 사용했던 카타콤베Catacombe라 불리는 지하묘지의 벽화에도 십자가가 없다는 것은 그것을 잘 보여줍니다.

그러나 현대의 크리스천들과 크리스천이 아니면서도 십자가를 좋아하는 많은 사람들은 이미 예수가 처형될 당시의 십자가의 이미지를 느끼고 있지 않습니다."

바르타자르 교수는 단숨에 이야기하고서 컵에 있는 물을 마시며 숨을 돌렸다.

그러자 한국의 가톨릭 주교가 그 이야기에 흥미를 가졌고 계속해서 더 듣고 싶은 표정으로 질문을 했다. "그렇다면 그런 십자가가 왜, 어떻게, 신앙인들에게 숭고하고 아름다운 그리움의 대상이 되었습니까?" 헛기침을 한번 하고 턱수염을 보란 듯이 쓰다듬으며 바르타자르 교수는 계속 말을 하였다.

"예! 그것에 대해 답변해 드리겠습니다. '십자가에 매달려 돌아가신 예수님 이야말로 인류의 구세주다' 라는 말을 받아들이는 것은 당시 사람들에 있어서 어리석은 설득방법이며 있을 수도 없는 일이었습니다. 생각해 보십시오. 만일 사람을 처형한 전기의자를 액세서리로 만들어 목과 귀에 매고 다닌다면 어떻겠습니까? 그것을 보는 사람은 아마도 누구나 혐오감을 느낄 것 입니다. 하지만 기독교 역사의 핵심은 누구나 믿을 수 없고 불가능하게 생각됐던 일을 믿게 하는 일이었습니다. 그것은 '잔혹한 십자가'의 이미지로부터 정반대인 '숭고하고 아름다운 십자가'의 이미지로의 대전환을 의미합니다. 기독교는 십자가의 이미지를 전환하기 위해 지극히 많은 노력을 해왔습니다. 그리고 그 시도는 대단히 성공적으로 이루어졌습니다. 왜냐하면 현대인들이 예수가 처형된 십자가가 원래 가졌던 잔혹한 이미지를 상기하기란 거의 불가능해졌기 때문입니다.

예수의 십자가가 사람들에게 존경 받기 까지는 십자가의 이미지를 크게 변화시켰던 기적의 이야기나 전설과 같은 이야기가 다수 있었기 때문입니다. 십자가에 얽힌 기적의 이야기는 민중이 가지고 있었던 기독교 이전부터의 미신이나 토속적인 신앙, 혹은 기복 신앙의 욕구와도 일치하였으며 '십자가'에 숭고함을 더하고 또 이 것이 널리 퍼지기까지 민중 신앙은 큰 역할을 해 주었습니다. 십자가에 얽힌 다양한 기적의 이야기와 불치병의 치유 등을 통하여 '십자가'는 신의 소망과 절대적인 구원의 이미지를 완전히 형성하였고 거의 모든 일들을 가능하게 할 것이라고 사람들은 믿게 되었던 것입니다. 그리고 십자가의 숭고한 이미지의 형성에 큰 영향을 준 배경은 차츰 사람들에게 잊혀지고 그 이미지만 남아 당연한 것처럼 받아들여졌고 또 그것이 계승 발전되었던 것입니다."

"당시 십자가에 관련된 기적의 이야기나 전설은 구체적으로는 어떤 것이 있었습니까?" 브라질의 가톨릭 사제의 질문에 바르타자르 교수는 계속해서 말을 이었다.

"그 대표적인 이야기는 『콘스탄티누스의 꿈』이나 『참된 십자가』라는 이야기를 들을 수 있습니다. 그것은 또한 『성 십자가의 전설』이라는 이야기 속에서도 나타나 있습니다. 이 전설은 1230년부터 1298년까지 살았던 제노바의 대주교 야코부스데 보라기네의 『황금전설』 속에 있는 『성 십자가의 발견』과 『성 십자가의 찬미』의 2장의 내용에 근거하고 있습니다." 그렇게 말하고 바르타자르 교수는 십자가의 이미지가 숭고함으로 전환하는데 큰 영향을 준 기적의 이야기를 소개하기 시작하였다.

"그때는 예수님이 십자가에 돌아가신 후 3세기경의 일입니다. 로마제국의 운명을 결정지었던 미르비우스 다리 전투의 전날 밤, 콘스탄티누스 대제는 대단히 인상적인 꿈을 꾸었습니다. 꿈속에서 천사가 나타나 그에게 '십자가 표시를 전진 앞에 걸어라!'라고 전했다고 합니다. 콘스탄티누스는 그 꿈을 신의 계시로 받아들였고 십자가 표시를 걸고 싸워 승리함으로써 로마의 새로운 황제가 된 것입니다. 이것이 바로 『콘스탄티누스의 꿈』의 내용입니다. 그리하여 그는 313년에 기독교를 공인하게 된 것입니다." 회의 참가자들은 바르타자르 교수의 이야기에 조금씩 빠져들어 갔다.

"콘스탄티누스의 어머니 '헬레나'는 독실한 크리스천이었습니다. 그녀는 예수가 못 박힌『참된 십자가』를 찾기 위해 예루살렘으로 순례를 떠났습니다. '예수의 십자가'가 어디에 숨겨져 있는지를 알고 있는 단 한 사람은 '유다'라고 하는 남자였습니다. 하지만 어디에 있는지 말하지 않았던 '유다'는 심한 고문을 받았고 결국 십자가가 감춰져 있는 장소를 자백한 것입니다. 그런데 그곳에는 오른편 강도와 왼편 강도의 것으로 보이는 것과 함께 십자가가 세 개가 있었습니다. 어느 것이 진짜 '예수의 십자가'인지 몰랐던 것입니다. 결국 '헬레나'는 차례대로 십자가 위에 죽은 젊은이를 올려놓고 확인하기로 한 것입니다. 세 번째 십자가에 죽은 젊은이를 올려놓았을 때 젊은이가 기적적으로 되살아났고 그 십자가가『참된 십자가』가 된 것입니다."

"그래도 그것은 진정한 역사적 사실은 아니지요?" 프랑스의 칼빈 교회의 목사가 이야기를 가로막고 질문하였다.

"예! 물론입니다. 그것은 신앙적인 이야기일 뿐이지 역사적 사실로 보기는 의심스럽습니다. 그러나 중요한 것은 현대의 우리들에 있어서 그것이 사실인지 아닌지가 문제가 아니라 그 당시 사람들이 그것을 어떻게 받아들여졌는지에 있습니다. 당신은 당시 사람들이 그 이야기를 어떻게 생각했을 것이라고 봅니까?" 바르타자르 교수는 반대로 프랑스 칼빈 교회의 목사에게 그렇게 되물었다. "그것은…. 물론 사실로서 믿었을 것이라고 생각합니다." 그 대답에 만족스런 표정으로 교수는 다시 자랑하는 듯 턱수염을 쓰다듬으며 계속 이야기를 이어갔다.

"그렇습니다. 당시의 사람들은 그 이야기를 역사적인 사실로서 믿은 것입니다. 그리고 현대 교회에서도 많은 일반 신자들이 그렇게 믿고 있습니다. '십자가'는 악으로부터 자신의 몸을 지키고 신의 축복을 받으며 또한 전투에서도 승리를 이끄는 힘이 있다고 사람들은 믿었던 것입니다. 이 믿음이야말로 무시할 수 없는 중요한 역사적인 사실이었습니다. 드디어 '십자가'는 로마 제국의 깃발의 문장이 되었고 십자군의 깃발이나 기독교 국가의 국기 등 당시 거의 모든 분야에 사용되었습니다. 또 십자가 표시는 악을 쫓아내거나 지켜주는 부적으로서의 효력도 있다고 믿었습니다. 그리하여 중세의 모든 국가와 사람들에게 십자가에 대한 숭고한 믿음은 점점 깊어졌고 예수가 매달린 『참된 십자가』는 성스러운 유물로서 사람들에게 인정되었으며 그것은 대단히 귀중하고 값진 것으로 이해된 것입니다. 그렇게 되자 『참된 십자가』의 소유는 신의 축복과 번영을 불러오는 동시에 가장 효력이 있다고 인식된 것은 당연한 일이었습니다. 그 결과 참된 십자가』의 한 부분이라도 소유하려는 사람들이 많아졌고, 여기저기로 반출되고 보내지게 된 것입니다. 그 조각들을 모두 모으면 그 수는 예루살렘 전체를 재건할 수 있을 만큼 되었다고 하여 알렉산드리아의 '규리로스'가 빈정거린 것처럼 엄청나게 증가되었습니다. 사람들이 『참된 십자가』를 이용하여 이익을 챙기기 위한 광적인 일이 벌어졌다는 것을 여실히 나타난 사건이었습니다. 또한 다마스코의 성 요한이라는 사람은 "인류를 구하기 위해 위대한 희생을 바치신 그리스도와 그 도구가 된 십자가에 대하여 우리는 거룩한 존중을 보여야 합니다. 십자가에 예배를 드리는 것은 십자가가 그리스도를 나타내기 때문입니다. 우리들은 나무 십자가에 예배드리는 것이 아니며 십자가를 통하여 부활하신 그리스도를 예배드리는 것입니다" 라고 설파하였으며 십자가의 존엄성을 장려하였습니다.

그러나 그 말 뒤에서 우리는 십자가의 찬미는 십자가상에서 죽음을 맞이한 주 예수의 찬미여야 하지만 실제로는 그렇지 않고 예수와는 동떨어진 형틀로서의 십자가를 찬양하였으며 즉 우상 숭배와 그 믿음에 얽힌 위험성이 당시 사람들 속에 있었던 것을 읽을 수 있습니다. 물론 그 기적의 이야기의 배경에는 신학자들에 의한 이론적인 근거가 있습니다. 그러나 일반 대중에게는 신학적인 의미보다 기적과 같은 이야기가 효과적이었던 것은 당연한 일입니다. 기적이 신학보다 효과가 있다는 것은 어느 시대에도 공통된 사실입니다."

참석한 모든 사람들이 위르겐 바르타자르 교수의 이야기를 경청한 뒤 조금 전에 말한 침례교회의 목사의 의견인 십자가 우상숭배에 대한 '신의 경고'라는 관점도 그다지 틀린 이야기는 아니라고 생각했던 것이다. 회의는 계속되었으며 세계 각지에서의 보고를 자세하게 검토하는 분과회의도 동시에 열렸다. 그러나 2일간의 일정을 마치고도 '십자가 혐오 신드롬'에 관한 문제는 조금도 해결의 단서를 찾지 못하였다. 뿐만 아니라 회의의 주제와는 달리 복잡한 종파간의 갈등이 늘어나고 대부분 참석자들은 시급한 문제를 먼저 해결할 것을 요구하였기에 회의는 하루 더 연장하기로 하였다.

† 일본 열도에서도

다음날 회의도 스튜어트 추기경의 개회사로 시작되었다. 한국의 가톨릭 사제는 지금까지 회의한 내용과 경과 등을 검토하며 다른 관점의 의견을 바르타자르 교수에게 제시하였다.

“원래 잔혹했던 십자가의 이미지가 『콘스탄티누스의 꿈』 이나 『참된 십자가』 등의 설화나 기적의 이야기가 역사적 사실로 받아들여지게 되고 또 그 과정을 통해 아름다운 이미지로 전환된 되었다는 바르타자르 교수의 견해는 많은 참고가 되었습니다. 또한 십자가 숭배에 관하여 우상 숭배적 요소와 기복 신앙이 결부된 위험성이 내포되어 있다는 것도 명심하겠습니다.

그러나 일련의 사건 속에서 십자가를 태우거나 색칠한 동기와 우상 숭배와는 직접적으로 결부된 요소는 별로 없어 보입니다. 오히려 동기나 원인에 영향을 준 것은 데이빗 도노휴의 경우와 같이 예수의 고통에 대한 동정심이 원인이라 생각합니다. 그렇지 않은가요?”

바르타자르 교수는 동의하면서도 다음과 같이 말하였다. “사제님의 말씀이 옳다고 저도 생각합니다. 그러나 데이빗이 예수의 고통에 동정심을 느꼈다고 하는 말도 사실은 막연하고 확실하지도 않습니다.”

“그러나 현재로써는 그것밖에 정보가 없기 때문에 그것으로 가능성을 추측 할 수 밖에 없습니다. 가령 그것이 가정이라고 한들….” 한국의 가톨릭 사제도 안타까운 듯 대답하였다.

그때였다. 갑자기 책임자인 한스 라나 추기경이 말을 꺼냈다.

“논의 중에 죄송합니다만, ‘십자가혐오 신드롬’에 관하여 좋은 자료가 될 만한 보고가 방금 들어왔기에 알려드립니다.” 조금 전에 한 사제가 회의실에 들어와 책임자인 한스 라나 추기경에게 서류를 건네준 것이다. 그 서류를 대강 읽어본 라나 추기경이 스튜어트 추기경과 무엇인가 말하고 있었던 것을 회의 참석자들도 지켜보고 있었던 것이다. 라나 추기경은 계속 말하였다. "이것은 일본 가톨릭교회의 보고서로, 한 수녀에 관한 내용입니다."

장내가 술렁거렸고 모든 사람의 눈이 일제히 일본을 대표해 참석한 김 신부에게 쏠렸다. 그러나 김 신부에게도 그것은 갑작스러운 일이었다. 사실 그는 그 때까지 '십자가혐오 신드롬' 이야기는 자신과 일본 교회와는 그다지 관계가 없는 문제라고 생각하였으며, 그 내용에 관심이 없는 것은 아니었지만 어느 정도는 방관자적 입장에서 회의를 참관하고 있었던 것이다. 그 문제는 기독교의 상징인 십자가에 관한 문제였고 또 기독교 인구가 총인구의 약1퍼센트 밖에 되지 않는 일본 기독교 교회와는 그다지 관계가 없는 일이라고 생각하였던 것이다. 어젯밤 늦도록 책을 읽어서인지 마침 약간 졸음이 오고 있던 참이었다. 그런데 지금은 라나 추기경의 말이 끝나지도 않았는데 모든 시선과 공격의 방향이 자신과 일본 교회를 향해 올 것 같은 느낌에 졸음도 갑자기 날아가 버렸다.

"여러분! 일본의 한 수녀가 지금까지 우리가 추측만으로 논의할 수밖에 없었던 '십자가혐오 신드롬'의 원인을 밝힐 수 있는 귀중한 정보를 가지고 있을 가능성이 있습니다."

라나 추기경이 조금 흥분한 목소리로 보고를 하자 장내는 다시 술렁거렸다. 그 때까지 구체적인 해결책을 내놓을 수 없었던 참석자들에게 갑자기 예기치 않는 곳에서 단서를 찾았다는 기대감이 일기 시작했다. 그와 동시에 '십자가혐오 신드롬'에 영향을 미치는 중요한 정보를 기독교 국가가 아닌 일본의 한 가톨릭 수녀가 가지고 있다는 것에 대한 놀람도 어쩌면 포함되어 있었던 것이다.

라나 추기경은 계속해서 말을 이어갔다. "일본의 한 수녀가 십자가를 보면 구역질이 나온다고 합니다. 흥미로운 것은 같은 증상을 가진 사람들이 원인에 대한 언급을 자세히 하지 않는 반면, 그 수녀는 원인 해명에 대하여 협조적이어서 단서를 찾을 가능성을 가지고 있는 것 입니다." "그녀가 십자가를 보고 구역질이 난 이유에 대하여 뭐라고 말을 했습니까?" 김 신부는 처음으로 이번 회의에서 발언을 하게 되었다.

"그녀는 예수의 계시를 받았다고 주장하고 있습니다. 그 계시의 내용이 예수로부터 직접 온 것인지 아닌지는 이제부터 철저하게 조사를 해봐야겠지만, 그녀가 '예수의 계시'라고 한말과 내용을 자세하게 알아보면 그녀가 왜 십자가를 보고 구역질이 나왔는지, 왜 가슴의 통증을 느꼈는지에 대한 이유를 알 수 있을 것 같습니다. 또한 십자가를 태운 이유나, 색칠한 이유 즉'십자가혐오 신드롬'이 왜 일어나는지에 대한 원인과 그것들의 상호 관계에 관하여도 알 수 있을 것 같습니다." 라나 추기경의 말이 끝나자 장내가 다시 약간 소란스러워졌다.

마지막으로 한국의 가톨릭 신부가 질문을 하였다. "그녀는 어떤 계시를 받았다고 주장하는 것입니까?"

"그 계시의 구체적인 내용은 아직 명확하지 않습니다. 이제부터 자세하게 조사해야 합니다. 아무튼 지금 이 시점에서 가정에 대한 논의를 계속한다 해도 그다지 의미가 없을 것 같습니다. 그래서 이번 회의는 여기에서 일단 중단하고 그 수녀에 대하여 일본 가톨릭교회 대표인 김성일 신부의 자세한 조사를 한 후 그 보고를 바탕으로 다음 회의 때에 논의했으면 좋겠습니다."

라나 추기경은 그렇게 제안하고 회의를 마쳤다. 이에 대하여 이의는 없었고 그 제안은 받아들여졌다. 하지만 정작 김 신부는 갑자기 주어진 중대한 임무에 대하여 '이거, 성가시게 되었군! 이런 큰일을 책임지고 수행하라니! 내가 할 수 있을까?' 라고 작은 소리로 중얼거리며, 회의에 참가한 것을 후회하기 시작했다. 그러나 이제 와서 거절 할 수도 없는 노릇이었다. 회의가 끝난 후 김 신부는 라나 추기경과 스튜어트 추기경과 함께 대책을 의논하기로 하였다. 그는 가방에 서류와 노트를 가득 집어넣고 무거운 발걸음으로 두 사람의 뒤를 따라 다른 회의실로 향하였다.

3일 후, 김 신부는 예정보다 늦게 거의 4년만의 귀국길에 올랐다. 비행기를 탄 그는 깊은 한숨을 내쉬었다.

로마 유학을 통하여 그는 많은 것을 배웠고 느꼈다. 학문적인 것도 물론이지만 일본에서는 알 수 없었던 가톨릭에 대하여도 깊이 알 수 있었다. 가톨릭교회가 얼마나 거대한지, 세계에 얼마나 많은 영향을 주고 있는지 보다 구체적으로 알 수 있었다. 또 전 세계 여러 나라의 동료 신부들과도 친구가 되었다. 그러나 동시에 일본에 있을 때보다 가톨릭교회가 안고 있는 문제들에 대해서도 많은 것들을 보고 느낀 것도 사실이다.

다른 기독교 교파나 이슬람, 불교 등과의 종교적 갈등과 성직자의 성범죄, 기독교의 세속화 문제, 부패나 권력투쟁 등 직면하고 있는 심각한 문제는 셀 수도 없었다. 일본에 있을 때는 바티칸과 세계의 가톨릭교회에 대하여 적지 않게 동경을 했었다.

그러나 지금 그러한 환상은 없어 진지 오래다. 가톨릭교회의 어두운 부분을 보고 그것을 현실로 받아들이는 것에는 심적 고통이 따른다. 그럼에도 불구하고 미래에 대한 희망을 가지고 돌아가는 것이 큰 수확이라고 김 신부는 느끼고 있었다. 여러 가지 어려움도 많았지만 약 4년간의 로마에서의 생활은 많은 은혜와 좋은 추억으로 가득 차 있었다.

비행기는 레오나르도 다빈치Leonardo da Vinci공항을 날아오르고 있었다. 푸르게 빛나는 지중해를 눈 아래로 두며 오사카 간사이 국제공항을 향하였다. 김 신부는 긴 회의의 피로감에 잠을 청하려 하였지만 잠이 쉽게 오지 않았다. 다시 일본에서 신부로서 일할 수 있다는 기쁨과 '십자가혐오 신드롬'의 체험자인 일본인 수녀를 만나 조사를 하고, 수녀의 협력을 구해야 한다는 사명에 김 신부의 몸은 무의식적으로 흥분과 긴장감을 느끼고 있었던 것이다. 여러 가지 일과 복잡한 생각들이 교차되면서 김 신부는 처음 신부가 될 때의 추억들을 떠올렸다.

제 2 장 원점

형제

† 사제가 된다는 것

사제가 되는 의식, 서품식敍品式에서 주교는 한 사람씩 사제 지원자에게 물었다. "그대는 하느님과 사람들을 사랑하기 위해 자유의사를 가지고 일생 동안 독신으로 살아갈 것을 맹세합니까?" 그 질문에 큰 소리로 "예! 맹세합니다!" 라고 대답하고 그는 사제가 되었다.

그것은 결코 강제가 아니며 자신의 의사에 따라 선택하는 것이다. 가톨릭 사제의 길은 간단하지가 않다. 마치 의사가 되는 것처럼 최소 6년간 철학과 신학 공부를 해야만 한다. 물론 타종교에 있어서도 성직을 수행한다는 것은 용기가 있어야 한다. 그러나 가톨릭의 사제가 되는 것은 한평생 독신을 서약해야 한다. 많은 젊은이가 사제가 되고 싶어서 가톨릭 신학교의 문을 두드리지만 실제로 사제가 되는 사람의 수는 그렇게 많지 않다.

지도자로서의 적성이나 사람을 사랑하고 주의 종으로서 시중들기 위한 자질도 있어야 하지만 독신으로 살아가야 하는 일이 사제의 수를 늘어나지 않게 하거나 사제가 되어도 많은 사람이 중도에 그만두는 가장 큰 이유 중에 하나라고 생각하는 사람도 적지 않다.

사제의 독신제도는 또한 동성애, 어린이들에 대한 성적학대, 여성과의 숨겨진 관계 등 다양한 문제를 만들어 내는 위험성도 가지고 있다.

가톨릭 신자나 사제들 중에는 독신제도가 시대에 뒤떨어지는 것이라 말하기도 하고, '예수그리스도는 직접 사제의 독신제도를 요구하지 않았다'라고 주장하면서 독신제의 폐지를 외치는 사람들도 있다. 그러나 어찌됐건 현시점에 있어서 가톨릭교회의 사제가 되려면, 일부 예외를 제외하고는, 이 독신제도를 받아들이지 않으면 안 된다.

그럼에도 불구하고 사제가 되려는 사람들이 끊이지 않는 것 또한 사실이다. 한평생을 독신으로 살아야 하는 사제직에 사람들은 왜 마음이 끌리는 것일까? 그들에게 남성으로서 무엇인가 결여 된 것은 아닐까? 아니면 일생 독신을 통하여 행해지는 봉사와 희생에 어떤 소중한 가치가 있기 때문일까?

그 이유가 어디에 있는지 본인들이 아니면 모르겠지만, 도중에 그만두는 사제들도 많이 있는 것을 보면 서약을 하고 사제가 되어도 내외적인 갈등이 많은 것은 사실인 것 같다.

적지 않은 사제 지원자들이 생애 독신을 지키겠다는 서약을 한다. 단지 장래에 있어서 결혼하지 않는다는 것뿐만 아니라, 사랑하는 사람과의 사랑을 희생으로 바치겠다는 구체적인 의미를 가진 경우도 있다. 어떤 이들은 사랑하는 사람과 혼약하고 예물을 주고받은 뒤, 파혼하고 나서 신학교에 들어오는 예도 있다.

그것을 신과 그리스도의 '소명召命'이라고 부르는 사람도 있고, 자기중심적인 생각이며 제멋대로 한 행위라고 보기도 한다. 주어진 입장에 따라 다르지만 그러한 사제들은 사람의 사랑보다도 신의 사랑을 선택했다는 자기의식이 있었을 것이다. 그러나 신의 소명이라 할지라도 마음의 갈등과 괴로움은 당연히 따르며 상대가 그것을 받아들이기 어려울 경우 사랑하는 사람에게 상처를 주었다는 마음의 아픔은 계속해서 남아있을 것이다. 성일의 마음속에도 마치 꽂힌 가시와 같은 아픔이 있었다.

† 불가피한 대립

성일은 가톨릭이 아닌 프로테스탄트(Protestant, 신교)의 대학에 입학해 프로테스탄트의 신학을 배웠다. 물론 같은 기독교이므로 가톨릭과 공통된 부분도 많이 있었지만 다른 곳도 적지 않았다. 가톨릭 신자였던 성일이 프로테스탄트의 신학을 배우게 된 것은, 그가 강경한 가톨릭 가정에서 자란 것에 대한 반발이었다.

성일은 태어나면서부터 병약했다. 그런 그가 죽음을 넘나들면서 기적적인 신의 은총으로 몇 번의 수술을 통해 회복될 수 있었다. 그것은 그에게 신과 그리스도에 대한 신앙심을 성장시키게 하는데 큰 도움이 되었다. 그런 이유로 그는 아버지가 깊게 믿고 있었던 가톨릭의 가르침을 자연스럽게 받아들이게 된 것이다.

성일은 가톨릭교회 안에서 좋은 사람들을 많이 만났다. 그들은 진지하고 친절하였으며 인격적으로 따뜻하였다. 그러나 중학교에서 고등학교로 진학할 무렵부터 가톨릭교회와 신앙에 대한 다양한 의문이 그를 괴롭히기 시작하였다. 가톨릭의 가르침이 틀렸다고 생각한 것도 아니었고 아버지에 대한 존경심이 상실된 것도 아니었다.

특히 그를 힘들게 한 것은 같은 예수를 믿으면서 왜 기독교는 가톨릭과 프로테스탄트, 성공회, 그리스정교회 등 많은 교파로 나뉘어졌는지, 왜 서로가 서로를 비판하고 서로가 경쟁하는지에 대한 교파분열의 문제였다. 그리고 대학수험생이 되었을 때의 성일은 가톨릭 이외의 다른 기독교를 배우고자 했다.

"신학 공부를 하는 것은 좋지만 어째서 가톨릭 신학이 아닌 프로테스탄트 신학이냐!" 양친은 물론 그에게 친절했던 신부나 수녀들도 노골적으로 반대하였다. "주님! 합격하지 않도록 해주시고 그를 지켜주시옵소서!" 라고 진지하게 기도했던 한 수녀가 생각났다.

"가톨릭 신자가 프로테스탄트의 신학을 배우는 것이 그렇게 나쁜 것입니까?" 그는 같은 기독교인데도 몇 백 개의 교파로 나뉘어 서로 싸우고, 경쟁하는 것이 이해가 안 되었다. 가톨릭 안에만 있는 것이 답답하고 좁은 세계에 갇힌 것처럼 느껴졌다. 성일은 예기치 않은 주변의 강한 반대에 놀라면서도 오히려 배움의 필요성을 느꼈던 것이다. 그는 반대를 무릅쓰고 프로테스탄트의 신학을 배우기로 한 것이다.

종교 개혁(1517년) 후, 가톨릭과 프로테스탄트는 서로를 적그리스도 혹은 이단자로 규탄하였고 때로는 서로 죽이기도 하였다. 제2바티칸공회의(1962~65년)에 의해 가톨릭교회가 프로테스탄트 교회에 대하여 처음으로 '나눠진 형제'라고 호소하기까지는 실로 450년의 세월이 필요하였다. 가톨릭과 프로테스탄트의 싸움은 끝났지만 "합격되지 않도록 해주시고, 그를 지켜 주시옵소서!"라는 수녀의 기도는 그녀 입장에선 당연한 것이었겠지만 지금은 그런 대립적인 견해는 점점 줄어들고 있는 것이 가톨릭교회 안의 분위기이다.

성일이 처음 프로테스탄트의 신학 수업과 예배에 참석하면서 느낀 것은 같은 기독교 안에서도 기도의 내용과 찬미가가 다른 것에 대한 어색함이었다. 익숙해져 있는 가톨릭의 기도와 성가는 마음이 평온한 데 반해 새롭게 다가온 프로테스탄트의 기도와 찬송가에선 신선함 보다는 위화감이 느껴졌다.

그는 그런 감정이 신과 그리스도로부터가 아니라, 자신이 가톨릭 환경에서 성장한 것으로부터 온 것이라는 것을 알았다. 머리로는 이해할 수 있었지만 그런 위화감을 넘어 가톨릭 안에서 느낀 평온함을 얻기까지는 마음의 갈등을 느껴야만 했다. 한편으로는 대부분 목사출신인 교수들의 온화한 성품과 학생에 대한 배려와 많은 애정을 느낄 수 있던 성일에게 단지 수업의 내용뿐만 아니라 프로테스탄트의 목사들의 인격과 직접 접촉하는 경험을 할 수 있었던 것은 큰 수확이었다.

성일은 대학 안에서는 프로테스탄트의 신학을 배우면서, 학교 밖에서는 서클 활동으로 가톨릭 성서연구회에 소속되어 있었다. 그는 양쪽 모두 배울 필요가 있다고 느꼈기 때문이다.

가톨릭 성서연구회의 활동은 성일의 당시 삶에 있어 큰 보람이었다. 그 모임의 중심 멤버로서, 성일의 활동범위는 상당히 넓었다. 중증 신체장애인을 위해 매주 토요일 저녁 기부금 모집을 하거나, 성서와 기독교의 책을 읽기도하고, 신앙이나 인생의 다양한 문제에 대하여 토의하기도 했다. 또 레크리에이션을 통하여 멤버의 친목을 다지기도 하였다.

현재 가톨릭 성서연구회는 가톨릭교회의 대학생 조직으로서 많은 대학 마다 있지만, 그 당시 교토京都에는 한 곳뿐이었기에 성일이 소속한 가톨릭 성서연구회는 각자 다른 대학에 다니는 학생들이 함께 모여서 활동하고 있었다. 모임의 장소는 카와하라쵸 오이케河原町御池에 있는 가톨릭교회의 한 방, 등록된 회원은 약 30명 정도였지만, 평소 나오는 학생은 10명 정도 되는 작은 그룹이었다.

이루어지지 않는 꿈

† 만남

1997년 4월. 교토京都.

벚꽃의 계절이 지나가고 관광객이 적어진 이 시기의 '철학의 길'을 김성일은 좋아하였다.

가톨릭 성서연구회에서는 교토이외의 지역에서 온 신입생도 많이 있기 때문에 매년 신입회원 환영회를 하며 교토의 명소를 견학하였다. 그 해 환영회는 난젠지에서 집합하여 '철학의 길'을 산책한 후, 금각사銀閣寺를 견학하고 해산하는 코스였다. 교토의 명소견학과 함께 '철학의 길'에 있는 찻집에서 차를 마시며 환담을 나누는 일이 이번 모임의 메인 행사였다. '철학의 길'은 교토 대학의 철학 교수인 '니시다 이쿠타로'와 '하지메 카와카미'가 자주 사색에 잠겨 걸었다는 일화로부터 그 이름이 붙여졌다고 한다. 그 길은 벚꽃과 단풍의 계절에는 관광객으로 넘쳐난다. 봄철, 맑은 물이 흐르는 수로 양쪽으로 나란히 활짝 핀 벚꽃은 숨쉴 수 없을 만큼 아름다웠다.

그러나 성일은 만개한 벚꽃으로 붐비는 '철학의 길'보다는 4월 중순을 지나 사람들의 왕래가 드물고 녹음이 우거진 계절에 그 이름이 더 잘 어울린다고 생각했다.

벚꽃이 지고 어린잎이 초록으로 깊어지기 시작할 즈음, 봄 햇살이 신입회원을 포함한 14명의 성서연구회의 멤버들에게로 쏟아졌다. 그들은 삼삼오오 철학의 길을 걷고 있었다. 반짝반짝 춤추는 나뭇잎 사이로 새어 드는 빛이 그들과 장난치는 사이에 그룹에서 멀어져 뒤에서 혼자 걷는 한 신입여학생이 있었다. 성일이 마음에 걸려 뒤돌아보았을 때 그녀는 나뭇잎 사이로 새어 드는 빛을 받아 주위의 초록에 감싸여 심호흡을 하며 약간 얼굴을 들고 작은 두 손을 활짝 벌리고 있었다. 여학생의 이름은 우에노 고코로였다. 얼굴은 아직 어려 보였지만 초록빛 상쾌한 바람 속에서 혼자 연구회 멤버의 대화에 적극적으로 참여하지 않는 모습에는 나이와 어울리지 않는 외로움이 섞여있는 것 같았다.

성일은 천천히 발을 옮기며 고코로가 다가오기를 기다렸다.

"교토는 처음입니까?" "아니요. 전 교토에서 자랐는데요."

"그럼 이번 모임은 신선한 맛이 없겠네요?" "아니에요, 여기는 처음이에요. 정말로 멋진 장소네요."

"저는 사가노嵯峨野에 살고 있는데…. 그쪽은 어디에서 살고 있나요?"

"… 후시미伏見쪽이요." "…."

고개를 숙인 고코로의 옆모습에서 더 이상 물어보지 않기를 바라는 표정이 비쳐 성일은 이야기의 화제를 바꿔야만 했다.

성일이 우에노 고코로와 처음으로 만난 곳은 교회에 있는 가톨릭 성서연구회 동아리 방이었다. 당시 성일은 3학년생으로서 동아리에서 학생들을 보살피는 책임을 맡고 있었다. 고코로는 여자대학에 입학하여 친구 오카다 유미코와 함께 동아리 방을 방문했던 것이다. 그녀는 '가톨릭 성서연구회에 입회하고 싶은데요!' 라고 씩씩하게 말하는 친구의 뒤에 서있었다. 거의 아무 말도 하지 않는 절제된 모습이 인상적이었다.

성일은 그날을 위해 '철학의 길' 옆에 있는 산뜻한 찻집을 예약하였다. 회원 열 명 정도가 들어가면 가득 차는 작은 찻집이었다. 안내자인 성일이 모두를 자리에 차례대로 앉혔다. 마지막으로 들어온 우에노 고코로는 한 바퀴 돌아서 우연히 성일 옆에 앉게 되었다. 주문을 한 뒤 조금 전에 걸었을 때와 같이 삼삼오오 이야기가 계속되었다. 10명이 넘는 젊은 학생들이 같은 주제로 이야기 하는 것은 어려웠다. 더구나 그 날은 회의도 아닌 교류를 목적으로 한 신입생 환영회였다. 대화를 하지 않는 고코로는 차례대로 모두를 바라보며 조용히 미소를 짓고 있었다. 때때로 시선을 돌려 창밖의 경치를 바라보며 무언가를 생각하고 있는 것 같았다. 성일은 모두와 대화를 하면서도 고코로가 따돌림 당하는 것 같은 생각이 들어 "아까는 미안했어요. 안 좋은 말을 한 것 같아서." 라고 말을 걸었다.

"저야말로 제대로 대답하지 않아 미안해요. 사실 저는 부모님이 안 계셔서 어릴 때부터 교회에서 자랐어요." "아, 그렇군요. 그러면 지금도 교회에서…?" "아니요, 중학교 3학년 때부터 지금의 부모님 댁에서 살고 있어요." "그렇다면, 양녀로서?"

"네. 실제 부모님은 아니에요. 그런데 요즘 아버지의 건강이 좋지 않아서…"

"힘드시겠네요. 괜찮다면 아무거나 부탁하세요! 도움이 될지 모르겠지만…" "예, 고마워요."

그 때, 한 멤버가 "어! 휘파람새가 있어요!" 라고 큰 소리로 외쳤다. 모두 일제히 창 밖을 보면서, "어디! 어디?" "아, 저기 있다!" 라고 떠들기 시작했지만, 둘만의 대화는 계속되었다.

그날 이후 그녀와 성일은 동아리 방에서 한 달에 몇 번 정도 얼굴을 마주쳤지만 인사를 나누는 것이 전부였고 일대일로 이야기를 할 기회는 없었다. 그렇게 시간은 흘렀다.

† 허무한 마음

가톨릭 성서연구회 활동에 열심인 중에도 성일은 마음속에는 허무함이 자라나고 있었다. 거기에는 여러 가지 이유가 있었겠지만, 그 중 첫째는 성일의 인생의 목표나 방향성이 보이지 않았기 때문일지도 모른다. 아니면 진정한 의미에서 마음속으로부터 신뢰할 친구를 만나지 못했기 때문일까? 동아리 활동을 하며 멤버들과의 대화 속에서 자신의 느낌을 서로 나누어 보아도 그 뒤에는 외로움만이 남았다. 서로를 공감 할 수 있는 만남이 없었던 것이다.

"같은 신앙을 가지고 있어도 정말 서로를 이해할 수 있는 관계를 갖는 것은 어려운 일일까? 그렇지 않다면 나는 이룰 수 없는 꿈을 이루려고 노력하는 것일까?" 성일은 몇 번이고 그렇게 스스로에게 물었다. 그런 성일에게도 허무감을 풀어주고 마음의 위로를 주는 평온한 안식처가 한 곳이 있었다.

중증 신체 장애인을 위해서 매주 토요일 저녁, 교토의 번화상가인 시조 가와라마치의 교차점에서 확성기를 들고 외치며 기부금 모집을 하고 있을 때였다. 그때만큼은 왠지 모르게 예수와 함께 있는 것 같은 느낌이 들어 마음이 평온하였다. 그래서 성일은 매주 빠짐없이 열심히 기부금 모집을 하였다. 처음에는 그곳에 모든 동료들이 참가했지만 공부가 바쁘거나, 봉사 활동에 열정을 느끼지 못한 동료들은 서서히 그 수가 줄어들게 되었다. 그때서야 성일은 자신과 다른 동료들과의 생각에 차이가 있음을 알게 되었다. 다른 동료들은 동아리 모임도, 기부금 모집도 그렇게 열정적으로 하지 않았다. 그들에게는 학과시험이나 취직이 보다 중요한 문제였으며 연인과의 시간이 더욱 중요했다.

일본의 거품경제가 붕괴되었다고는 하지만 그 여운은 아직도 남아있었다. 1980년대 후반, 일본의 광란적인 거품경제는 사람들의 마음을 들뜨게 하였다. 남은 돈으로 부동산이나 그림 등을 사들였으며 그 가격은 폭등하였고, 환락가는 고성방가로 가득 찼고, 대학가 젊은이들은 디스코나 미팅에 몰두하였다. 성일이 다니는 대학도 예외는 아니었다. 학내에서 당당하게 서로 팔짱을 끼고 키스를 하는 커플이 많았으며 남학생들의 주의를 끌기 위한 노골적인 화장을 하는 여학생들도 많았다.

집회에 나오는 회원의 수도 서서히 줄어들었다. 중증장애자들을 위한 조력자활동도, 기부금 모집에 참가하는 사람의 수도 점점 줄었다. 그러나 그런 상황에서도 성일은 동아리 활동을 그만두지 않고 열심히 계속하였다. 그렇게 그는 마음의 혼란 속에서도 구세주 예수그리스도를 흠모하고 있었던 것이다.

"나는 다른 사람과 다른 건가? 어째서 나만 이곳에서 마음의 위로를 느끼는 것일까? 어째서 모두 이런 기분을 느끼지 않는 것일까?"

성일은 허전하고 쓸쓸하였다. 그에 직장은 이미 가톨릭 학교의 교사로 내정되어 있었지만, 정해진 대로 취직한다고 생각하니 마음이 왠지 불안하였다.

† 편지

여름방학이 끝나고 신학기가 시작되는 어느 날, 성일이 대학으로 돌아왔을 때 우편함에 한 통의 편지가 도착해 있었다. 고풍스런 종이봉투에 도라지 꽃 편지지, 편지의 발신인은 고코로였다. 동아리 방에서 가끔 얼굴을 보였던 그녀였다. 그녀는 다른 사람들의 이야기는 열심히 들어주지만 자신의 이야기는 좀처럼 하지 않았다.

"대체, 무슨 일이지. 무슨 고민이라도 있는 건가…?" 복잡한 기분으로 편지를 열어보았다.

† 주의 평안

갑자기 버릇없이 실례되는 편지를 보내는 일, 용서해 주세요. 아마 매우 놀라셨을 거라고 생각됩니다. 사실 저는 처음 철학의 길에서 이야기를 한 후 성일 선배에게 마음이 끌려 매일 고민하였습니다. 이런 생각이 어디에서부터 오는 것인지 확실히 모르겠습니다. 이 마음이 연애 감정인지 아니면 다른 생각인지 확실히 모르겠습니다.

그때까지 아무에게도 이야기한 적이 없었던 나의 신상에 관한 이야기를 어째서 성일 선배에게는 이야기할 수 있었는지 정말 알 수 없습니다. 성일 선배 앞에서는 아주 순수한 아이처럼 말입니다. 그 후 성서연구회에 참석하여 성일 선배의 외로움이 가득한 얼굴을 볼 때마다 무엇인가 힘이 되어 드리면 좋을 것 같다고 생각했습니다. 또 그렇게 생각하는 저의 마음이 편안해짐을 느낄 수 있었습니다.

읽어내려 갈수록 김성일의 가슴 속에서 북을 치는 듯한 울림이 빠르고 강하게 느껴졌다. 편지를 계속 읽어 내려갔다.

성일 선배를 존경 합니다.그런데 그것만이 아닌 것 같습니다. 왠지 모르게 성일 선배와 개인적으로 만나지 않으면 안 될 것 같다는 생각이 듭니다. 그래서 있는 용기를 다하여 이 편지를 쓰기로 결심하였습니다. 만일 나의 소망을 이루어 주실 수 있다면…… 가톨릭 성서연구회의 동아리방이 아니고 개인적으로 만나 주실 수 있나요? 답변을 기다리겠습니다.

김성일 님에게

우에노 고코로가

성일은 그때까지 이성을 사귄 경험이 없었다. 동아리 활동에 대하여 여학생으로부터 상담편지를 받은 적은 과거에도 몇 번 있었지만 그 경우 단지 이야기를 들어주기만 하면 되는 것이었다. 그러나 이런 사적인 편지를 받는 적은 처음이었다. 그는 놀람과 동시에 그녀의 조심스런 성격에 이런 편지를 쓸 정도라면 보통의 여자는 아니라고 생각하였다. 그는 그 짧은 편지 뒤에 숨은 그녀의 외로움과 애달픔이 전달되어 가슴을 졸라매는 아픔을 느꼈던 것이다.

성일은 몇 번이나 편지를 되풀이하여 읽었다. 읽으면 읽을수록 그 때마다 그의 마음속에서는 상반된 두 마음이 격렬하게 싸웠다. 마음 한편에서는 편지의 내용을 기쁘게 받아들이고, "고코로와 개인적으로 사귀어보면 어때!" 라고 속삭이는 것만 같았다. 그때까지 주위에 있던 친구들은 점점 멀어지고 있었고, 때로는 고독감에 빠진 적이 한 두 번이 아니었던 성일에게 고코로의 편지는 큰 위로가 되었다. 그녀에 대하여 따로 특별히 신경을 쓴 적은 없었지만, 확실히 어딘지 모르게 끌리고 있었다. 이상한 것은 편지를 읽은 뒤부터였다. 마치 한 여성으로서 우에노 고코로가 매우 가까운 존재로 느껴졌던 것이다. 그리고 그녀의 행동이나 말, 얼굴 표정이 눈앞에서 영화의 한 장면처럼 스쳐가고 또 그 장면 장면에 숨은 의미가 성일을 그리워하는 마음이었다고 생각하니 모두 납득할 수 있을 것만 같은 생각이 들었다. 그리고 그 순간부터는 고코로의 존재가 성일에게 있어서 소중한 존재로 자리 잡게 되었던 것이다.

"이렇게까지 나를 생각해 주는 사람이 있었다니!" 그렇게 생각한 성일은 더 이상 만남을 피해서는 안 된다고 생각했다. 자신의 마음에 일어난 갑작스런 변화에 망설이면서도, 이제까지 맛본 적이 없는 감미로운 감각이 피어오르고 현실의 갈등이나 고민은 사라져가는 것만 같았다. 그 달콤한 세계 속에서 쭉 머물고 싶은 마음과 그 세계에 더욱 깊게 빠져 들어가 버리고 싶은 충동에 사로잡혔던 것이다.

그러나 성일의 또 하나의 다른 마음은 스스로에게 이런 말을 하고 있었다. "자신의 결점도 해결하지 못한 주제에 이럴 수 있어? 인생의 목적도 분명하지 않으면서 그렇게 연애감정에 빠져 있어도 되는 거야? 인생의 목적을 찾는 것이 너에겐 무엇 보다 우선이었잖아! 지금까지 그것 때문에 고독하고 허전한 마음을 인내하며 싸워왔잖아? 그것을 위해 친구와의 우정도 희생했는데, 지금 연애를 선택하면 지금까지 싸워 온 너의 가장 소중한 믿음을 부정하는 것 아니겠어?" 두 생각이 성일의 마음속에서 격렬하게 부딪치고 있었다. 그 싸움은 밤이 지나도록 계속되었고 해 뜰 무렵, 결국 후자의 생각이 이겼다. 단 하룻밤이었지만 성일에게는 견딜 수 없는 긴 시간으로 느껴졌다. 성일은 고코로에게 답장을 쓰기로 결심했다.

✝ 주의 평안

편지 아주 잘 받았습니다. 님의 편지가 외롭고 힘들었던 나의 마음을 위로해 줘서 정말 고마웠어요. 그리고 나를 소중하게 생각해 준 것도 감사합니다.

그러나 나는 님이 생각하는 것처럼 훌륭한 사람이 아닙니다. 제 마음속에는 나 자신도 좋아할 수 없는 흉함이 있어요. 그것 때문에 나는 매일 고민하고 있습니다. 지금 님에게 사랑 받을만한 자격이 나에게는 없는 것 같습니다.

냉정한 말처럼 들릴지 모르겠지만, 님은 나라는 인간을 모를 거에요. 님은 나를 동경의 대상으로 보고 있지만 정말로 나를 알고 나면 반드시 싫어질 것입니다.

지금 나는 나 자신이 무엇을 위해, 무엇 때문에 살고 있는지, 나의 '인생의 목적'이 무엇인지 알 수 없어 찾고 있습니다. 나는 무엇보다 먼저 그것을 찾기 위해 지금까지 노력해 왔어요. 지금 여기에서 그것을 중단할 수 없어요. 그것을 언제 쯤 찾을 수 있을지는 모르겠지만 그래도 찾고 있는 중이기에 지금 그만둘 수 없어요.

그래서 님의 바람에 응답할 수 없음을 용서해 주세요. 그렇다고 님을 싫어하는 것은 절대로 아닙니다. 님에게 깊은 상처가 될지는 모르겠지만 아무쪼록 이해해 주십시오.

신의 사랑이 언제나 당신과 함께 하기를 기원합니다.

우에노 고코로님에게

김 성일 보냄

밤을 새고 편지를 쓴 육체는 피로했지만 기분은 오랜만에 상쾌했다. 편지를 다 쓴 후에야 갈등이 사라진 것을 느끼면서 성일은 자신의 결단이 옳았음을 확신할 수 있었다. 창문으로 쏟아지는 초가을 아침 햇살이 눈이 부셨다.

성일은 진정으로 답장이 더 이상 오지 않을 것이라 생각했다. 하지만 예상이 틀렸다는 것은 바로 알 수 있었다. 다시 편지가 그녀로부터 왔던 것이다.

☩ 주의 평안

답장 고마워요. 솔직히 말해서 선배의 편지의 내용은 저에게 매우 충격이었습니다. 한 순간에 몸 전체가 얼어붙는 것 같았어요. 하지만 성일 선배가 편지에 쓴 것같이, 제가 선배의 대부분을 모르는 것은 사실입니다.

저도 성일 선배를 잘 모르기 때문에, 선배를 동경의 대상으로 호감을 품고 있다고 생각은 하지만 만약 선배의 진짜 모습을 알면 싫어질 것이라고 하는 선입관은 옳다고 생각하지 않습니다. 나는 자신의 보기 흉함에 고민하는 선배를 어떤 의미로서는 마음이 깨끗한 사람이라고 생각합니다. 만약 정말로 마음이 보기 흉한 사람이라면, 자신의 보기 흉함을 알아차리지 못했을 것입니다. 아마 제가 성일 선배에게 관심을 보이는 것은 그러한 선배의 깨끗한 마음과 인생의 목적을 한결같이 추구하려는 진지한 자세가 아닐까라고 선배의 편지를 읽으면서 생각했습니다.

그러니 그렇게 자신을 다그치지 말아 주세요. 그리고 제게 선배를 알 기회를 조금이라도 주셨으면 좋겠습니다. 연애관계를 원하는 것은 아닙니다. 다만 제가 선배를 더욱 알 수만 있다면 결코 선배를 싫어하지 않을 것이라는 믿음이 느껴집니다. "개인적으로 만나 주세요."라는 말에 오해가 있을지 모르겠지만 제가 지금 기도드리고 있는 것은 "인간적으로 성일 선배를 알 수 있는 기회를 주십시오." 라는 것입니다. 그리고 선배가 믿고 있는 신과 주님을 제게 알려주셨으면 좋겠습니다.

저는 이제까지 고독한 길을 걸어 왔습니다. 사람에게는 누구나 말할 수 없는 고민이 있을 것이라고 생각합니다. 왠지 선배라면 저를 이해해 주실 것 같은 생각이 듭니다. 성일 선배의 인생의 목적을 찾는 것을 방해하는 일은 결코 하지 않을 것입니다. 만약 저의 바람을 들어 주실 수 있다면…. 답장을 주세요.

김 성일 님께

고코로가

† 헤어짐

성일은 두 번째 편지를 받고 상당히 동요하였다. 고코로가 지난 편지로 포기했을 것이라고 생각했기 때문이다. 그러나 성일의 외로움은 극에 달해있었고 자신의 생각을 이해해 줄 수 있다는 고코로의 말에 성일은 고코로와의 만남을 거절할 이유를 더 이상 찾을 수가 없었다. "어쩌면 그녀를 통해 나의 인생의 목적을 찾을 수 있고 그녀가 나의 소망을 이해해줄 수 있는 유일한 사람일지도 모른다." 그렇게 자신을 납득시킨 성일은 그녀와 만나기로 했다. 일요일 오후였다. 두 사람은 영화를 함께 보고, 찻집에서 이야기를 하기로 하였다. 아침 미사가 끝나고 교회 청년회 모임에 참석을 마친 오후, 성일은 버스로 교토의 번화상가 카와하라쵸 산조를 향하였다. 버스의 흔들거림을 따라 그의 마음도 고코로를 빨리 만나고 싶은 기분과 왠지 두렵고 불안한 느낌으로 흔들리고 있었다. 성일의 마음속에는 연애감정에 대한 부정과 동경이 공존하고 있었던 것이다. 그 때 성일은 고코로, 그녀만이 그를 이해해

줄 수 있는 유일한 사람이라 믿고 싶었다.

카와하라쵸 산조의 영화관 앞에서 고코로는 조금 불안한 눈으로 성일을 찾으며 기다리고 있었다. 번화가의 떠들썩한 군중 속에서 유달리 청순한 고코로의 모습을 멀리서 찾은 성일은 가슴을 졸라매는 듯한 애처로움을 느꼈다. 드디어 아름다운 날이 그에게도 올 것 같은 생각이 들었다. 영화는 고코로가 선택한 프랑스 영화였다. 둘이서 나란히 앉아 영화를 보기 시작한 그 순간이었다.

성일을 기다리고 있었던 것은 그가 예상도 할 수 없었던 충격적인 현실이었다. 화면의 눈부심에 눈을 가늘게 뜨면서 성일의 마음을 점령한 것은 깊은 마음의 공허함이었던 것이다. 그 영화의 관객이 고코로와 성일, 단 둘뿐이었기 때문이다. 달콤하고 좋은 이 순간에 성일의 마음은 더욱 공허해졌던 것이다. 이 공허함은 도대체 어디에서 오는 것인지? 그것은 이런 곳에서 느껴야 할 감정이 아니었다.

그러나 그것은 현실에서 일어나고 있었으며 그 공허함은 성일의 마음속에서 점점 강하게 자라나고 있었다. 성일은 왜 이런 생각에 얽매이는지 필사적으로 이해하려고 발버둥쳤다. 남성이 여성에게 호의를 느끼는 것이 나쁜 일이란 말을 학교나 교회에서 들은 적은 없다. 성일도 자신의 욕망이 요구하는 것이 틀린 것이라고 생각하지 않았다. 그리고 그녀에 대한 그리움이 마음속에서부터 싹트기 시작하는 것 또한 진실이었다. 그럼에도 불구하고 공허함을 느끼는 것이다. 왜일까? 그 때까지 성일은 그 이유를 알 수가 없었다.

"이 상태로 고코로와 계속 이야기할 수는 없어." 라고 중얼거리며 돌연 성일은 그 날 아침 미사를 마치고 아무런 생각 없이 들은 안내방송에서 '오늘 저녁, 가와라마치河原町의 다카시마야高島屋 앞에서 에이즈 예방을 위한 기부금 모집이 있으니 협조해주시기를 부탁드립니다.' 라고 하 내용을 떠올린 것이다.

"가와라마치로 가자!" 성일은 안내방송의 내용을 확실하게 상기하며 그렇게 마음속으로 외치고 있었다. 그리고 영화가 끝난 후 고코로에게 갑자기 말을 꺼냈다. "우에노 양, 미안. 진짜로 미안해! 영화를 보는 도중에 갑자기 생각이 났는데 오늘 저녁 에이즈 예방을 위한 기부금 모집을 도와달라는 부탁을 받았어. 이번 약속은 무슨 일이 있어도 지켜야 돼. 이야기는 다음에 또 하면 안 될까? 진짜로 미안해! 매우 감동적인 영화였어. 오늘 고마웠어! 그럼 또 만나!"

그렇게 성일은 일방적으로 말한 후 무엇인가 말하고 싶어 하는 고코로를 내버려두고 어두운 얼굴로 혼자서 가와라마치 방향으로 걷기 시작하였다. 뒤돌아보았을 때 창백한 표정을 지은 고코로가 아직도 성일을 바라보고 서있었다. 성일은 고코로에게 손을 흔들었다. 고코로도 손을 흔들었다. 너무나도 갑작스런 그의 말을 그대로 받아들일 수가 없었다. 미소를 지으려고 필사적으로 노력했지만 손을 흔드는 그녀의 눈에는 눈물이 가득 차있었다.

그것이 성일의 눈에 새겨진 고코로의 마지막 모습이었다. 이 일은 그의 마음에 깊게 꽂힌 채 빠지지 않는 가시가 되었다. 가시에 찔린 그의 마음에는 아물지 않는 상처가 새겨졌다.

"어떻게 내가 이렇게 냉정할 수가 있지?" 그런 생각이 성일의 마음속을 순식간에 관통하였다. 그러나 가와라마치를 향하는 그의 마음에 이미 고코로의 존재는 사라져 버렸다. 무엇이 그녀의 기분을 배려할 수 없을 만큼의 생각을 하게한 것일까? 그때까지 느낀 공허함보다 더욱 심한 공허함이 성일을 덮은 것이다. 성일은 그 감정을 참을 수 없어 가와라마치 길을 달리며 외쳤다. "주여! 저에게 용서와 자비를…!"

성일은 고코로와 사귀는 것이 그의 허전함을 해결해 주는 것이 아니라, 점점 악화시키는 것을 실감했다. 그리고 그 공허함은 그의 힘으로는 어떻게 할 수가 없었다. 그런데 언제나처럼 가와라마치에서 신체장애인과 난민들을 위한 기부금 모집활동을 하고 있을 때 예수가 성일에게 나타나 공허함과 외로움을 달래주었던 것이다.

"가와라마치에 가서 기부금 모집을 돕는다면 이 공허함은 사라질 거야!" 그렇게 생각한 성일은 숨을 헐떡이며 필사적으로 그 장소를 향해 인파 속을 헤치고 달렸다. 그러나 가와라마치의 다카시마야 백화점 앞에 도착했을 때 시작할 시간은 벌써 지났는데도 기부금 모집을 하고 있는 사람은 아무도 없었다. "어! 사람들이…한 사람도 없네? 취소된 건가?" 그렇게 중얼대며 성일은 다리에 힘이 쭉 빠진 채 휘청거리다 도로 옆 난간에 앉았다.

"주님! 당신만이 유일한 나의 의지였는데! 여기에 오면 당신과 만날 수 있다고 생각했는데!" 신에게까지 버림받은 느낌에 성일은 어찌할 바를 몰랐다. 너무나 허탈하여 모든 힘이 몸에서 빠져 나가버렸다. 삶의 의미마저 사라져버린 것이다. 거리의 소음도, 스쳐가는 사람들의 이야기 소리도 전혀 귀에 들리지 않았다. 그의 눈은 떠있었지만 아무것도 보이지 않았다.

소명 召命

† 미나미다 신부와 재회

다카시마야 백화점 앞의 난간에 걸터앉은 채로 얼마의 시간이 흘렀다. 성일은 어떤 목소리에 제 정신이 들었다. "너는 김성일이 아니냐?" 눈앞에 한 노신사가 미소를 지으며 서있었다.

"미나미다 신부님!" 이 노신사에 의해 성일의 아버지는 어렵고 힘든 시절에 예수를 만났고 세례를 받게 된 계기도 바로 이 노신사, 미나미다 신부였다. "나를 기억하고 있었구나!" "예!"

성일은 아버지로부터 미나미다 신부의 이야기를 자주 들었다. 신부는 재일在日 한국인이란 차별 속에서 힘겹게 살던 성일의 가족에게 여러모로 도움을 주었기 때문에 성일의 아버지는 신부를 대단히 존경하고 신뢰하였다. 성일도 어린 시절, 가족과 함께 그의 교회를 다녔던 것이다. 언제인지는 확실히 기억나지 않지만 성일의 가족과 미나미다 신부가 함께 찍은 사진을 아버지는 소중하게 액자에 넣어 책장에 올려놓았던 것이다. 성일도 그 사진을 보며 자랐고 미나미다 신부의 얼굴을 잘 기억하고 있었다. 그로부터 15년이 지났지만 신부의 얼굴은 그다지 변하지 않았다. 미나미다 신부는 5년 전 교토에서 열차로 2, 3시간 정도 걸리는 바다를 향한 지역에서, 작은 교회 세 곳을 맡아 그 지역 사람들을 위해 시무하고 있다고 아버지가 했던 말이 떠올랐다.

"신부님이야말로 저를 알아보시겠습니까?" 미나미다 신부가 자기를 기억해 준 것이 한 없이 기뻤다. "그럼! 혹시나 해서 말을 걸었는데! 요즘은 나이 탓인지 몸 상태가 그다지 좋지 않아. 사제 회의에도 최근 몇 년 동안 간 적이 없어서. 그런데 최근에 몸이 좀 좋아졌지. 그래 오랜만에 나온 거야. 아마… 교토는 3년만이지? 그건 그렇고 여기에서 누구와 만나기로 한 거냐?"

"아니요. 에이즈 예방을 위한 모금 운동이 있다고 해서 와 본 겁니다. 그런데 아무도 와 있지 않아서요."

"그렇군! 나는 찾고 있던 책을 찾았으니. 잠깐 어디 가서 저녁이라도 함께 하면 어떨까? 시간이 괜찮다면 양친 이야기도 듣고 싶고." 신부와의 만남은 너무 반가웠고 식사도 함께 하고 싶었다. 오늘 고코로와 만나 저녁식사까지 할 생각이었으므로 시간은 충분했다. 이제서야 성일은 고코로에게 한 자신의 행동을 떠올리며 마음의 고통을 느꼈다.

'고코로는 어떻게 됐을까? 그대로 집으로 잘 돌아갔을까?'

두 사람은 근처의 패밀리 레스토랑으로 들어갔다. 하지만 두 사람의 모습을 뒤에서 쭉 응시하고 있었던 고코로를 성일은 알아차리지 못하고 있었다.

식사를 하면서 신부는 자신의 건강 상태와 지금 시무하는 시골 교회의 관한 이야기를 꺼냈다. 그리고 나서 성일의 가족 상황에 대하여 묻고 답하는 사이 어느새 자신의 공허한 마음까지 털어놓게 됐다. 고코로와의 관계, 자신이 왜 가와라마치의 다카시마야 백화점 앞의 난간에 힘 없이 걸터앉아 있었는지, 신이 자신을 버린 것은 아닐까라는 말까지 하였다. 미나미다 신부는 성일의 이야기를 처음부터 끝까지 열심히 들어 주었다. 성일의 마음은 무거운 짐을 몽땅 털어놓은 것처럼 홀가분해졌다. 그러자 문득 미나미다 신부가 어째서 신부가 된 것인지 물어 보고 싶어졌다. "신부님께서는 어째서 신부가 되려고 하셨습니까?"

미나미다 신부는, 그 경위를 성일에게 이야기 해주었다.

"미국인 선교사 에밀 구루코 신부에게 가톨릭 교리를 배우고 세례를 받고 나서 반년 정도 지났을 때였단다. 나는 갑자기 피를 토하고 쓰러졌고, 식도암이라는 진단을 받았지. 그리고 의사로부터 몇 개월밖에 살수 없다는 선고를 받았어. 이미 때를 놓쳐서 수술도 받을 수 없었단다. 나는 단지 죽음을 기다리는 수밖에 없었지. 절망해서 무엇을 하려는 의지마저 없어졌단다."

그가 절망에 빠져 깊은 방황을 하고 있을 때 그를 걱정하던 구루코 신부가 그에게 한 가지 좋은 제안을 해 준 것이다. "미나미다씨. 교황대사가 다음 주 일요일 교토에 조용히 관광하러 올 예정이에요. 괜찮다면 미나미다씨가 교황대사의 안내를 맡아주었으면 하는데, 어때요? 사실 그는 나와 로마에서 함께 수학했던 동급생이거든요. 그런 친분으로 나에게 안내해달라고 부탁했지만 이곳에 대해 내가 잘 모르기 때문에 나는 조금 힘들 듯 해요. 그래서 교토에서 자란 당신이 도와준다면 좋겠어요. 통역은 물론 내가 할게요." 그 말을 들은 미나미다는 자신의 귀를 믿을 수 없었다. "로마 교황의 대리자인 교황대사를, 세례를 받은 지도 얼마 안 된 제가 만날 수 있습니까? 그 분을 도울 수 있는 영광을 저에게 주시는 겁니까?" 구루코 신부의 깊은 사랑과 신뢰가 그의 마음속 깊이 느껴졌다.

"교토에 대하여 안내를 잘하는 사람이나, 건강한 사람들도 신부님께서는 많이 알고 계시면서 어째서 저에게 그러한 중대한 일을 맡기시는 겁니까? …." 사망 선고를 받고 절망에 빠져 있는 그에게 주어진 구루코 신부의 위로와 격려에 눈시울이 뜨거워졌던 그 순간을 생각하였다.

당시 절대적인 안정을 취해야 할 그에게 교토 이쪽저쪽을 뛰어다니며 움직이는 것은 어쩌면 죽음을 더욱 빨리 재촉하는 걸지도 모를 일이었다. "어쩌면 저는 도중에 쓰러져 죽을지도 모릅니다. 그러나, 그래도 좋아요! 내 인생의 최후에 그리스도의 대리자인, 로마교황의 대사를 직접 모실 수만 있다면 죽어도 좋습니다. 주님을 직접 모시는 마음으로 해보겠습니다!" 그렇게 미나미다는 결심을 하고 교황대사의 안내를 맡기로 한 것이다. 그 날은 기온축제(7월 한달 동안 열리는 일본3대 축제)의 날이었다. 가만히 있어도 땀이 흐를 만큼 무더운 날씨였다. 그 한여름의 교토 거리를 미나미다는 매일 교황대사를 가이드하며 바쁘게 돌아다닌 것이다.

안내를 마친 것은 시작한지 정확히 2개월이 지난 후였다. 기온축제 뿐만 아니라 금각사金閣寺와 용안사龍安寺나 청수사淸水寺 등 일본문화의 아름다움을 직접 접하고 교황대사가 기뻐하던 모습을 그는 잊을 수가 없었다. 마치 교황대사를 통해 예수가 기뻐하는 것처럼 미나미다는 느껴져 가슴이 뜨거워졌다.

그는 이미 삶의 대한 아무런 미련이 없었다. 죽음의 대하여 마음의 준비를 한 것은 물론 교황대사와의 만남을 통해 그는 죽음을 감사하게 받아드릴 수 있는 평온한 마음마저 생긴 것이었다. 그는 가족들에게 유서까지 써두었다. 구루코 신부에게도 마음에 담아두었던 모든 죄를 고백하였고 신의 용서를 바라는 긴 편지를 썼던 것이다.

기적과도 같은 일이 그의 몸에 일어난 것은 그 직후였다. "이유는 모르겠지만, 미나미다 씨의 사망 선고를 철회해야겠네요!"

미나미다의 담당의사의 말이었다. 미나미다의 병에 차도가 있었다는 뜻이었다. 현대의학에서는 있을 수 없는, 수술도 하지 않고 방사선과 항암제도 투여하지 않은 상태에서 말기 식도암이 회복된 믿기지 않는 일이 벌어진 것이다. 담당의사는 몇 번의 재검사 후 약간은 난처한 표정으로 이렇게 말했다. "당신이 믿는 그리스도가 기적을 일으켜 구해 주신 것 같습니다. 지금 저로서는 이렇게 말할 수밖에 없습니다. 어쨌든, 좋아졌습니다. 아직 상황을 더 지켜봐야 되겠지만 한번 정도만 더 와주시면 될 것 같습니다.세상에는 이런 신기한 일도 다 있군요! 나도 구루코 신부님으로부터 그리스도의 이야기를 들어야겠네요!"

그런 농담까지 덧붙이며 의사는 미나미다의 손을 강하게 꽉 잡았다.

"세상에, 이런 기적이 정말로 있을까!"

지금까지 소문으로만 들었던 일이 정말로 자신의 몸에서 일어난 것을 생각하니, 그는 몸 전체가 떨렸다. 그리고 예수의 말이 생각났다.

"누구든지 제 목숨을 구원코자 하면 잃을 것이요 누구든지 나를 위해 제 목숨을 잃으면 찾으리라."(마태복음 제16장 25절)

"그 때 만약 구루코 신부의 부탁을 거절하고 교황대사의 가이드를 맡지 않았다면 어떻게 되었을까? 아마 내 운명은 비극이었을 거야. 그래서 나는 그때 독신이었고 신의 은총과 예수님의 사랑을 입었다는 확신을 가지고 신부가 되어 한 평생 주님을 위해 바치겠다는 결의를 했었지!" 30년 동안 미나미다 신부를 통해 가톨릭교회의 세례를 받은 사람의 수는 성일의 아버지 김충환을 비롯하여 800여명 정도 되었다.

"그건 그렇고 갑자기 그런 질문을…. 신부가 되겠다는 생각을 해 본 적이 있었나?" "아니요! 생각해 본 적은 없었습니다."

성일은 그때까지만 해도 자신이 신부가 되는 일에 대하여 생각한 적은 한 번도 없었다.

"인간은 누구에게나 무엇과도 바꿀 수 없는 소중한 가치를 가지고 있단다. 신께서는 각각의 인간에게 그 사람만의 고유한 개성을 주셨고, 또 각자에게는 살아가야 할 인생의 길이 있지. 인간이 공허한 마음을 느끼는 것은 신께서 주신 인생의 목적을 찾지 못하였거나, 또는 바르게 행하며 살지 않았기 때문이 아닐까? 인간이 생각하는 신과 실제의 신은 크게 다르단다. 성일아! 네 이야기를 계속 들으면 들을수록 어쩌면 신께서 성일을 '성직자의 길'로 부르시는 것 같은 느낌을 받는데…. 물론 그것은 나의 지나친 생각일 수도 있겠지만. 하지만 이제부터라도 그 길에 대해 조금 생각해 보면 어떨까?" 신부의 말은 성일의 마음을 울렸다. 그것은 그가 이제까지 찾았던 자신의 인생의 목적이었던 것이다. 그 순간 그의 마음속으로부터 희망의 꽃이 서서히 피어나기 시작하였다.

† 일기

성일은 그 날 집으로 돌아와서 오랜만에 일기를 쓰기 시작했다. "어쩌면 오늘 나는 신을 만난 것 같다. 지금까지 나의 의식 속의 신은 인간의 희로애락에 의해 좌우되지 않는 영광의 신으로만 존재하는 줄 알았다. 그러나 오늘 신은 항상 괴로움과 고통 속에서 번민하는 사람들과 함께 계심을 알았다. 실제로 미나미다 신부님의 입술을 통하여 신은 나에게 나타나셨다. 그리고 신은 신부님과 함께 괴로워하고 번민하셨다. 오늘 나는 신께서 나를 필요로 하시고 부르시는 음성을 들을 수 있었다. 신께서는 나를 초대하려 하셨다. 그것을 이제까지 나는 알아차리지 못했던 것이다. 그곳에 나의 인생의 길이 있었는데도 다른 곳에서 삶의 목적을 찾고 있었던 것이다. 신이 계시는 곳에서 신을 찾지 않았던 것이다. 그리하여 공허한 마음을 항상 느꼈던 것이다. 그러나 이런 나를 신께서는 언제나 지켜봐 주셨고, 계속해서 나를 사랑해 주셨고, 모든 일을 나와 함께 하셨던 것이다."

그렇게 써 내려가면서 "신이여! 감사합니다." 마음속으로 외친 소리가 입술 밖으로 흘러나왔다. 그리고 나서 가와라마치를 향해 달려갔던 자신의 모습을 잠깐 떠올렸다. 성일은 일기를 계속 써내려갔다.

"내겐 신만을 의지하고, 간절히 사랑하며, 연모하는 마음이 있어야 한다. 내가 의지할 곳이 없었을 때 신께서는 처음으로 스스로의 모습을 관심과 사랑으로 나타내 보이셨다. 신과의 만남, 이것이 나의 바람이었으며 너무나 소중한 시간이었다."

일기를 다 썼을 때 성일은 내면의 세계가 하루아침에 바뀔 수도 있다는 사실에 놀랐다. 지난날 긴 시간 동안 그를 괴롭혀 온 공허한 마음은 거짓말 같이 사라져 버렸다. 성일의 눈에서 따뜻한 눈물이 흘러내려 기분 좋게 볼을 적시고 있었다.

기내의 작은 창 밖에는 칠흑 같은 어둠이 있었다. 성일이 창문에 비치는 자신의 얼굴을 응시하는 동안 창 밖 아래로 띄엄띄엄 가로등 빛이 보이기 시작하였다. 기내로 눈을 돌리자 비행 위치가 화면에 나타났다. 대평원 속에 있는 몽골의 수도, 울란바토르 거리의 가로등 빛이 사람들의 삶을 행복으로 감싸고 있는 것 같았다.

김 신부에게는 거리의 가로등 빛이 희망의 성화로 보였다. 그는 사람들에게 신의 뜻과 인간의 행복을 전함으로서 이곳에서 새로운 기분으로 출발할 수 있을 것 같은 생각이 들었다. 그러면서 서서히 잠에 빠져들었다.

제 3 장 오해

재회

† 고코로와 테레사 수녀

2013년 8월. 교토.

땀을 흘리며 김 신부는 교토의 기타야마北山에 있는 '예수의 성심을 위로하는 선교회'의 수도원 언덕길을 오르고 있었다. 한여름의 석양이 진한 오렌지 빛으로 산등성이를 비추고 있었다.

'십자가혐오 신드롬'에 대한 해명의 열쇠를 쥔 수녀, 테레사를 이제 만날 일을 생각하니 김 신부는 어쩐지 불안한 생각이 들었다. 그러나 4년에 보는 교토의 산과 기타야마의 맑은 공기는 한 순간에 그것을 잊게 해 주었다. 그곳에는 유럽과는 다른 일본만의 아름다움이 있었기 때문이다.

지금까지 김 신부는 예수나 마리아의 계시를 받았다고 하는 수녀나 신자들의 이야기를 들은 적이 몇 번 있었다. 그러나 대부분 그들에게 예수가 정말로 나타난 것이 아니었다. 꿈과 같은 단순한 이야기가 대부분이었으며 정신분열증이나 환각, 또는 남의 눈을 끌기 위한 연기도 있었다. 그렇기에 김 신부는 그런 류의 이야기에 대해서는 회의적이었던 것이다. 이번에도 그 수녀가 예수의 계시를 정말로 받은 것인지 믿기는 어려웠다. 그러나 본인을 만나기 전부터 드는 그런 의심스러운 생각이 양심을 짓누르는 것처럼 느껴졌다.

이번 조사가 무사히 끝나기를 바라며 오르는 언덕길은 교토의 한여름 저녁의 무더위까지 더해져 김 신부의 발걸음을 힘들게 했다.

수도원의 벨을 누르자 수도원의 원장 호스티아 수녀가 문을 열며 따뜻하게 맞아주었다. 안내 받은 작은 응접실의 밝은 등 빛 아래에 테레사 수녀가 이미 기다리고 있었다. "김 신부님이 오셨습니다." 이렇게 말하며 호스티아 수녀는 응접실 문을 열었다. 서로 머리 숙여 인사를 하고 테레사가 얼굴을 들었다. 그 순간 김 신부는 잠시 말을 잃어버렸다.

'이 무슨 운명의 장난인가!'

우에노 고코로.

대학 시절, 처음으로 데이트를 했던 그 날 영화를 본 후 그녀를 버려두고 사라졌던 일들이 사진처럼 선명하게 떠올랐다.

우에노 고코로가 테레사란 이름의 수녀로 이 곳에 있을 것이라곤 상상도 못하였다. 하지만 김 신부는 당황함을 애써 감추고 숨을 죽였다. 호스티아는 김 신부에게 테레사를 소개한 후 마실 차를 내어놓고 한동안 함께 이야기를 나누다가 두 사람만 남겨놓고 나갔다.

김 신부와 고코로는 그날 이후로 한 번도 만나지 않았고 김 신부는 고코로의 소식에 대하여 아무것도 모르고 있었다. 그저 좋은 사람 만나서 결혼하여 가족과 함께 행복한 가정을 이루고잘 살고 있을 것으로만 막연히 생각하고 있던 것이다.

'그렇다고 어떻게 이렇게 냉정할 수가 있지!' 지난날 비참한 일을 저질렀던 자신을 후회했던 김 신부는 마음속으로 그렇게 외쳤다. 사실 그날 이후로도 쭉 고코로를 걱정하던 그였다. 끝까지 행동으로 옮기지는 못했지만 만나서 사과라도 할까 하고 몇 번이나 고민했었다. 그날 이후로 정말 마음고생을 많이 했었다.

답답한 침묵이 잠시 동안 계속되었다. 김 신부가 용기를 내어 먼저 입을 열었다. “그 때 영화를 보고 난 후 당신을 혼자 내버려두고 가버린 일, 참으로 제가 못쓸 짓을 했습니다. 무슨 말로 사과를 해야 될지 모르겠습니다. 용서받을 수 없을 것이라고 생각합니다만, 사과하고 싶은 마음은 지금도 변함이 없습니다. 정말 미안합니다.”

김 신부는 진심을 다해 머리 숙여 사과한 뒤 아무 말도 할 수 없었다. 판결이 내려지기를 기다리는 피고인과 같은 심정으로 그는 기다렸다.

† 침 묵

“김 신부님! 제 눈을 보세요”

테레사는 예상 밖으로 온화하게 말을 건넸다.

“나를 원망하지 않습니까?” “원망은 없어요. 그보다 저를 용서해 주세요.” 김 신부는 그녀의 말에 이해가 되지 않아 의아한 표정을 지었고 테레사는 이야기를 계속하였다. “저는 분명히 연애관계는 기대하지 않는다고 편지에 썼습니다. 그때 저는 나름대로 순수한 생각을 가지고 있었어요. 그 날 확실히 큰 상처를 받았어요. 그래서 당신을 많이 원망했지요. 그러나 그 후 성서와 예수님의 가르침을 깊이 배웠고 자신의 내면을 들여다보니, 내 자신이 얼마나 이기적이었는지, 얼마나 추한 행동을 했는지를 알게 되었습니다. 결국 나쁜 쪽은 당신이 아니고 ‘나’라는 것을 알게 된 것입니다. 연애 감정이나 교제를 원했던 것은 아니었지만 다시 생각해 보니 역시 내 마음속에 독선적인 기대감이 있었던 것을 알게 된 것입니다. 그러니 그리 자신을 다그치지 말아 주세요."

그 일에 대하여 너무나 오랫동안 고통을 느꼈기 때문에 김 신부는 테레사의 말이 진정으로 고마웠다. 전혀 예상치 못한 일이었지만 지금 이곳에서 그녀에게 사죄할 수 있는 기회를 주심을 또 그녀가 자신에게 원한을 품지 않고 있음을 신께 감사드리지 않을 수 없었다.

이런 기회가 없었다면 일생 동안 계속해서 고통을 느끼며 살아야 했고, 그 죄의식에서 결코 풀려날 수 없었을 것이다.

"나도 당신이 연애 감정만으로 그런 편지를 쓰지 않았다는 것을 알고 있습니다." 김 신부의 말에 테레사는 한 순간 미소를 띠었다.

"감사합니다. 그러나 저에게 한 가지 더 용서를 해 주셨으면 좋겠습니다." "내가 당신에게…?" "예, 그렇습니다."

성일 신부는 테레사가 무슨 말을 하려는지 알 수 없었다.

"당신이 나를 두고 혼자서 가와라마치에 에이즈 예방 활동을 하러 간다고 일방적으로 말하고 떠난 뒤 저도 가와라마치까지 뒤따라 갔어요. 물론 당신은 알아차리지 못하였죠. 그런 내가 싫었지만 무슨 일이 있어도 확인하고 싶었어요. 정말로 활동을 하기 위해서 간 것인지를…." "그랬군요! 그러나 내게 용서할 자격은 없는 것 같은데요." "그 때 당신이 한 말은 사실이었어요." "어째서 사실이라고 생각하죠? 나는 그때 기부금 활동도 하지 않았는데!" "네! 확실히 당신은 기부금 활동은 하지 않았지요. 그곳에서 활동을 하는 사람은 아무도 없었으니까요. 그러나 다카시마야 백화점 앞 난간에 걸터앉아 낙심한 모습을 보고, 당신이 거짓말은 하지 않았다는 것을 직감적으로 알 수 있었어요.” 그때의 모습이 김 신부의 머릿속에 떠올랐다.

“당신이 나와 영화를 본 후 왜 그렇게도 절망적인 표정을 지었는지, 나는 도저히 이해가 되지 않았어요. 대단히 충격적이었죠. 당신의 공허한 마음을 위로해 줄 수 없었을 뿐만 아니라, 그것을 더욱 조장해버린 것 같아 굴욕감과 절망감이 밀려왔어요.” “정말로 내가 나쁜 짓을 했군요.” 김 신부는 미안한 마음을 그렇게 표현하였다. “그러나 그때 고령의 신부님이 당신에게 말을 걸어왔고 대답하는 당신의 얼굴은 빛나기 시작했어요. 그런 당신의 표정을 보는 순간, 말로는 표현할 수 없었지만 당신은 내가 들어갈 수 없는 완전히 다른 차원의 세계에서 고독과 싸우고 있음을 느꼈어요. 그리고 당신이 추구하는 사랑은 여성이나 그 누구도 아닌 주님이며, 신이라는 것을 알았죠. 그러고 나서 두 분이 함께 레스토랑에 들어가는 것을 보았죠. 그 후 몇 주일이 지났을까 교회신문에서 당신이 신부가 되기 위해 신학교에 입학했다는 기사를 읽었죠. 그때부터 당신은 이미 나의 손이 닿지 않는 곳에 가버렸고 외로움을 찾아 떠난 그런 당신을 이해할 수 있었던 것을 기억합니다.” 테레사가 어떻게 자신을 원망하지 않고 이해할 수 있었는지, 그 당시 자신의 심중을 어떻게 정확히 알고 있었는지에 김 신부는 놀랐다. 그녀의 말대로 김 신부의 인생은 미나미다 신부와의 만남으로 방향이 전환되었다. 그리고 그가 진정으로 고민하고 찾았던 것은 사람의 사랑이 아니라 신의 사랑이었음을 그 날 분명히 깨달았던 것이다. 그러나 테레사는 김 신부가 자기 마음에 상처를 입힌 것과 그녀를 몹시 힘들게 한 사실은 결코 잊지 않고 있었다. 테레사도 김 신부를 더 이상 괴롭게 하지 않기 위해 부담이 될 만한 표현은 말하지 않았던 것이다. 아무튼 그러한 그녀의 호의를 지금은 감사하게 받아들였고 빨리 본래의 주제로 들어갈 필요가 있었다. 호스티아 수녀는 두 사람이 과거에 그런 관계라고는 꿈에도 생각을 하지 못하였다. 부적절한 관계는 아니었지만 지금은 신부로서, 수녀로서 서로의 위치와 입장을 생각해야 했고 오해나 뜬소문을 피하기 위해서라도 세심한 주의가 필요하였다.

"테레사 수녀! 깊은 배려 진심으로 감사합니다. 이제야 평안을 찾았습니다. 정말로 감사합니다!" 그렇게 김 신부는 다시 한 번 사과를 하였다. "아니에요! 오히려 제가…!" 테레사도 같이 사과를 하였다.

두 사람 사이에 잠시 침묵이 이어졌다. 그러나 그것은 결코 답답한 침묵이 아니었다. 과거의 이야기를 그렇게 끝내기에는 서로를 추스르는 시간이 약간 필요했던 것이다. 그들은 물론 과거의 학생 시절의 그리운 추억이나 그 후 서로에 삶에 대한 이야기를 나누고 싶었다. 그러나 그 침묵 속에서 그들은 그 생각을 봉인하고, 서로를 마음으로 확인하려고 했던 것이다. 그러한 생각과 동시에 무엇인가 부드럽고 포근함이 두 사람을 감싸고 있었음을 그들은 서로 느끼고 있었다.

어린 시절의 추억

† 어린 시절의 기억들

"그러면 이제 본래의 주제로 들어가 볼까요?" 김 신부가 조금 긴장한 목소리로 분위기를 자르며 말을 시작했다. "예, 물론이죠!" 테레사가

의자에 다시 바로 앉으며 대답하였다.

“내가 오늘 여기에 온 것은 당신이 예수님으로부터 받았다는 계시에 대하여 물어보기 위해서라는 것은 알고 있었죠?” “예, 알고 있어요.” “그에 대하여 이야기해 주실 수 있습니까? 보고를 위해 녹음을 해야 하니 양해해 주십시오.” “예, 그러죠.”

예전에 비슷한 문제로 수녀와 신자들을 만나서 상담했던 일들을 김 신부는 떠올렸다. 그들 대부분은 정신분열증과 같은 증상을 보이며 초조함과 불쾌감을 억누르고 있어 이야기를 끝까지 듣기 무척 힘들었다.

하지만 이번에는 상대가 예전에 호감을 가졌던 사람이었던 점을 감안하지 않더라도 테레사에게는 정신분열증이나 기괴한 언동은 느껴지지 않았다. 그러나 그녀가 ‘십자가혐오 신드롬’의 해명을 위한 중요한 열쇠를 쥐고 있는 인물임은 틀림이 없었다.

김 신부는 음성 녹음기의 스위치를 누르고 질문을 하기 시작하였다. “나는 영적인 현상에 대해 잘 모릅니다. 예수님의 꿈을 꾼 적도, 영적인 소리를 들은 적도 없습니다. 당신에게 예수님이 나타나신 것이 확실합니까?” “예.” “예수님은 일본어로 말했습니까?” 김 신부는 자신이 바보스러운 질문을 하고 있는 것 같아 억지로 웃음을 참았다. “예. 저에게는 일본어로 들렸습니다. 그러나 보통 목소리와는 달랐습니다.”

“어떻게 다릅니까?” “그 목소리는 내 안에서 들려오는 것 같기도, 그렇지 않은 것 같기도 했습니다.” “그래요? 그래서 예수님께서는 당신에게 어떻게 말하시던가요?”

“예, 예수님은 나에게 “나를 기억하고 있는가?”라고 말했습니다.”

그 말은 김 신부에게 흥미를 일으키기에 충분하였다. 그리고 그는 자신의 표정을 알아차리지 못하도록 질문을 계속하였다.

"그럼 예전에도 예수님이 당신에게 나타난 적이 있었습니까?"

"예! 믿기 어렵겠지만…." 그렇게 말한 테레사는 자신이 자라온 환경과 예수와의 만남에 대하여 말하기 시작하였다.

김 신부는 조용히 그 이야기에 귀를 기울였다.

† 바구니 속의 갓난 아이

가톨릭에 속한 '예수의 성심을 위로하는 선교회'가 경영하는 아동 보육시설인 '성심원'. 그 정문 옆에 갓난아이가 들어있는 바구니를 한 수녀가 발견하였다.

바구니 속의 아기는 아직 생후 몇 주일밖에 안된 갓난아이였다. 즉시 경찰에 연락하여 어머니를 찾았지만 소용없었다. 수녀들은 그 아이를 성심원에서 기르기로 결정하고 우에노 고코로上野 心라는 이름을 지어 주었다. 그 아기가 지금의 테레사수녀였던 것이다.

신에게 일생 동안 독신을 맹세한 수녀들이 자신의 아이를 갖는 일은 거의 없다. 그러나 남성과의 성관계 없이 처녀의 몸으로 예수를 잉태한 성모 마리아와의 공통점인지 아니면 한평생 독신을 맹세하면서도 마음 깊숙이 여전히 존재하는 모성애인지 알 수는 없지만 그녀들은 고코로를 신이 주신 아이처럼 정성껏 보살폈고 거기서 큰 행복감을 느꼈던 것이다.

† 그리운 목소리

“고코로! 고코로!” 수녀가 되고 나서 거의 불린 적이 없는 자신의 이름을 누군가가 부른 것이다. 테레사는 침대에서 일어나 손을 뻗어 등불을 켰다. 혼자서 쓰고 있는 방을 둘러보았지만 아무도 없다. 그녀의 방은 아주 작았다. 낡은 침대와 옷장, 벽에 걸린 십자가, 책상과 그 위에 자명종시계와 스탠드, 작은 책장 하나가 전부였다. “누군가가 문 밖에서 나를 부르는 것 같은데…!” 그렇게 생각하며 침대에서 내려와 문을 열어 보았다. 하지만 문 밖에도, 복도에도 사람의 모습은 없었다.

“도대체 몇 시지?” 시계를 보니 새벽 4시를 조금 지나고 있었다. 커튼이 약간 열린 창문으로 해가 길어질 5월이지만 아직도 어두컴컴한 창밖의 경치가 희미하게 보였다. 귀를 기울여 보았지만 촘촘한 나무들 사이로 불어오는 바람에 나뭇잎과 가지들이 흔들리며 서로 부딪치는 소리뿐이었다.

“잘못 들었나? 아니면 꿈이었나? 목소리가 들렸는데. 확실히.”

테레사는 잠시 동안 의심 속에 귀를 기울이고 있었지만 그 뒤로는 아무것도 들리지 않았다. 그래서 한숨 더 자기로 하였다. 오전 5시 반에 시작되는 수도원의 아침기도까지는 아직 시간이 남아 있었다. 조금 잠이 들었을까, 이름을 부르는 목소리에 그녀는 다시 일어났다. 깜짝 놀라 확인해 보았지만 역시 아무도 없었다.

“이런 일이 있을 수 있을까…!”

테레사는 놀라움과 두려움에 벽에 걸린 십자가 앞에 무릎을 꿇었다. 그리고 기도를 드리려 했지만 기도를 드릴 수가 없었다. 그래서 잠시 동안 십자가에 걸린 예수의 얼굴을 응시하고 있었다. 그러자 또다시 목소리가 들렸다. "고코로! 고코로!" 역시 그 희미한 목소리였다. 잠결이 아닌 깨어있는 순간에 그녀의 귀에 확실히 들린 것이다. 목소리는 이상한 울림을 가지고 있었다. 상냥하고도 따뜻한, 그러면서도 보통의 소리와는 다른 울림이 있었던 것이다.

게다가 그 목소리가 어디에서 들려오는지 그녀는 알 수가 없었다. 처음에는 그녀의 가슴 속에서 들려오는 것 같았다. 놀라운 체험에 불안했지만 왠지 모르게 무섭지는 않았다. 그 목소리는 어디선가 들은 적이 있는 매우 정다운 울림이었다. "어디선가 들어본 적이 있는 목소리인데…!" 묻힌 과거의 기억의 실타래가 풀리듯 그녀는 목소리의 주인공이 누구인지를 상기하였던 것이다.

"고코로는 여기에 있습니다! 당신은 누구시죠?" 목소리의 주인에게 물었다. 그 순간 오랫동안 잊고 있었던 어린 시절의 기억이 선명하게 되살아났다.

† 어린 아기 예수와의 비밀

그것은 고코로가 다섯 살 때였다. 어린 고코로는 기도를 어떻게 해야 하는지도 잘 몰랐지만 단지 성당에 가서 십자가의 예수상과 제단 왼쪽에 있는 성모 마리아상을 보는 것만으로도 마음을 달랠 수 있었다. 사랑이 넘치는 표정의 성모 마리아에게 안긴 아기 예수는 그 손에 공 크기만 한 지구를 가지고 있었다. 그 지구의 중심에는 십자가가 박혀있었고 그것을 아기 예수가 장난감처럼 가지고 있었다. 그 의미는 예수가 십자가에서 죽음으로써 인류의 구원을 완성하였고, 이 세상의 참된 왕이자 메시아인 것을 표현하고 있었다. 고코로는 그 성모마리아상을 좋아하였던 것이다. 어린 아기 예수를 안은 성모의 얼굴은 약간 근심스러운 표정도 있어 보였지만 매우 상냥한 모습이었다. 그것을 보면서 고코로는 문득 생각하였다. "아마도 나를 낳은 우리 엄마도 이런 상냥한 얼굴이었을 거야!"

성당의 오른쪽 벽에는 대단히 진귀한 『수태고지』의 큰 성화가 걸려 있었다. 일반적으로 잘 알려져 있는 『수태고지』는 천사 가브리엘이 성모마리아에게 구세주를 잉태할 것을 알리는 장면이 그려져 있다. 그런데 이 그림의 오른쪽 상단에는 어린 아이 예수가 십자가를 지고 성모 마리아를 향하여 날고 있는 장면이 그려져 있었다. 구세주 예수가 태어나 인류의 죄를 속죄(그리스도의 대속으로 인류를 신과 화해시킨 일)하고 구원하기 위해 십자가에 매달린 것은 신에 의해 예정 되어 있던 것임을 그림으로 표현한 작품이었다.

어느 날 고코로가 홀로 성모마리아상 앞에 무릎을 꿇어 기도하고 있을 때였다. "고코로! 고코로!" 고코로는 놀라서 눈을 떴고 누가 있는지 주변을 둘러 보았다. 그러다 문득 성모 마리아상 쪽을 보고 고코로는 자기의 눈을 의심했다. 성모에게 안긴 어린 예수가 없어져버린 것이다. 고코로는 주위를 구석구석 찾아보았다. 그런데 없어졌던 어린 예수가 제단 뒤 왼쪽에 서서 미소를 짓고 있지 않은가. 손에 십자가가 박힌 지구 공을 든 어린 예수가 고코로를 향해 걸어와 그녀 앞에 섰다. "고코로! 함께 놀자!" 어린 예수의 말에 고코로는 너무나 놀라고 당황하였지만 한편으론 매우 기뻤다. "무슨 놀이를 하고 놀지?" 고코로는 너무 기뻐 되물었다. "이 공을 가지고 놀자!" "그 공은 십자가가 붙어있어서 잘 굴러가지 안을 것 같은데? 공놀이는 좀 어렵지 않을까?" "괜찮아! 십자가는 필요 없어. 뽑아버리면 돼!"

고코로는 조금 망설였다. 십자가는 매우 귀중한 것이라고 몇 번이나 신부나 수녀들에게서 배웠기에 어린 마음에도 십자가를 뽑는 다는 것에 저항감을 느낀 것이다. 어린 예수는 망설이고 있는 고코로의 모습을 보고 조금 슬픈 표정을 지었다. "잠깐 떼어놓고 다시 붙이면 돼! 고코로와 같이 놀고 있는 동안만이라도 좋아!" 진지한 눈길로 간절히 원하는 어린 예수에게 고코로는 협조하기로 하였다.

"하지만 빼기 어려울 것 같은데!" "혼자서는 잘 안되겠지만 둘이서 같이 잡고 빼면 될 거야! 같이 해보자." "그럼 좋아!"

고코로는 어린 예수 옆에 섰다. 예수가 나무로 만들어진 공을 잡고 고코로는 그 공에 박혀있는 빨갛게 색칠된 십자가를 끌어당겼다. 몇 번이고 잡아 당겼지만 십자가는 빠지지 않았다.

"역시 잘 안 빠지는데…. 다른 놀이를 하면 어떨까?"

"싫어! 공놀이를 하고 싶단 말이야. 빠진다고 믿으면 빠져. 해보자!"

고코로와 예수는 다시 힘주어 시도하였다. "정말로 믿고 잡아당긴 거야?" 예수가 다시 말하였다. 고코로는 믿지 않았던 것을 들킨 듯 조금 부끄러웠다. "응, 정말로 믿고 잡아당길게."

예수는 미소를 지었다. "그럼 한 번 더 해 보자!" 이번에는 십자가가 붙은 공을 제단과 신자들의 의자 사이에 있는 낮은 철책 사이에 끼워 함께 잡아 당겼다. 고코로도 이 때는 마음으로부터 빠진다고 믿었다. 그리고 혼신의 힘을 다해 잡아 당겼다. 그러자 십자가가 빠졌고, 두 아이는 바닥 위로 굴렀다. 그러자 두 아이의 웃음소리가 성당 안에 가득 찼다.

"이런 짜릿한 기분은 처음인데!" 고코로는 너무 재미있어 재잘거렸다. 그렇게 둘이서 제단 앞에 깔린 붉은색 융단 위에서 나무 공을 굴리며 놀았던 것이다. 나무 그림자를 성당 벽에 드리우고 스테인드글라스를 통하여 들어온 햇빛이 흔들거리며 성당 안을 각양각색으로 물들여 놓았다.

얼마나 시간이 지났을까 고코로는 제단 앞에 있는 붉은색 융단 위에 혼자서 누워 잠이 들어 있었다. 잠에서 깬 고코로는 곧바로 어린 예수와 십자가가 빠진 공을 찾았지만 예수도 공도 보이지 않았다. 십자가가 붙은 지구를 가진 어린 예수를 품에 안은 성모의 상만이 있었다. 그것은 이전과 같은 모습이었지만 고코로는 상을 보고 미소를 지었다.

몇 주일 후 다시 이상한 사건이 일어났다. 그 날도 고코로는 성당의 가장 앞자리에서 무릎을 꿇고 눈을 감고 있었다. 잠시 후 주위가 밝아진 것 같아 눈을 떴다.

눈앞에 십자가를 등에 업은 어린 예수가 서있지 않은가. 그것은 성당을 향하여 오른쪽에 걸린 『수태고지』의 그림 속의 어린 예수였다. 가만히 눈을 크게 뜬 채로 바라보는 고코로에게 예수는 말을 걸었다. "고코로! 이 무거운 십자가를 등에서 좀 떼어줬으면 좋겠어!" "좋아! 내가 떼어줄게!" 이번에는 흔쾌히 어린 예수의 등에 있는 십자가를 떼는 것을 도왔다. 간단하게 떨어지지 않았지만 몇 번 잡아 당겼더니 십자가를 떼어 낼 수 있었다.

"예수님은 어릴 때부터 이렇게 계속 십자가를 지고 있어야 해?" 고코로는 어린아이에게 십자가를 지게 하는 것은 너무 힘든 일이라는 생각에 어린 예수를 불쌍하게 생각했던 것이다.

"고마워 고코로! 정말 가벼워졌어!" 십자가를 떼어낸 어린 예수는 홀가분하여 기쁜 듯 고코로에게 감사의 말을 하였다. 그러나 예수의 등에서 뗀 십자가를 가지고 있었던 고코로는 그것이 생각했던 것 보다 무거운 것임을 깨닫고 마냥 기뻐할 수만은 없었다. 고코로는 십자가를 바닥에 내려놓고 예수에게 이끌려 둘이서 숨바꼭질을 하며 놀았다.

"오늘도 정말로 재미 있었어!"

예수는 방긋이 미소를 지었다. "나도 재미있었어! 그런데 고코로. 이건 고코로와 나만의 비밀이야!" "응, 알았어! 또 함께 놀 수 있을까?"

"'언젠가' 만날 수 있을 거야!"

"'언젠가' 라고?" 예수는 대답 없이 미소만 짓고 있었다.

정신을 차렸을 때 고코로는 역시 융단 위에서 혼자서 누워 있었다. 눈을 떠서 곧바로 예수를 찾았지만 예수는 십자가를 지고 본래의 그림 속으로 되돌아 가버렸고 아무런 말도 없었다. 고코로는 예수가 또 다시 나타나 함께 놀아 주기를 원했다. 그래서 매일 같이 성당에 가서 기다렸지만 예수는 그 이후로 그녀 앞에 나타나지 않았다. 고코로는 이 두 가지 이상한 사건이 무엇을 뜻하는지 잘 알지 못하였다.

"꿈… 인가?" 하지만 분명히 꿈은 아니었다. 확실히 예수와 같이 놀았던 것이다.

"도대체 누가 이 말을 믿어 줄까?"

고코로는 예수와 놀았던 것을 아무에게도 이야기하지 않기로 결심하였다. 이상하게도 그 때부터 고코로는 이전과 같은 외로움은 느껴지지 않았다. 그리고 시간이 흐름에 따라 어린 예수와 함께 지냈던 추억은 그녀의 기억 속에서 점점 사라져 갔던 것이다.

† 나의 심정을 이해해주었으면 좋겠어!

"고코로! 고코로!" 그 그리움의 목소리는 확실히 어린 시절 어린 예수가 그녀를 부를 때의 울림이었다. 그것을 깨달은 순간,"나의 예수님!" 그녀는 자신도 모르게 마음속으로 외쳤다.

예수와의 만남 이후 고코로는 외로울 때나 크리스천이라는 이유로 따돌림을 당할 때면 신과 예수에게 기도를 드렸다. 그러나 대부분의 기도에는 응답이 없었다. 예수와 함께 있음을 믿었지만 그녀의 마음은 항상 부모가 없는 고아라는 사실에 무겁게 짓눌렸던 것이다. 신과 예수의 구원에 대한 믿음이 깊어질수록 마음은 더욱 방황하였던 것이다. 그녀가 고아라는 사실이, 그녀의 부모가 원하던 원하지 않았던 그들 사이에서 태어난 한 생명을 버리고 갔다는 현실이 마음을 무겁게 짓눌렀던 것이다.

모든 예배나 미사에도 빠짐없이 참여하던 고코로였지만 "거짓 사랑으로 태어난 나와 항상 예수님께서 함께 할 리가 없을 거야!" 언제나 마음 한편에는 그러한 생각이 머물러 있었다. 그녀는 해가 거듭남에 따라 서서히 예수로부터 멀어졌다.

하지만 예수는 그녀의 동심을 자극하며 다시 나타난 것이다.

"저는 예수님과의 비밀스런 만남을 잊고 있었는데도 이런 죄 많은 저를 잊지 않고 다시 찾아 주시다니!" 어린 시절 어린 예수의 '언젠가'

만날 수 있을 거라는 말이 생각났다.

"그…! "언젠가"라고 한 말이, 오늘이었나요?" 그렇게 말하는 순간 너무나 포근한 느낌이 전신에 퍼지며 눈물이 쏟아져 나왔다. 그녀는 잠시 동안 볼을 적시고 흐르는 눈물을 훔치지 않고 그대로 두었다.

잠시 후 다시 예수의 목소리가 들렸다.

"나의 마음은 오해를 받고 있어. 나의 심정을 이해해주었으면 좋겠다." 라는 짧은 말을 남기고 무엇인가 말하고 싶은 테레사의 마음을 모르는 듯 예수는 또다시 어디론가 사라져버렸다. 아무 일도 없었던 것처럼 정적만이 남아있었다.

† 수녀 테레사의 이해

"흥미로운 이야기 고마웠습니다." 테레사의 이야기가 끝나자 김 신부가 말하였다. "음…! 정말 이상한 이야기네요."

김 신부는 속으로는 반신반의하였지만 그것을 말로 표현하지는 않았다. "지금 이야기해 주신 내용에 대하여 몇 가지 질문해도 좋겠습니까?" "예!" " '나의 심정을 이해해주었으면 좋겠다.'라는 말은 '당신이 이해해주었으면 좋겠다.'라는 의미입니까?"

"예. 저의 이해를 원하는 느낌이었습니다만 동시에 예수님을 믿는 모든 사람에게도 원하고 있음도 느껴졌습니다."

"어떤 의미로 예수님의 마음이 오해 받고 있다고 생각합니까? 구체적인 이야기는 하지 않았습니까?"

"예. 다른 말씀은 하시지 않았습니다."

"당신은 그 말이 무엇을 의미하는지 알고 있습니까?"

"확실하게는 모르겠습니다. 단지 그 말에 대하여 기도를 통해 느낀 것은 있습니다. 하지만 그것이 옳은 것인지, 아닌지 자신은 없습니다"

"그것이라도 괜찮으니 이야기 해 주세요."

"제 생각에는 예수님이 십자가에 못 박혀 죽고 다시 부활해 세상에 강림한 것은 온 세상을 구원할 목적이었는데 사람들은 예수님을 로마 제국으로부터 이스라엘만을 독립시킬 왕으로 오해해 왔다고 말하고 싶은 것이 아닐까요?" "그런 해석이라면 이전부터 있던 관점이고 다시 한번 예수님이 강조할 필요는 없을 것 같습니다만."

"아니면 그 의미가 현대에 들어와서 희미해졌기 때문이 아닐까요? 잘 설명할 수 없지만 물질적인 풍부함과 쾌락, 편리성을 추구하는 세속화의 흐름이 교회 속까지 들어왔기 때문이 아닐까요? 그런 풍조는 마치 예수님의 십자가에서의 죽음의 의미를 이해하지 못한 예수님의 제자 베드로가 예수님의 십자가 길을 가로막았을 때 '사탄아, 내 뒤로 물러가라. 너는 나를 방해하는 자로다. 네가 하나님의 일은 생각하지 아니하고 도리어 사람의 일만을 생각하는 도다.(마태복음 제16장 23절)' 라고 예수님께서 훈계하신 내용과도 연결되어 있다 생각됩니다.

현대는 기독교뿐만 아니라 모든 종교가 정말로 어려운 시대에 있습니다. 가톨릭교회를 포함한 전통적인 기독교에서 신자들이 교회를 떠나고 있습니다. 교회가 사회에 올바른 영향을 주지 못하기 때문이죠!"

"그렇군요."

"그 때문에 예수님은 다시 한 번 쾌락으로 망할 수밖에 없는 이 세상이, 십자가의 부활로 영원한 구원과 기쁨의 세계의 대해 다시 눈을 뜨기를 원하시며 "나의 심정을 이해해주었으면 좋겠다."라고 말한 것이 아닐까요?"

테레사의 해석이 옳다, 그르다 판단은 어려웠지만 김 신부는 그녀의 냉정한 말투와 겸손한 태도에 호의적인 인상을 받았다. 그러나 현시점에서 그녀가 이야기 한 내용과 다른 '십자가혐오 신드롬' 현상을 보이는 자들이 십자가를 보면 구역질이 난다는 보고서 사이에 연관성은 보이지 않았다. 그래서 그녀에게 몇 가지 질문을 더 하기로 하였다.

† 자신의 의지와 상관없이

"십자가를 볼 때에 구토를 일으킨다고 들었습니다. 언제부터였죠?"

"일 년 반 정도 전부터입니다."

"그 이전에는 그런 현상은 전혀 없었습니까?"

"예. 전혀 없었습니다."

"어떤 때에 그런 현상이 일어납니까?"

"십자가를 볼 때에 일어났습니다."

"십자가를 볼 때 마다라는 겁니까?"

"아니요, 반드시 그렇지는 않습니다. 그러나 그 빈도가 조금씩 많아지고 있습니다."

"식중독이나 내장질환 등의 원인이 없는데도 구역질이 일어나는 경우라면 어떤 심리적인 이유일까요? 예를 들어 피를 보면 기분이 안 좋아져 구토를 하는 경우가 있습니다. 당신의 경우는 십자가를 볼 때 기분이 나빠진다는 말이네요?"

"예, 그렇습니다. 하지만 왜 갑자기 그렇게 된 것인지 저도 도저히 모르겠습니다. 김 신부님도 그렇겠지만 십자가는 저에게 있어서 매우 소중한 것입니다. 십자十字 성호를 그을 때나, 십자가에 입맞춤을 할 때, 십자가를 쥐고 기도할 때, 매우 경건한 생각을 가지고 때로는 행복한 기분마저 들었습니다. 십자가를 보고 구역질이 날 것이라고는 생각도 해 본적이 없습니다. 저의 의지에 상관없이 십자가를 보고 구역질이 나는 저 자신이 너무 무섭습니다.

솔직히 말해 예수님께서 다시 저에게 나타나신 것은 저에게 큰 기쁨이고 구원이었습니다. 십자가를 보고 구역질이 나는 제게 이제 예수님이 다시 나타날지 의심스럽습니다."

김 신부는 조금이나마 테레사의 불안과 괴로움을 이해할 수 있었다.

"이런 의구심을 가진 자신이 너무나 싫고, 두렵습니다. 구역질이 나는 이유를 알 수만 있으면 좋겠지만 그 이유를 전혀 모르겠습니다. 그러나 예수님의 목소리를 다시 생각하면 십자가에 대한 본래의 숭고함과 그리움이 다시 떠올릴 수 있었습니다. 그래서 역시 저에게 나타나신 예수님은 진정한 구세주 예수님이었다고 받아들이게 됐죠. 그러자 이상하게도 같은 상황을 다른 각도에서 볼 수 있었습니다."

"'다른 각도에서'라고 말씀하셨습니까?"

"예! 예수님의 십자가의 고통의 의미에 비하면 나의 고통은 진정한 고통이라 말할 수 없고, 그래서 나에게 지금 주어진 이 고통스런 상황을 있는 그대로 감사하며 받아들이기로 하였습니다."

로만 가톨릭교회 쪽에서는 '십자가혐오 신드롬'을 김 신부가 최초로 직접 다룬다는 사실에 그에게 기대를 걸고 있었다. 그러나 김 신부는 아직도 테레사가 십자가를 보고 구역질이 난 원인에 대하여 이유조차 전혀 모른 채 미궁 속으로 걸어 들어가고 있었다. 김 신부는 '십자가 혐오 신드롬'에 관한 두 번째 회의 때 위르겐 바르타자르 교수가 했던 "예수의 십자가의 원래의 이미지는, 숭고함이나 그리움, 아름다움이 아니고, 꺼림칙하고 혐오감이 있었다."라는 말을 떠올렸다. 그것을 테레사에게 말하면 그녀의 불안이나 괴로움이 조금은 누그러질 것 같았지만 지금 이 시점에서는 말을 아끼기로 하였다. '십자가혐오 신드롬'의 해명의 중요한 열쇠를 가지고 있는 그녀, 우에노 고코로와의 15년 만의 재회이자, 신드롬의 원인을 밝히고자 했던 첫 번째 면담은 그렇게 끝났다.

바티칸 보고서

† 성장과 계시 啓示

바티칸에서 '신드롬 대책위원회'의 세 번째 회의가 소집된 것은 11월 중순이었다. 영어로 보고 해야 하는 김 신부에게 있어서 역시 긴장되는 순간이었다.

"그러면 곧바로 김성일 신부가 '십자가혐오 신드롬' 해명의 열쇠를 쥐고 있는 테레사 수녀의 자라난 내력과 그녀의 인품, 지금까지 예수와 테레사와의 관계와 계시의 내용 등에 대하여 보고해 주시겠습니다. 김 신부! 부탁드립니다."

스튜어트 추기경에의 소개로 단상에 오른 김 신부는 먼저 테레사의 자라난 내력을 간단히 이야기하였다. 그녀가 태어난 지 얼마 안 돼 '예수의 성심을 위로하는 선교회'의 아동보육 시설인 성심원 앞에 버려진 것과 선교회에 맡겨져 다른 아이들과 같이 성심원에서 중학교를 졸업할 때까지 성장했고, 그 후 수도원의 원장 호스티아의 오빠인 우에노 가정의 양녀가 되어, 대학을 졸업한 후 수녀가 되기 위해 다시 선교회에 입회한 것 등에 관한 이야기 등을 보고하였다.

그 다음으로 김 신부는 그녀가 보인 신드롬의 증상과 그 때문에 괴로워해 온 것도 설명하였다. 끝으로 유년시절의 그녀와 어린 예수와의 영적인 만남과 다시금 그녀에게 나타난 예수에 대해 그녀가 말한 내용 그대로를 충실하게 보고했다. 그러나 그들이 서로를 전부터 알고 있었던 개인적인 내용은 보고하지 않았다. 그 이유는 그 사실을 말하기가 꺼림칙해서가 아니라 만일 테레사에게 벌어진 일들이 정말로 '예수의 계시'이었다면, 예수가 준 계시가 사람들에게 받아들여지기 쉽도록 임무를 수행하겠다는 그의 책임감 때문이었다. 그러기 위해서는 이번 일에 영향을 줄 수 있는 오해와 불필요한 마찰을 피할 필요가 있었다.

김 신부의 보고를 들은 후 참석자들의 질문이 차례대로 이어졌고, 그는 그 질문 하나하나에 대하여 솔직하게 대답하였다. 그 회의의 주된 대화 내용은 이랬다.

"김 신부는 테레사 수녀의 인품을 통해 어떤 인상을 받았습니까? 예를 들어 조금 이상한 느낌이 들었다거나, 침착성이 없다거나, 독선적인 인상이 있었다는 등에 관하여 말씀해 주십시오."

"제가 테레사 수녀의 인격적인 부분으로부터 받은 인상은 지극히 평범했다는 것입니다. 그녀의 태도에서는 이상한 점을 찾을 수가 없었습니다. 또 그녀는 자신의 감정을 냉정하게 잘 조절하고 있었습니다. 그녀는 저의 질문에 의미를 잘 이해하고 있었고, 정직하게 대답해 주었습니다. 그리고 독선적이거나 오만한 태도는 보이지 않았으며 오히려 자신의 마음을 잘 다스리는 겸허한 인상을 받았습니다."

"그녀가 고아였다는 사실 때문에 심리적, 성격적인 깊은 상처가 있는 삶이었다고 봅니다만, 다른 정신적인 병이 있거나 혹은 인간관계의 문제점은 없었습니까?"

"그에 관해서도 수도원장을 통해 확인했습니다만, 특별한 문제는 없었습니다. 단지 어릴 때부터 혼자서 자주 성당에 가서 기도를 하였고, 수녀가 된 뒤에도 다른 수녀들보다 자주 성당에서 기도를 했다고 합니다. 그러나 그런 그녀의 행동은 인간관계의 문제로 인한 도피가 아니고, 오히려 그런 모습이 사람들에겐 모범이 되고 좋은 인상을 주었다고 합니다."

"그녀의 구역질에 의학적인 원인은 없습니까?"

"그 점에 관해서도 두 의사에게 진찰을 받았습니다. 두 의사 모두 생리학적인 원인은 발견하지 못했습니다."

"트라우마trauma와 같은 심리적인 요인은 없었습니까?"

"그 부분도 임상심리 치료사와 정신분석 의사에게 진찰을 받았습니다. 심층 심리분석을 통해서도 구역질을 일으키는 심리적인 원인이나 트라우마는 그녀의 무의식적인 영역에서도 나타나지 않았습니다."

"김 신부가 생각하기에 어린 예수와 그녀가 함께 놀았다는 이야기나,

그녀가 예수의 계시를 받았다는 말이 정말로 믿을만한 사실입니까?"

"개인적으로는 그것이 정말 일어난 일이라고는 믿기 어려웠습니다. 어느 쪽이냐 하면 '믿을 수 없다' 라는 쪽이 처음의 솔직한 느낌이었습니다. 하지만 계속해서 이야기가 계속되면서 그녀가 만들어낸 이야기라는 인상은 점점 찾아볼 수 없었습니다. 그녀의 이야기를 들으면 들을수록 저의 경험이나 이해를 넘어, 어쩌면 정말로 있을 수 있는 일이라는 생각이 점점 강하게 느껴졌습니다. 이로써 제 보고를 마치겠습니다. 감사합니다." 그렇게 일단 질의응답이 끝났다.

"김 신부님, 대단히 감사했습니다! 그러면 이제부터 김 신부의 보고를 근거로 토의를 계속하겠습니다. 의견이나 다른 견해가 있으신 분은 말씀해 주십시오." 스튜어트 추기경의 말에 여러 명이 손을 들었다.

"테레사 수녀가 다섯 살 때 어린 예수와 놀았다는 이야기는 그녀가 만들어 낸 이야기가 아닙니까? 정말 믿을 수가 힘듭니다만…!" 몇몇 사람들이 찬동하였다. 그러나 반대 의견도 있었다.

"저도 테레사와 같은 체험을 4세 때에 했습니다. 지금까지 아무에게도 말한 적은 없었지만 내용을 듣고 보니 참고가 될 것 같아, 저의 이야기를 조금 하겠습니다. 물론 그녀와 똑같지는 않지만 역시 성모에게 안긴 어린 예수가 성당에서 혼자 기도하고 있는 저에게 나타나 함께 놀아 주었습니다. 그것도 몇 번씩이나 계속되었습니다. 그녀가 체험한 것은 만들어낸 이야기가 아니라 충분히 있을 수 있는 일이라고 저는 생각합니다." 그 말이 끝나는 순간 회의장은 속삭임과 한숨으로 술렁거렸다. '축복이 있기를!' 하는 탄성도 터졌다. 학계에서도 인격적으로 존경 받는 이탈리아인 피에토로 마라스 추기경의 말이었기 때문이었다. 그는 교황청 설립 성서연구소의 교수이며 성서비평학 분야에서도 명망이 높은 사람이었다. 그런 그에게 그런 체험이 있다는 말은 모두를 깜짝 놀라게 하였다. 재미있는 사실은 그 후 아무도 그 문제에 대하여 언급하는 사람은 없었다는 것이다. 마라스 교수가 엉터리 같은 말을 할 사람이 결코 아니기 때문이었다. 나아가 그의 발언은 그러한 일이 일어날 수도 있다는 사실을 회의 참석자들 스스로가 납득하기에 충분한 위력을 가지고 있었다. 점심 후에도 계시의 내용에 관한 토의는 계속되었다.

† 성심의 계시

계속해서 김 신부가 '나의 마음은 오해 받고 있어. 나의 심정을 이해해주었으면 좋겠다.' 라는 예수의 계시를 받은 테레사에 관하여 보고했다. "예수의 계시를 테레사가 어떻게 이해하고 있는지에 대해 보고하겠습니다. 테레사는 예수의 말을 지극히 전통적인 기독교의 관점에서 이야기를 하였습니다. 그녀의 설명에 의하면 예수 당시의 유대인과 제자들은 지상에서 눈으로 볼 수 있는 형태의 '신의 나라'를 건설하러 오는 '메시아'를 기다리고 있었습니다. 그러므로 그들은 예수가 왕으로서 이스라엘의 나라를 실제로 재건할 것을 기대하고 있었다는 것입니다. 하지만 예수의 사명은 십자가에 매달려 죽음에 이른 후 부활함으로써 인류의 죄에 대한 속죄와 구원을 실현하는 것으로, 그녀는 그 사명의 의미를 눈으로는 보이지 않는 영원한 '신의 나라의 건설'로 이해하고 있었습니다. 그 것은 당시의 제자들을 포함한 누구도 예수의 진실 된 심정을 이해하지 않았고, 예수의 마음을 오해하고 있었다는 것으로 풀이할 수 있습니다. 현대에 있어서도 기독교 교회 깊숙하게 세속화된 문화가 들어옴에 따라, 가령 크리스천이라 할지라도, 돈과 지위, 성적쾌락 등 물질적인 행복을 추구하는 경향이 강해지고 있습니다. 때문에 사람들은 십자가의 죽음과 부활을 올바른 눈으로 보지 않고, 죄로부터의 영원한 구원과 행복의 진정한 가치에 대한 믿음을 잃어버리고 있습니다. 그 당시 사람들은 십자가에 못 박히고 부활하기 위해 이 땅에 오셨던 예수의 진정한 심정을 이해하지 못하고 오해한 것입니다. '나의 마음은 오해 받고 있어. 나의 심정을 이해해주었으면 좋겠다.'라는 계시는 예수가 인류의 구원을 위해 고통의 길을 걸으며 그의 피와 살을 바치는 속죄를 통한 희생적인 사랑을 깨닫지 못하고 오늘 날 세속화 되어가는 크리스천들에 대한 경고라고 생각합니다.

그 때문에 그 계시는 그녀가 속해 있는 선교회의 창립 취지를 실현하기 위한 성 마르가리타 마리아의 '성심의 계시'의 현현이라고 그녀는 이해하고 있었습니다."

" '성심의 계시'를 올바로 이해하고 있었군요!" 누군가가 그렇게 말한 순간 몇몇 사람들이 박수를 쳤다. 테레사의 예수의 십자가에 대한 이해가 옳다고 판단했기 때문이었다. 박수는 그들도 예수의 십자가에 관하여 같은 생각임을 의미하고 있었다.

"성 마르가리타 마리아와 '성심의 계시'에 대하여 저는 들어본 적이 거의 없습니다. 아마 나와 같이, 가톨릭 이외의 사람들은 잘 모르니,

누군가가 이해하기 쉽게 설명해 주셨으면 좋겠습니다만….” 케냐의 감리교Methodist 교회의 목사가 그렇게 제안을 하였다. “제가 설명을 드려도 좋겠습니까?” 프랑스의 미쉘 안드레 추기경이 설명을 자청하였다. 성 마르가리타 마리아St. Margarita Maria(1647~1690)는 프랑스인으로서 ‘성심의 계시’는 프랑스와 깊은 관계가 있었다.

“저에게 질문을 해 주시면 시간낭비가 줄어들 것 같습니다. 어느 분이라도 질문해 주십시오.” 안드레 추기경이 그렇게 다시 말하자 몇 사람이 손을 들었다.

“ ‘성심’이란, 예수의 마음을 의미합니까?” “예, 그렇습니다.”

“예수의 기분이나 감정이라고 해석해도 좋습니까?” “그것은 조금 틀립니다.”

“어떻게 다르다는 말씀이죠?” “ ‘성심’은 현대의 우리들이 생각하는 사람의 기분이나 감정의 심리상태를 의미하는 것이 아니라 인류의 사랑을 위해 십자가에 못 박히심으로써 고통 속에서 피를 흘리신 예수의 마음, 실제 육신의 심장과 깊게 결부되어 있습니다.”

“심장으로부터 피가 나오는 예수의 그림을 본적이 있습니다만….”

“그렇습니다. 그런 그림들은 모두 예수의 ‘성심’을 주제로 그려졌습니다. 대부분의 서양 언어는 육체의 내장기관인 심장과, 눈으로 보이지 않는 마음을 같은 단어 ‘Heart’로 표현합니다. 그것은 인간의 감정이 심장에서 나온다고 옛날부터 믿어왔기 때문입니다.

예수의 피 흘린 심장은 인류의 죄에 대한 속죄와 구원을 위해 십자가에 돌아가신 예수의 인류에 대한 사랑의 시작이라는 생각에서 비롯된 것입니다. 예수가 십자가에서 로마병사에게 옆구리를 찔렸을 때

'피와 물이 나오더라(요한복음 19장 34절)'라는 성서의 구절이 그 근거라고 생각됩니다."

"예수가 창으로 찔린 곳은 오른쪽 옆구리인데, 심장은 왼쪽에 있지 않습니까? 그 성구는 조금 다른 것 아닙니까?"

"예! 말씀하신 그대로입니다. 초기 기독교에서는 예수가 오른쪽 옆구리를 창에 찔려 피를 흘렸을 때 옆구리가 열려 예수의 마음인 심장이 인류에게 드러나는 길이 열렸다고 해석한 것입니다. 그래서 예수의 옆구리와 심장을 대부분 같은 의미로 사용해 온 것입니다. 옆구리와 심장, 마음은 같은 의미이므로 옆구리로부터 흘러나온 피는 예수의 마음 즉, 심장으로부터 흘러나온 피라고 해석한 것입니다. 그러므로 가톨릭 교회는 피를 흘리는 예수의 마음과 심장을 성심聖心으로, 창조주 하나님과 예수의 사랑의 상징으로 믿어 온 것입니다. 예를 들어 '예수와 마음을 서로 교환하는 환상'을 자주 보았다는 성 카타리나(1347~1380, Saint Catherine, 이탈리아 중부 도시 시에나 출신의 성녀)는 십자군 전쟁을 일으키려던 교황 그레고리오 11세를 설득하여 아비뇽 체재를 종식시켰고 교황을 다시 로마로 복귀시키는 등 그 당시 교황들에게 많은 영향을 주었던 인물이었습니다. 그런 그녀는 '성혈로 샤워하는 은총'이라는 표현을 사용하기도 하였습니다. 신앙이 없는 사람에게는 그로테스크한 표현이지만 예수의 옆구리로부터 흘러나온 피의 표상은 신자에게는 구세주 예수의 사랑을 가장 잘 느끼게 하는 장면이며 아름다운 극치의 표현입니다."

" '성심의 계시'는 언제부터 시작된 것입니까?"

"17세기 프랑스의 수녀 성 마르가리타 마리아에게 예수가 나타나 계시를 주었습니다."

"그녀에 대하여 좀 더 자세하게 설명해주십시오."

"그녀는 1647년, 프랑스의 부르고뉴 주州 샤론 시市의 로트쿠르에서 태어났습니다. 1671년, 파레-르-모니알Paray-le-Monial에 있는 수녀회의 수도원에 들어가서 1690년 43세를 일기로 선종善終하였습니다."

"그녀는 예수로부터 어떤 계시를 받았습니까?"

"1673년부터 1675년까지 예수가 그녀에게 여러 차례 나타나 '성심의 계시'를 주셨습니다. 성심은 예수님의 심장만을 분리해서 말하는 것이 아니라 우리 때문에 창에 찔린 심장의 고통과, 피를 흘리며 인류를 사랑과 소망으로 인도하신 '예수의 마음'입니다. 또한 성심은 우리의 죄를 아파하시는 예수님의 인격과 영혼을 상징하며 우리가 사랑으로 섬겨야 할 대상인 것입니다. 성 마르가리타 마리아는 몸과 마음을 다하여 회개하고 고백하는 성심의 신앙을 전 세계에 전해야 하는 사명을 받은 것입니다. 그것을 '성심의 계시'또는 '성심의 출현'이라고 말하는 것입니다."

"가톨릭교회는 그것을 예수의 계시로 인정한 것입니까?"

"성 마르가리타 마리아가 계시를 받았을 당시 수도원 안에서도 불신과 박해를 받았지만 그녀의 영적 스승이자 사제였던 예수회의 성 클로드드라 콜롱비에르(1641~82, Claude de la Colomabiere)는 그녀의 계시를 '예수로부터'라고 변호하였고 처음으로 '성심의 계시'에 기초를 둔 '성심의 몸과 마음'은 수녀회의 수녀들과 예수회의 신부들에 의해 프랑스뿐만 아니라 전 세계로 급속히 전파되었던 것입니다. 그 후 1765년에는 교황 클레멘스Clement 13세가 '성심의 계시'를 공식적으로 인정하였습니다. 1856년 교황 비오Pius 9세는 '성심의 국경일'을 제정하였고 성 마르가리타 마리아는 1920년 교황 베네딕투스Benedictus 15세에 의해 성인으로 추대 되었습니다. 그래서 '성심의 계시'의 무대가 된 작은 도시 파레-르-모니알은 수많은 순례자들의 성지가 되었던 것입니다. 여러분들도 알고 계시겠지만 성심에 의한 수도회나 선교회가 세계 수많은 곳에 창설된 것입니다."

"안드레 추기경, 대단히 감사합니다." 스튜어트 추기경의 말에 모두가 안드레 추기경에게 박수를 보냈다. 회의는 그다지 긴장된 분위기가 아니었다. 김 신부의 보고와 이어지는 토의의 내용은 모두 회의 결론의 연장선상에 있는 듯한 느낌이었다. 즉 '십자가혐오 신드롬'이 처음 그들이 느꼈던 기독교와 교회에 적대적인 것이 아니라 오히려 기독교의 이미지 쇄신을 위한 좋은 의미가 그 안에 깔려있다고 인정하는 분위기였다. 회의에 참가한 많은 가톨릭 사제들은 테레사의 '예수의 계시'를 '성심의 계시'의 현대판이라고 느꼈던 것이다.

일반적으로 프로테스탄트 안에는 특정한 사람을 성인으로 숭배하거나 예수의 계시를 주장하는 사람들을 인정하지 않는 교파나 사람들이 많이 있다. 하지만 가톨릭의 입장과 같이 '성심의 계시의 현대판'을 전적으로 이해하는 것에는 조금 무리가 있었지만 긍정적으로 의미로 해석하고 받아들이려는 사람들도 적지 않았다.

그 순간 김 신부는 보고를 무사히 마친 안도감과 함께 문제가 아직 해결되지 않았다는 생각이 들었다. 테레사가 십자가를 통해 구역질이 나는 증상은 원인에 대한 것은 아직도 미스터리였기 때문이었다. 그것에 대하여 굳이 언급하는 사람은 없었지만 김 신부는 걱정이 되었다.

앞으로도 세계의 곳곳에서 그와 같은 이상한 현상이 계속해서 일어나 예기치 않은 방향으로 상황이 전환 될 것 같은 예감이 들었던 것이다.

'십자가혐오 신드롬'이라는 명칭은 역시 바꾸는 편이 좋겠다라는 의견이 몇몇 사람에게서 나왔지만 좀 더 상황을 보고 정하기로 하였다. 아무튼 회의는 "앞으로 계시에 새로운 진전이 있다면 다시 보고를 드리겠습니다."라는 말로 끝이 났다.

제 4 장 계시

되살아난 어린 예수

† 테레사의 갈등

교토京都.

테레사는 김 신부를 그렇게 다시 만날 수 있을 거라고는 꿈에도 생각해 본적이 없었다. 김 신부가 면담을 위해 온다는 것은 미리 알았고 마음의 준비를 할 여유는 있었지만 다시 만난 그 순간에 마음의 평정을 유지할 수 있을지는 자신이 없었다. 하지만 그 재회가 자신의 상상을 넘어 신의 사랑과 은혜로 인도된 것에 대하여 그녀는 감사하고 있었다. '김 신부를 만나 내 마음이 변하면 어떡하지!' 라는 불안은 깨끗이 사라졌지만 이상하리만치 냉정하게 말하는 자신의 모습에 놀란 것도 사실이다. 그리고 예수에 대한 자신의 사랑이 생각 이상으로 평온함을 느꼈기에 안도하였다. 김 신부와 만난 뒤로 예수에 대한 사랑은 더욱 깊어지게 되었다.

그녀가 예수를 사랑하는 것은 대부분의 크리스천이 예수를 사랑하고 연모하는 것과 거의 다르지 않았다. 그녀에게 있어서 예수는 신과 같이 숭고한 존재였고 개인적 감정이나 애정으로 대하는 존재가 아니었다. 바티칸의 교황이 성인으로 추대한 사람들 중에 예수를 연인과 같이 혹은 남편과 같이 연모했다는 기록이 많이 남아있었다. 그녀는 그런 종류의 책을 몇 번 정도 읽은 적이 있었으나 성인이 아닌 그녀와는 관계가 없는 이야기라고 생각하였다. 그런데 지금 그 예수와의 관계가 그녀 안에서 바뀌어가고 있었다. 예수가 그녀에게 다시 나타나 '나의 마음은 오해 받고 있어. 나의 심정을 이해해주었으면 좋겠다.'라고 계시를 준 후로부터 이전과는 다른 큰 사랑과 그리움이라는 감정이 싹트기 시작하였다. '사랑과 그리움'은 분명히 남녀의 연애 감정과는 다른 종류의 느낌이었지만 그래도 그것이 예수에 대하여 처음으로 체험한 은혜로운 사랑의 자극이라고 확신하였다.

그러나 성인들이 가지고 있었던 예수와의 깊은 사랑의 관계를 지금 자신과 연결시킬 수 있을 만큼의 가치나 자격이 그녀에게 있다고 생각하지는 않았다. 그 순간 마음 한 구석에서 알 수 없는 진한 의문의 안개가 덮쳐왔다.

'김 신부와의 관계에서 문제가 있는 것은 아닐까?' 라고 이런 저런 생각을 했지만 그 역시 관계는 없었다. 문제가 있다면 오히려 예수와의 관계에서 형성된 감정이라는 생각이 들었다.

'내가 경솔했던 건 아닐까?' 그러나 아무리 생각해 봐도 이 역시 그녀가 문제되는 발언을 한 적은 없었다.

그녀는 예수의 십자가에 대하여 지금까지 배워 온 모든 지식을 떠올려 보기로 했다. 교회의 전통적인 관점에 의하면 예수가 십자가의 길을 간 것은 부활을 위한 예정된 사건이었다.

아버지 되시는 신은 인류의 시조 아담과 하와에게 다음과 같은 계율을 주셨다.

"동산 안에 있는 온갖 나무의 열매는 따먹어도 좋다. 그렇지만, 선

악을 알게 하는 나무의 열매는, 먹지 말라. 먹는 날에는 반드시 죽으리라."(창세기 2장 16~17절)

그러나 아담과 하와는 그 계명을 깨고 선악을 알게 하는 나무의 열매, 금단의 열매를 훔쳐 먹었던 것이다. 뱀의 유혹을 받아 그 열매를 먹으면 눈이 떠져, 신과 같이 될 수 있다고 생각한 것이다. 그 오만함과 신의 대한 불순종이 인류 최초의 죄, 다시 말해 원죄로써 인류가 범한 모든 죄의 근원이 되었다. 아담과 하와는 에덴동산에서 쫓겨나고 그 죄로 말미암아, 사람은 누구나 고통 속에서 죽어야 할 존재가 되어 버렸다. 인류의 죄는 계속 늘어나고 세계로 퍼져 갔다. 그러한 인류의 불신앙과 죄에도 불구하고 사랑의 신은 고통 속에서 괴로워하는 인류를 구원하시기를 간절히 원하셨다. 그런데 인류 전체에 대한 속죄는, 원죄가 있는 인간으로는 불가능하며 오로지 신만이 가능한 일이었다.

그래서 신은 이스라엘 민족을 선민으로 택하고 그들에게 구세주를 맞이하기 위한 섭리를 준비하게 한 후, 인간의 몸으로 예수가 이 세상에 태어나게 하셨다.

신은 인류의 죄를 용서하고 구원하기 위해 인류의 죄에 대속으로 십자가의 부활을 계획하였던 것이다. 신은 육신으로 태어나, 육신으로 죽고, 육신으로 부활함으로써 아담이 초래한 원죄를 육체적 죽음으로 극복하여 인류를 영원히 구원하였다.

때문에 예수는 십자가의 길을 필연적으로 가지 않으면 안되었던 것이다. 신의 계획은 구약 성서의 '고난의 주'(이사야서 제53장)에 예언되어 있었다.

....

그는 사람들에게 멸시를 당하고 버림을 받았을 뿐 아니라

고통을 겪었고 언제나 병을 앓고 있었다.

사람들이 그를 보고서 얼굴을 가릴 만큼

그는 멸시를 당했으니 우리마저도 그를 무시해 버렸다.

그러나 사실 그가 짊어진 병은 우리의 병이었고

그가 짊어진 아픔은 우리의 아픔이었다.

....

우리의 허물이 그를 찔렀고 우리의 악함이 그를 짓뭉갰다.

그가 책망을 받아서 우리가 평화를 누리고

그가 매를 맞아서 우리의 병이 나은 것이다.

....

그는 학대를 받고 괴롭힘을 당했지만 입을 열지 않았다.

마치 도살장으로 끌려가는 어린 양처럼, 털을 깎이는 어미 양처럼

그는 입을 열지 않았다.

....

그가 그의 생명을 제물로 내놓으면

자손을 보면서 오래오래 살 것이다.

그리고 여호와께서 원하신 일이

그의 손에서 이뤄지고 있다.

....

그는 많은 사람의 죄악을 스스로 짊어질 것이다.

....

그가 많은 사람의 죄를 대신지고 죄지은 사람들이 용서를 받도록

기도를 할 것이다.

하지만 사람들은 구세주의 탄생의 의미를 모르고 예수를 이스라엘의 해방자로서 혹은 정치적 왕으로서 현세적인 구원을 요구하였던 것이다.

십자가의 길로 인류의 구원을 위해 걸어갔던 예수의 심정을 아무도 이해하지 못하고 사람들은 '구세주라면 십자가의 길을 갈 필요가 없다'라고 생각하였다. 수제자인 베드로마저 십자가의 죽음과 3일째에 부활할 것을 예언한 예수에게 "주여! 절대로 안 됩니다. 그런 일이 주께 일어나서는 절대로 안 됩니다."(마태 복음 제16장 22절)라고 반대의 목소리를 높였다. 겟세마네의 동산에서 예수는 피 같은 땀을 흘리며 최후의 기도를 드렸다. 그 때 베드로와 야곱과 요한에게 "내 마음이 너무 괴로워 죽을 지경이다. 너희는 여기 머물러 나와 함께 깨어 있도록 하라."(마태복음 26장 38절)라고 바라셨는데도 그들은 그 간절함에 순응하지 않고 잠을 자버렸다. 3년간을 동고동락한 제자들마저 대속의 죽음을 통해 인류를 죄로부터 구원해야 하는 예수의 사명과 괴로움을 이해하지 못했던 것이다. 은화 30냥에 예수를 판 제자 '가룟 유다'에 의해 배신당한 예수를 제자들은 지키지는 못할망정 도망가며 "예수를 모른다!" 라고 말했다. 그래서 예수는 홀로 고독한 십자가의 고난의 길을 가지 않으면 안 되었던 것이다.

하지만 십자가를 통한 죽음의 고통과, 신에게까지 버림받은 것 같은 고독의 절정에서도 예수는 신에게 절대적 믿음과 순종을 바쳤다. 그리고 자신을 죽이려던 로마인과 유대인들의 죄를 용서해주기를 신께 간절히 기도를 드렸다. 하늘에 계신 아버지에 대한 예수의 절대적인 신앙과 원수까지도 사랑하는 참된 사랑의 승리는 '인류의 죄'라는 매듭을 풀었고 예수는 부활했던 것이다.

이는 테레사가 교회와 수도원에서 익히 배웠던 내용이며 기독교 서적을 통해 읽었던 내용이었다. “예수님의 심정에 대한 나의 이해와 해석이 틀렸다고는 생각해 본적이 없어. 그건 나 혼자의 생각이 아니고 기독교의 가장 중심적인 가르침에 근거하고 있기 때문이야. 그렇다면 다른 곳에서 문제가 생긴 것일까?” 그녀는 아무리 생각해도 알 수가 없었다.

“제자들에게 배신당하고, 누구에게도 심정을 토로하지 않은 채 인류 구원을 위한 십자가의 길을 가야 했던 예수님의 심정은 얼마나 고통스럽고 외로운 길이었을까!”

예수의 고독의 길을 생각하면 할수록 테레사는 가슴이 터질 것만 같은 아픔을 느꼈다. 현대의 많은 사람들이 예수의 고통을 이해하지 못하고 있기 때문에 예수는 ‘나의 심정을 이해해주었으면 좋겠다!’라고 간절히 원했던 것으로 생각한 그녀는 ‘한 번도 진실로 이해한 적이 없는 사람들이 슬프고도 고독한 예수님의 심정을 이해해 줬으면 좋겠다!’라고 간절하게 생각했던 것이다. 테레사는 구역질을 겪은 후 조금 멀어진 것 같았던 십자가에 대한 그리운 생각이 되살아난 것에 기뻤다. 십자가를 사랑하고 연모하는 은혜로운 생각에 빠져 방에 걸려있는 십자가를 우러러 보고 있었다.

그때였다. 돌연 또다시 꺼림칙한 구역질이 그녀를 습격한 것이다. “어째서 나에게 이런 일이…! 어쩌면 내가, 엄청나게 큰 실수를 저지른 것인가?” 정체를 알 수 없는 불안이 너무나 무섭고 두려워서 테레사는 그 자리에 쓰러져 울음을 터트렸다.

† 두 번째 출현

3주일 후 예수는 다시 테레사에게 나타나 그녀에게 물었다.

"테레사! 나의 '십자가의 죽음'에 대하여 어떻게 생각하느냐?"

"저는 당신이 십자가의 길을 가신 것은 우리들의 죄를 용서하고 구원해 주시기 위해 처음부터 계획된 '신의 바람'이며 '당신의 소망'이었다고 믿고 있습니다." "그런 믿음이 나의 심정을 이해하는 것이라고 생각하느냐?" 테레사는 '어째서 예수님은 그렇게 물어보시는 걸까!'라고 이상하게 생각하였지만 정직하게

"예! 그렇게 믿고 있습니다." 라고 대답하였다.

그 때 예수는 의외의 말을 하였다.

"네가 정말로 어떻게 생각하고 있는지 다시 한 번 기도하고 잘 생각해야 한다."

상상도 할 수 없었던 예수의 말에 놀란 그녀는 예수가 무슨 말을 하려고 하는지 그 의도를 이해할 수가 없었다. 예수의 말은 기독교의 신앙의 근본 교의인 '십자가의 필연성'을 부정하는 것 같이 느껴졌기 때문이다. 지난번에 한번 뿌리쳤던 의심이 또 다시 되살아난 것이다.

"이 분이 정말로 예수님일까? 진정으로 예수님이라면 십자가의 죽음은 처음부터 예정된 신의 바람이며, 예수님의 소망이라고 믿고 있었던 것을 "다시 한 번 기도하고, 잘 생각해야 한다."라고 말할 리는 없어!" 그녀는 일단 믿겠다고 결심은 하고 의혹을 품은 자신을 부끄러워하며 그 의심을 뿌리치려고 예수에게 다시 물었다.

"예수님! 무슨 말씀이세요? 처음부터 십자가의 죽음은 신의 바람이며, 당신의 소망이었던 것이 아닙니까?" "네가 다시 한 번 잘 생각해

야 한다." 그렇게 예수는 대답하고 떠나버렸다.

† 생각을 백지상태로 만들기

"내 믿음이 틀린 것일까?"

사람들이 지금까지 믿고 있던 가장 중요한 것에 대해 의심을 품기 시작할 때가 가장 심각하고 위험한 순간이다. 그러나 그 것은 동시에 새로운 가능성으로의 전환, 비약의 기회인 것이다.

예수가 두 번째 계시에서 테레사의 십자가는 신의 바람이며, 예수의 소망이라는 생각에 대해 "다시 한 번 기도하고 잘 생각해야 한다."라고 이야기 한 내용은 그녀에게 큰 충격이었다. 실제로 기독교 존재의 근본을 흔드는 위험한 위기 상황을 초래할지도 모르는 일이었다. 그처럼 그녀가 지금까지 의지하고 있었던 튼튼한 토대가 격렬하게 동요하고 있었던 것이다.

그녀가 함께 이야기한 사람이 예수가 아니었더라면 마음은 한결 편안했을 것이다. 그 말을 간단히 부정하면 되기 때문이다. 그러나 계시는 예수로부터 온 것이기 때문에 지금까지 그녀의 생각은 교회의 가르침에 근거하였으며 "예수님의 가르침은 어긋날 리는 없어!" 라고 지금의 상황에서 도망칠 수는 없었다.

'수도원장님 호스티아와 김 신부에게도 상의해 볼까'라고 생각했지만 "그것은 네가 다시 생각해야 한다!"라는 예수의 말에 그것도 망설여졌다. 그녀에게 남겨진 선택은 자신의 믿음이 정말 옳은 것인지를 다시금 자신에게 질문하며 고독과 외로움 밖에 없는 길을 가는 것이었다.

힘이 들지라도 진정으로 예수의 십자가의 죽음이 신의 바람이었던가를 다시 한 번 스스로에게 질문을 한 테레사는 그 질문 자체가 가지는 엄청난 무게에 움직일 수조차 없었다. 그 문제를 다시 질문하는 것은 예수 탄생 이래 2000년간 기독교가 변함없이 지켜온 중요한 믿음의 근본을 부정할 가능성을 내포하고 있기 때문에 테레사는 무서웠던 것이다. 동시에 그것을 생각하는 자체가 불경스러웠고 또한 '오만'이라고도 생각하였던 것이다.

고민 끝에 테레사는 모든 것을 버릴 각오로 결국 이제까지 망설이며 넘을 수 없었던 경계선을 한 걸음 넘어가고 있었다. 그녀는 매일 다른 수녀들보다 빨리 일어나 아침기도를 하였고 수도원 부지 내에 있는 '십자가의 길'이라고 불리는 산책로를 따라 걸으며 십자가를 매고 '죽음의 길'을 향하여 걸어가는 예수의 심정에 대해 묵상하였다.

"신이시여! 주님의 가르침으로 저의 생각과 마음을 맑게 하여 주소서. 주님의 '십자가의 죽음'에 대하여 다시 한 번 정확하게 깨닫게 하여 주소서. 진정으로 주님의 심정을 이해할 수 있도록 저를 깨우쳐 주소서!" 매일 간절한 기도했지만 실마리를 찾을 수는 없었다. 며칠 동안 암흑 속에서 길이 보이지 않아 괴로워하며 결심이 흔들릴 것만 같던 어느 날이었다. 문득 "네가 정말로 어떻게 생각하고 있는지 다시 한 번 기도하고 잘 생각해야 한다."라고 하는 예수의 말이 되살아 난 것이다. 그러한 예수의 말에 "지금까지 나의 생각과 나의 마음과 나의 감정이라고 생각했는데…. 마치 그렇지 않은 것 같은 느낌이 느껴졌어. 갑자기 어떻게 된 일이지?" 그녀는 그것을 계기로 여러 가지 생각들을 정리하며 서서히 알아차리기 시작한 것이다. 그것은 자신의 생각과 교회의 가르침이 자신 안에서 어디까지가 교회의 가르침이고 어디까지가 자신의 생각인지 그 경계선을 헤아릴 수 없을 만큼 그녀 안에서 복잡하게 연결되어 있었기 때문이다.

"예수님은 십자가의 죽음에 대한 나의 생각을 물으셨어. 왜일까? 내가 나의 생각이라고 생각하고 있었던 것은 사실 교회의 가르침이었어. 그리고 예수님의 죽음에 대하여 나 자신이 어떻게 생각하고, 어떻게 느끼고 있는지를 자신에게 기도하고 답을 요구해야 한다는 말…. 그러고 보니 예수님으로부터 질문을 받을 때까지 십자가의 죽음에 대하여 그것이 신의 바람이었는지, 아닌지 생각을 한 번도 해 본적이 없었네. 어째서 그런 의문을 가진 적이 없었던 것이지? 그것은 지금까지 기독교에서는 의심할 수 없는 대전제로서의 '믿음'이었기 때문에, 누구도 그러한 의문을 가지지 않았던 거야." 테레사는 그렇게 자문자답을 되풀이하였다. 그녀는 '예수의 십자가의 죽음은 신의 바람이었다'라는 가르침을 완전한 진리로서 받아들였던 것이다. 그러나 그 대전제를 걷어치우고 생각을 백지 상태로 만들어 그것을 어떻게 느끼고, 생각해야 하는지를 다시 찾아봐야 한다는 결론에 이르렀던 것이다. 그때까지 아무 것도 보이지 않았던 캄캄한 어둠길 저 너머에서 희미한 빛으로 보이기 시작하였다.

† 십자가의 필요성

희미한 빛이 보였다고는 하지만 여전히 테레사는 매일 같이 엄격한 기도와 탐구를 계속했다. 왜냐하면 '예수의 십자가의 죽음은 신의 바람이었다'라는 가르침으로부터 자유롭게, 그녀의 마음을 백지 상태로 만드는 일은 생각보다 어려웠기 때문이다. 테레사는 마음으로부터 예수의 십자가의 죽음을 느끼고 싶었다.

고독한 싸움을 계속 하던 어느 날 저녁이었다. 테레사가 수도원의 광장 벤치에 앉아 성서를 읽으며 사색을 하고 있을 때 주변에선 어린이들이 공놀이를 하고 있었다. 그 공이 우연히 테레사 앞으로 굴러 왔다. 그 공을 주워 돌려주려던 때였다. 돌연 어린 시절의 기억이 다시 선명하게 되살아난 것이다.

그녀가 다섯 살 때 어린 예수가 성모 마리아상으로부터 내려와 그녀와 나무 공을 굴리며 놀았던 일이었다. 지금까지 잊고 있었던 예수의 말이 지금은 대단히 중요한 의미로서 선명하게 떠오른 것이다.

"어쩌면 그 말과 관계가 있을 거야." 테레사가 상기한 그 말은 '십자가는 필요 없어! 뽑아버리면 돼!' 라는 어린 예수의 말이었다. 그때 그녀는 예수의 말을 공놀이하기에 십자가가 거추장스러워, 필요 없다는 의미로 이해하였던 것이다. 그러나 그녀는 그때의 예수의 표정이 대단히 엄숙한 분위기였음을 기억해 냈다. 그 순간 갑자기 한 가지 생각이 떠올랐다.

"혹시 주님은 '십자가의 죽음은 필요 없어!' 라고 말하고 싶었던 것일까? 그래서 '십자가는 필요 없어!'라고…." 테레사가 작은 목소리로 중얼거렸을 때 그 말이 갖는 무서운 의미에 심한 불안을 느끼며 몸이 몹시 떨려 왔다.

"설마! 그럴 리가…! 내가 지나치게 생각하고 있는 거야! 설마! "십자가는 필요 없어!"라는 말은 절대로 있을 수 없어! 십자가가 없었다면 주님의 육체의 부활도 없고 주님이 흘린 소중한 피는 인류의 속죄도, 용서도, 구원도 할 수 없게 되는 거야. 십자가의 죽음과 부활을 토대로 하여 시작된 2000년간의 기독교의 역사도 존재할 수 없어. 십자가는 기독교에 없어서는 안 될 소중한, 그리스도의 상징이야. 그것 없는 기독교는 절대로 있을 수 없어…!" 그렇게 자신에게 타이르며 방금 중얼거린 무서운 의문을 뿌리치려고 노력하였다.

예수의 눈물

† 예수의 심정을 오해한 그녀

그러나 예수의 '십자가의 죽음은 필요 없어!'라는 말에 대한 의문은 테레사의 머릿속으로부터 사라지지 않았고 부정하면 부정할수록 더욱 강하게 뇌를 자극하였던 것이다. " '십자가의 죽음'이 필요하지 않았다면 예수님의 탄생의 목적은 다른 곳에 있다는 것인가? 그러나 '십자가의 죽음'에 의한 속죄 이외에 도대체 어떤 목적이 있다는 것인가?" 그녀는 '십자가의 죽음'에 의한 속죄와 부활에 의한 구원, 그 외의 것은 상상도 해본 적이 없었다.

"예수님의 십자가 위의 죽음과 부활은 유일하고 절대적이며 완전한 구원이었다. 그 외의 구원은 없다. 그리고 예수님은 세상이 끝날 최후의 심판을 위해 재림해야 한다."라고 교회의 가르침을 통해 배웠고 믿어왔다. 또한 지금 그녀는 교회 학교에서도 어린이들에게 그렇게 가르치고 있다. 어쩌면 자신이 믿어 온 믿음이 틀릴 수도 있다는 생각에 테레사의 마음은 극도로 불안에 빠지며 혼란스러웠다.

그러나 그녀가 불안과 혼돈 속에서도 한편으로는 종래의 전통적인 가르침에 사로잡히지 않고 "예수의 십자가의 죽음은 신의 계획된 필연도 아니었고 신의 바람도 예수님의 소망도 아니었다. 어쩌면 불필요한 일이었을지도 모른다."라는 것까지 생각이 이르렀을 때 어린 시절의 체험들이 하나로 연결되는 것이었다.

마치 대지에 덮여 있던 진한 안개가 태양이 떠오르면서 사라지 듯 그때까지 보이지 않았던 풍경이 보이기 시작했던 것이다. 무엇보다 '십자가는 필연이 아니었다.'라는 생각을 하니 이제까지 그 의미를 몰라 괴로웠던 "왜 십자가를 보고 구역질이 났던 것인지?"에 대한 수수께끼가 풀리는 것 같았다. 또한 예수의 "나의 심정은 오해 받고 있어!"라는 계시의 진정한 의미도 알 것 같은 예감이 들었다.

"십자가의 죽음은 본래 신의 바람도, 예수님의 소망도 아니었는데 어떠한 사정 때문에 그 길을 가야만 했다면 그 큰 오해가 도대체 어디에서부터 온 것일까. 만약 그렇다면 기독교는 그 출발부터 예수님의 심정과는 완전히 반대되는 내용을 계속해서 믿어 왔다는 것이다. 그렇다면 어째서 지금까지 그것을 알아차리지 못하였을까?" 테레사는 이제까지 "예수님의 심정을 진정으로 이해할 수 있도록 도와주소서!"라는 기도에 대한 '응답'을 받은 느낌이었다. 그러나 그녀가 받은 '응답'은 또다시 새로운 괴로움 속으로 그녀를 끌고 들어갔다.

"어떻게 그럴 수가! 나야말로 예수님의 심정을 오해하고 있었다니!" 그녀는 예수의 심정을 오해했었음에도 불구하고 오만하게도 예수의 심정을 이해하고 있다고 믿었던 것이다. 그녀가 이제까지 그렇게 믿어왔던 것이야말로 예수를 깊게 상처 입혔고, 슬프게 만든 일이었다는 것을 깨달았을 때 그녀는 자신의 죄에 경악하였고 두려움에 떨기 시작하였다. "이런 내가 예수님의 심정을 위로하고 이해하려 했다니!" 그녀는 자신이 매우 부끄러웠고 고약한 냄새가 나는 위선자라고 생각했다. 자신의 오만함을 용서할 수 없었던 것이다. 깊은 한숨과 슬픔, 회개의 눈물이 끊임없이 흘러내렸다. 그리고 "나는 왜 이렇게 죄 많은 존재로 태어났을까!" 라는 고뇌가 끊임없이 계속되었다. 그녀는 그 괴로움 속에서 빠져 나올 힘조차 없었다.

† 소망의 십자가

그런 괴로운 날들을 보내고 있었을 때 예수가 테레사에게 또 다시 나타났다. 이번 출현이 세 번째이다. 그녀는 죄송하단 생각과 자신의 잘못에 대한 슬픔에 얼굴을 들 수가 없었다.

"테레사! 이젠 괜찮아 얼굴을 들어라."

예수는 상냥하게 말을 걸었다. 테레사는 눈물이 가득 고인 눈을 천천히 올려다 보았다.

"네가 자신을 다그치는 기분은 잘 알고 있다. 그러나 그 문제는 단지 너만의 문제가 아니야. 나를 구세주로 믿는 기독교 전체의 문제라는 것을 알았으면 좋겠구나." 테레사는 십자가의 죽음은 신의 바람도 예수의 소망도 아니었음을 이젠 알고 있었지만 예수로부터 직접 확인하고 싶었다.

"예수님! 제 생각이 정말로 옳은 건가요? 십자가에 매달려 죽기 위해 이 세상에 오셨다는 것은 완전한 오해였나요."

"네 느낌과 깨달음은 옳다! 그것이 내가 너에게 준 '심정의 계시'의 본질이다." 테레사는 예수의 말에 전율을 느꼈다.

잠시 호흡을 가다듬으며 그녀는 그 진실에 다다르는 과정에서 품게 된 의문을 지금 풀지 않으면 안 되겠다고 생각하였다. 예수와 직접 이야기할 수 있는 소중한 기회는 이제 다시 오지 않을 것만 같았다. 죄송한 마음뿐이었지만 한 번 더 용기를 내어 물어 보았다.

"어째서 예수님은 지금까지 그것을 다른 사람들에게 전하지 않으셨습니까? 우리 선교회가 특히 존경하는 성 마르가리타 마리아의 '성심의 계시' 에서도 그런 이야기는 없었고 아무도 가르쳐주지 않았습니다. 어째서 진정한 당신의 심정을 알려주지 않았습니까?"

"나는 지금과 똑같은 내용을 전했지만 아무도 그것을 이해하려고 하지 않았다. 왜냐하면 계시의 내용은 계시를 받은 사람과 그것을 해석하는 사람들이 나에 대해 갖고 있는 심상心想이나 교의教義의 이해에 크게 좌우되었기 때문이다."

"그렇다면 주님께선 그 때 성 마르가리타 마리아에게도 그와 같은 내용을 몇 번이나 전했다는 것입니까?"

"물론 그랬지! 가톨릭뿐 아니라 흑인의 여성 신학자들과 모든 크리스천에게도 나의 심정을 전하였다. 하늘에 계신 아버지께서 이스라엘 민족을 선민으로 선택하시고 긴 세월 동안 가르치며 인도하였던 것은 구세주인 나를 박해하고 죽이기 위해서가 아니라 그들이 천부天父의 믿음과 사랑을 받아들여 지상에 신의 나라를 건설하기 위함이었다. 그런데 십자가의 죽음이 신의 바람이며 그것이 나의 소망이라고 어찌 할 말할 수 있겠는가? 그러나 그 독단적 교리의 벽은 매우 높고 두꺼웠다."

"그래도 성서에서는 십자가의 죽음이 처음부터 신의 바람이며, 당신이 십자가 길을 간 것은 필연적인 것이라고 여러 곳에 적혀 있습니다. 그것을 어떻게 이해하면 좋겠습니까?"

"성서는 내가 쓴 것이 아니야! 거기에는 나의 말도 있지만 내 말이 아닌 것도 있어. 성서의 기록과 내용에는 이미 인간들의 해석이 들어가 있단다.

나는 "천국이 가까이 왔다! 회개하고 복음을 믿어라!"라고만 선포했다. 그러나 그 당시 사람들에게는 기독교가 만든 사후의 세계인, '신의 나라'라는 관점이 없었다. 그들에게 '신의 나라'는 어디까지나 지상의 '천부(天父)의 나라' 를 의미했던 것이다. 그렇게 말한 내가 십자가의 죽음이 처음부터 아버지의 바람이며, 미리 계획된 것이라고 어떻게 말할 수 있겠느냐."

테레사는 예수가 지금까지 말할 수 없었던 심정의 토로에 깜짝 놀랐다. 그러나 예수의 다음 말은 그녀를 더욱 놀라게 하였다. "테레사! 너를 선택한 것은 너의 죄가 많아서가 아니다. 네가 이해한 나의 심정을 크리스천과 전 세계의 사람들에게 전하기를 원해서지. 그 때문에 나는 너를 선택한 것이다." 상상도 못했던 예수의 말에 테레사는 놀라 허둥댔다. "예수님! 저는 도저히 그런 일을 할 수 없습니다!"

"인간적으로 생각하면 할 수 없는 일일지 모르지만 정말 네가 나를 사랑하고 믿는다면 반드시 길은 있다."

예수는 지구에 박힌 십자가를 어린 예수와 함께 뽑았을 때의 모습을 그녀에게 상기시켰다. 그 때도 어린 예수의 말을 믿지 않으려 했던 그녀에게 믿도록 말했던 것이다. 그리고 그 말을 믿고 예수와 함께 혼신의 힘으로 뽑았을 때 십자가는 빠진 것이다.

"그 때처럼 제가 예수님을 믿기를 원합니까?" 그러나 그 때와는 상황이 전혀 다름을 그녀는 알고 있었다.

"예수님! 저는 당신을 정말로 사랑하고 믿습니다. 그러나 그 사명은 저에게 너무나 힘든 일입니다. 죄송합니다. 누군가 성서나 신학적 지식도 많고, 사람들로부터 존경 받는 위치에 있는 사람들에게 그 사명을 주셨으면 좋겠습니다. 정말 저에게는 너무나 어려운 일입니다. 죄송합니다."

기독교 인구가 1퍼센트 밖에 안 되는 일본에서, 이름도 없는 수녀에게, 예수는 왜 그러한 중대한 사명을 주려 하는 것인지 그녀는 전혀 이해할 수가 없었다. 더욱이 기독교 전체에 영향력이 있는 기독교 국가의 추기경이나 대주교, 혹은 세계적으로 유명한 신학자나, 큰 수도원의 원장, 아니면 로마의 교황에게 직접 예수가 나타났다면 많은 크리스천과 기독교 국가들이 예수의 부탁이 받아들여질 것이라고 생각했던 것이다.

"중요한 것은 성서나 신학적 지식이 아니다. 능력이나 사회적 위치나 권력도 아니다. 가장 소중한 것은 사랑이며 나의 심정을 정말로 이해하고 있느냐라는 것이다. 네가 정말로 나의 심정을 이해하고 정말로 나를 사랑한다면 그것이야말로 더할 수 없는 힘이 될 것이다. 왜냐하면 나는 진정으로 나를 사랑하는 사람과 함께 있기 때문이다. 사랑이 무엇보다 위대한 힘이라는 것을 알리기 위해서라도 나는 이름 없는 너를 택한 것이다!"

테레사는 예수가 진지하게 자신에게 그 사명을 의뢰하고 있다는 것을 알았고 그와 동시에 예수의 심정과 사랑에 감동을 받았다. 힘겨운 모습을 한 어린 예수가 "무거운 십자가를 등에서 좀 떼어줬으면 좋겠어!"라고 그녀에게 간절히 원했고 불쌍하게 느껴진 그녀가 십자가를 떼어주었을 때 손에 든 십자가가 너무 무거웠던 일과 그 십자가를 내려놓았을 때 예수가 매우 기뻐했던 순간들이 생각났다.

"지금 너는 이 '심정의 계시'를 통해 누구보다도 나의 심정을 잘 알고 있을 것이다. 이것이야말로 네가 원했던 최고의 은총이다."

"확실히 그렇습니다! 지금까지 아무도 몰랐고 상상도 못했던 예수님의 '진정한 심정'을 제게 알려 주셨고 그것을 알려 주신 분이 예수님이라는 것을 이제야 알았습니다. 그것은 제가 진실로 원했던 기도의 응답이었습니다."

"그렇다! 그것이야말로 최고로 소중한 '나의 심정'이다. 그것을 알고 실천할 때 어떠한 어려움도 감당해낼 수 있는 '힘과 지혜의 근원'이라는 것을 잊어서는 안 된다. 그것만 잊지 않는다면 너는 어떤 어려움도 극복할 수 있을 것이다."

예수는 테레사의 마음속을 간파한 듯 말하였다.

"그러면 지금부터 제가 무엇을 어떻게 하면 좋겠습니까? 그 뜻을 제가 알리려 해도 아무도 저의 말을 믿지 않을 것입니다."

"김 신부가 너를 도와줄 것이다. 나는 김 신부의 아버지가 폐암 수술을 했을 때도 같이 있었다."

성일 신부의 아버지 김충환의 폐암 수술에 대하여 그녀는 전혀 몰랐다. 그리고 그것과 이 일과 어떠한 관계가 있는지 그녀는 알 수 없었다. 그러나 예수로부터 김 신부의 이름을 듣고 테레사는 매우 놀랐지만 동시에 기뻤다. 예수는 나의 과거를 모두 알고 있구나 라는 생각에 모든 것을 용서 받았다는 느낌도 함께 들었던 것이다.

"예수님께서는 그렇게까지 저의 모든 것을 알고 계셨군요!"

예수가 인간의 모든 것을 아는 것은 당연하겠지만 예수로부터 직접 들을 수 있었던 테레사는 말로 형용할 수 없는 감동을 받았다. 그러나 예수가 그렇게까지 구체적으로 말했지만 그녀는 아직도 결심을 하지 못하였다. 왜냐하면 그녀에게 예수가 무엇을 원하는지, 분명하게 무엇이 문제인지 알 수가 없었다. 예수와의 재회는 좋은 인연이었지만 아직도 무엇인가 마음속으로부터 걸리는 것이 있었다.

이름도 알려지지 않은 그녀와 예수가 이루려는 큰 소망과는 고아인 그녀의 생각으로는 어떤 식으로도 연결이 되지 않았다. 자신의 기분을 어떻게 표현해야 할지 몰라 망설이고 있었던 그녀에게 예수는 더욱 놀라운 이야기를 하였다.

"너는 고아가 된 뒤 많은 고생을 하였다. 너는 고아와 죄인을 연관지어 생각했기에 더욱 괴로웠던 것이다. 사실은 네가 많은 고민을 하고 고생을 했기에 너를 선택한 것이다."

"예수님께서 무슨 말씀을 하시는지 잘 모르겠습니다."

"테레사! 네가 겪은 괴로움이 바로 나의 괴로움이었다. 내가 사생아로서 외롭게 괴로움을 느낀 것을 아무도 알지 못한다. 그러나 너는 내가 어렸을 때부터 고독하게 생활했던 마음의 고통을 잘 알 것이다." 예수와의 만남은 놀라움의 연속이었으며 테레사는 그렇게 큰 충격을 받은 적이 이제까지 없었다.

"그런 일이 있을 수 있습니까? 예수님은 천부天父의 독생자이시며 성모 마리아와 성 요셉의 신성한 가족 안에서 신성한 사랑을 받으며 성장하셨는데…!"

"나의 말을 네가 이해하기란 어려움이 있다. 2000년간 크리스천들은 나를 신의 입장에 두고 신성을 강조하였지만 인간으로서의 괴로운 부분에는 관심이 없었다. 그러나 성서를 잘 읽어 보면 나의 말을 이해할 수 있을 것이다."

"지금까지 내가 가장 괴로웠던 부분이 예수님의 심정을 이해할 수 있는 열쇠였다니!" 테레사는 더 이상 예수님에게 할 말이 없었다. 아직 잘 이해할 수는 없었지만 신의 사랑에 의한 구원의 비밀을 안 지금은 새로 태어난 기분이었다. "제가 그런 일을 정말 할 수 있을까요?" 라고 말하며 불안은 여전했지만 예수의 말을 믿고 따르는 길 외에는 아무것도 생각하지 않기로 하였다.

"예수님! 지금까지 부족한 저를 인도해 주시고 당신의 소중한 심정을 저에게 가르쳐주심을 마음속으로부터 감사드립니다. 당신의 심정을 완전히 이해하지 못하고 오해한 저의 오만함을 용서해 주십시오. 당신을 십자가에 못 박은 사람은 저입니다. 제가 당신을 채찍질하고, 당신에게 가시면류관을 씌웠고, 옆구리에 얼마나 창을 찔렀는지 이제야 알았습니다. 당신은 지금 저에게 당신의 심정을 깨닫게 해주셨습니다.

2000년간 크리스천들은 십자가의 길이 영광의 길로만 알고 그 길을 걸어갔습니다…. 아! 당신의 그 엄청난 고통과 심정을 이제야 알았습니다."

그 순간 테레사는 자신의 씻을 수 없는 죄와 예수의 고통스러운 마음이 온 몸으로 느껴져 가슴이 터질 것만 같았다. 그리고 눈물이 하염없이 볼을 타고 흘러내렸다.

"저는 예수님의 말씀을 믿고 따를 것이며, 예수님의 진정한 심정을 사람들에게 알리기 위해 앞으로의 모든 생애를 온전히 바치겠습니다. 어떠한 고난의 길이라도, 아무리 어렵고 힘든 일이 있다 하여도…!" 폭포수처럼 끝없이 흐르는 눈물로써 그녀는 마음을 더욱 깨끗하게 정화하며 엄숙히 맹세하였다. 그렇게 결심하였을 때 무엇인가 따뜻한 액체가 그녀의 머리 위에 떨어져 흘러내렸다. 너무 놀라 위를 바라보는 순간, 그것은 예수의 눈에서 흘러내린 눈물이었다.

예수의 눈물에 의해 그녀의 마음속 깊은 곳에서부터 뜨거운 무엇인가 움직이기 시작하였다. 그녀는 이제까지 느껴보지 못한 엄청난 환희와 아름다운 감동에 빠져들고 있었다. 앞으로 어떠한 고난과 역경이 밀려온다 할지라도 충분히 극복할 수 있을 것만 같았다.

제 5 장 결의

주어진 사명

† 바쁜 날들

다음 해 1월의 교토.

테레사와의 재회는 김 신부에게 있어서 굉장한 놀라움이었다. 그녀의 부드러운 말과 관대한 태도는 오랫동안 괴로웠던 그를 해방시켜 주었다. 그날 이후 김 신부는 일에 쫓기는 바쁜 날들을 보내고 있었다.

'십자가혐오 신드롬'의 조사는 그의 중요한 책무였지만 시간적인 비율을 따져보면 그 일은 그에게 있어서 한 부분에 지나지 않았다. 김 신부의 주된 일은 가톨릭교회의 신부로서의 임무였다. 맡겨진 하나의 교회와 간사이 제2교구 전체의 대학생들을 관리해야 했다.

그는 또한 매일 아침 여자수도원에서의 미사와 매주 토요일과 일요일에는 교회에서의 미사와 성례는 물론 교회에 나오지 않은 사람들과 환자들 방문, 결혼식, 장례식, 세례와 성체, 견진성사(堅振聖事, 주교나 사제는 견진을 받을 신자가 사도신경에 근거한 기독교 신앙을 확인한 후 안수기도를 하는 성사) 등을 받는 사람들을 위한 신앙교육, 크리스마스와 부활제, 바자 등의 각종 교회 행사와 수많은 회의, 신앙 상담 등을 소화해야 했다.

복잡한 일정에 쫓기다보니 로마 생활은 이미 몇 년 전에 추억처럼 느껴졌다. 그러나 정신없이 바쁜 중에도 기독교 신앙의 황무지와 같은 일본으로 복귀하여 신부로서 다시 일할 수 있다는 것에 대해 감사와 기쁨과 보람을 느끼고 있었다.

현재 일본에서는 사제 지원자 수가 감소하여 여러 나라에서 사제들을 지원받고 있었다. 일본 교회는 사제의 부족으로 사제가 하는 일들의 일부를 신자들이 분담했지만 사제의 일은 조금도 줄어들지 않았다. 교회에 소속된 신자들의 보살핌과 교육만으로도 고되지만 예수그리스도의 구원을 아직 모르는 많은 사람들에게 전해야 하는 또 하나의 중요한 임무도 수행해야 한다. 기독교 인구가 대단히 적은 이 나라에서의 선교에는 많은 과제가 있었지만 하루하루가 즐거웠다.

3년 반 동안의 로마 유학은 그에게 다양하고 새로운 이해와 넓은 시야를 배울 수 있는 좋은 기회였다. 로마에서 공부한 사제가 모두 주교가 되는 것은 아니다. 로마로 유학을 가지 않고 주교가 되는 사제도 많았다. 김 신부에게 있어서 로마유학은 단지 장래에 주교가 되기 위한 준비라기보다는 사제로서 일하는데 큰 도움을 얻기 위한 결정이었다.

실제로 그는 사제로서 일에 쫓기는 하루하루의 생활 속에서 로마에서 배운 신학적인 학문이 직접적으로 얼마나 도움이 되는지는 알 수 없었다. 신자들과 교회를 방문하는 사람들이 원하는 것은 어려운 학문적인 내용이라기보다, 구체적인 도움과 사랑, 위안이었고 그것이 그들에게 더욱 필요한 것임을 김 신부는 실감하였다.

김 신부의 소속은 예수회, 프란체스코 수도회, 메리노루회나 파리 미션 등의 선교회가 아니고 교구장인 주교가 관할하는 교구였다. 수도사제와 교구사제는 양쪽 다 생애 독신을 지키는 것에는 차이가 없지만 수도사제들은 '청빈의 맹세'를 통하여 사유재산을 소유하지 않고 교구사제는 사유재산이 허용 된다.

가정이 없는 그들에게는 그다지 많은 재산은 필요 없다. 물론 그 중에서도 돈을 모으는 사제도 있지만 죽을 때 교구에 폐를 끼치지 않도록 장례식 비용 정도를 남겨 두려는 수준이다. 돈이 없어도 달리 문제될 것은 없다. 열심히 일한다고 하여도 일부 특별한 사제들을 제외하고는 그다지 급료가 늘어나지 않으며 지위가 올라가는 일도 없다. 그래도 그들은 눈에 보이지 않는 재물을 하늘에 쌓기 위해 열심히 신의 일을 돕는다. 그 재물이란 신과 사람을 얼마나 사랑했느냐 라는 것이다. 해서 신과의 영적인 접촉과 사람들과의 교제는 사제들의 마음의 양식이 되었다.

사제의 신분을 가진 신학교수도 있고, 사회복지 시설의 경영자나 사회 운동가 등 다양한 활동을 하고 더러는 가족과의 인연을 끊는 경우도 있어 비판 받는 사제도 있다. 혹은 숨어서 여성관계나 남성과의 관계를 갖기도 하며 교회의 일보다 취미를 소중하게 생각하는 사제들도 있다. 실제로 로마 유학 중에 함께 공부하였던 어느 이탈리아 주교는 그의 교구의 한 사제가 교회에서 많은 가축을 길러 마치 농장주처럼 사제로서의 일보다 가축 돌보기를 소중하게 여기는 것에 신자들이 불만을 토로했다고 한다. 그러나 대부분의 신부들은 신이 바라보는 눈으로 사람들을 위해 일하고 있는 것을 김 신부는 알고 있었다.

사제가 되는 서품식에서 그들이 순종의 서약을 바치는 대상인 주교는 업무상의 상사이기도 하지만 각각의 사제에게 때로는 아버지와도 같은 존재이다. 김 신부에 있어서도 하야타早田 주교는 그러한 의미에서 그가 대단히 신뢰하는 사람이었다. 신부들은 눈으로는 보이지 않는 강한 줄에 의해 서로가 연결되어 있었다. 그들은 독신을 지키고 신과 사람들을 위해 평생을 희생과 봉사로 바치겠노라 결심을 했기에 신의 소명에 응하고자 보이지 않는 곳에서 발버둥치고 괴로워하며 노력한다. 어려운 이 길 위에서 동료들 사이에는 자연스럽게 느껴지는 서로에 대한 존경과 공감이 있었다.

김 신부는 마음으로 존경하는 여러 명의 신부들과 함께 종종 만나 이야기를 주고받기도 했다. 그러나 이번 테레사의 '예수의 계시'에 관하여는 하야타 주교 외에는 아무에게도 이야기를 하지 않았다.

매일 바쁜 일정 속에서도 테레사가 이야기한 '예수의 계시'의 모든 내용은 결코 잊을 수 없는 큰 충격이었다. '신드롬 대책위원회'에 보고해야 하는 책임도 물론 중요하지만 테레사가 우에노 고코로라는 사실이 그에게 이 문제를 더욱 진지하게 다루게 했던 것이다.

그래서 대책 위원회에서의 보고 후에도 그는 계속해서 다양하고 구체적으로 조사를 하였다. 그러나 '나의 마음은 오해 받고 있어! 나의 심정을 이해해주었으면 좋겠다!'라는 말만으로는 판단할 자료가 부족하고 지금 시점에서는 어떤 결론도 내릴 수 없었다.

† 심정의 계시

첫 번째 면담으로부터 5개월 후, 김 신부는 '예수의 성심을 위로하는 선교회'의 수도원장 호스티아 수녀로부터 급한 연락을 받았다.

"테레사가 새로운 계시를 받았다고 말하고 있습니다."

1월 1일, 새로운 해를 맞이하는 첫날부터라고 하였다. 며칠 후 김 신부는 아침 식사를 마치고 수도원을 방문하였다. 쌀쌀한 한겨울의 맑은 날씨였지만 수도원 정원의 매화나무에는 작은 꽃봉오리가 맺히기 시작하였다. 지난번과 같이 호스티아는 반갑게 맞아주며 테레사가 기다리고 있는 응접실로 안내해 주었다. 호스티아는 이번에는 별다른 말없이 따뜻한 차만을 내어주고 바로 자리를 비켜주었다.

"바쁘신데도 불구하고 시간을 내주셔서 감사합니다." 테레사가 미안한 마음으로 그렇게 먼저 말을 꺼냈다. 매일 김 신부가 매우 바쁘게 일하고 있다는 것을 원장으로부터 들었던 것이다.

"이 일은 내가 해야 할 일이니 너무 걱정하지 마세요." 김 신부는 이렇게 서로 자연스럽게 대화를 할 수 있다는 것만으로도 기뻤다.

"바로 시작하죠. 새로운 계시의 내용을 들려주시겠습니까?"

"예! 신부님, 이번에 받은 예수님의 계시는 아무도 믿어주지 않을 것 같아 솔직히 정말 불안합니다." 김 신부의 얼굴에 조금 긴장한 빛이 감돌았다. "만일 그것이 예수님으로부터 온 계시라면, 예수님이 반드시 인도해 주실 것이라고 믿습니다." 그녀의 불안했던 마음은 김 신부의 한마디 말에 희망으로 바뀌었다. 예수가 했던 김 신부가 그녀를 위해 도와줄 사람이라는 약속의 말이 믿어졌기에 용기를 내어 말을 꺼내기 시작하였다.

이번에 새롭게 받은 계시의 핵심은 '십자가의 죽음은 신의 바람도, 예수의 소망도 아닌 사람들의 불신의 결과였다'라는 내용에 대하여 입술을 떼기 시작하였다.

사생아로서 고독한 유년 시절을 보낸 예수의 삶과 그녀의 고아의 삶이 예수의 생각을 더욱 깊게 이해할 수 있게 해준 것 등에 대하여 이야기하였다. 김 신부가 어떻게 느끼고 생각하고 있는지 알 수는 없었지만 그의 표정은 시종일관 진지했다.

테레사의 이야기를 전부 들은 김 신부는 잠시 입을 다물고 있었다. 그다지 긴 시간은 아니었지만 그녀에겐 매우 오랜 시간처럼 느껴졌다.

그 순간 그녀는 마음속으로 간절하게 기도를 드렸다. "사랑과 자비의 신이시여! 김 신부님이 예수님의 계시를 마음으로부터 받아들일 수 있도록 인도해 주소서!" 지금부터 예수가 그녀에게 준 사명을 완수하기 위해 김 신부가 결정적인 역할을 할 것이라고 생각을 하면 그것은 당연한 기도였다.

잠시 후 김 신부가 입을 열었다. "이번 계시를 지금까지 밝혀진 관점에서 해석해 본다면 첫 번째 계시에서는 예수님이 "나의 마음은 오해받고 있어. 나의 심정을 이해해주었으면 좋겠다."라는 것이었습니다. 여기서 그 오해의 의미는 십자가의 죽음이 신과 예수님의 바람이 아니었는데 사람들이 신과 예수님의 바람으로 믿어 왔다는 것이죠?"

"예! 그렇습니다."

"그렇다면 예수님은 죽지 않고 완수해야 할 사명이 있었고, 그것이 이루어졌더라면 십자가의 죽음이나 부활보다 더 큰 구원이 실현될 수 있었다는 이야기네요. 그리고 그 사명이란 예수님이 죽지 않고 살아서 이 지상에 신의 나라를 창건해야 한다는 것이고요."

"예! 그렇게 생각됩니다."

테레사는 김 신부가 냉정한 말투에 조금 맥이 빠졌다. 그러나 그럴수록 "김 신부가 너를 도와 줄 것이다." 라는 예수의 말이 정말일 것 같은 믿음이 가슴속으로부터 느껴지기 시작하였다.

김 신부는 이야기를 계속하였다. "이 계시가 이상한 것은, 지금까지 내가 만난 예수님의 계시와 성모 마리아의 계시는 그 성향이 상당히 다른 것이었습니다. 내가 알고 있는 대부분의 계시는 그 내용이 받아들이지 않는다면 자연의 대재앙이 일어난다거나, 전쟁이 일어나거나, 비참한 일들이 벌어질 것이라는 내용이 많았습니다. 나는 그런 종류의 계시에는 관심이 없었지만…. 이번 예수님의 '심정의 계시'의 내용은 전통적인 기독교 신학의 근본적인 이해를 뒤집을 만큼 혁명적인 것입니다. 전통적인 해석을 중요시하는 교회 지도자나 신학자들에 입장에서 보면 도저히 받아들이기 힘든 내용을 포함하고 있습니다. 그러나 '예수님께서 사생아로서 고생하셨다'라던가 예수님의 십자가의 죽음은 필연도, 신의 바람도 아니라는 등에 관하여 기독교의 신앙에 있어서 굉장히 어긋나 보이지만 예수님의 참된 모습을 역사적으로 탐구하고자 노력하는 현대의 신학자들의 연구 성과에 의해 어떤 의미에서는 서로 통하는 것이 있습니다. 따라서 그 내용은 이제까지 내가 생각해 왔던 것과 다른 것이라고 생각되지 않습니다. 또 그다지 믿기 어려운 것도 아닙니다. 지금까지 단편적으로 연구되었고 논의되어 온 내용이며 예수님의 십자가의 죽음은 신의 바람도, 필연적인 것도 아니라는 관점은 그다지 놀라운 것이 아닙니다. 다만 이상한 것은 지금까지 그렇게 주장하는 사람이 별로 없었다는 것입니다. 그건 그렇고, 이번 계시는 당신 혼자 받은 개인적인 계시라 현 시점에서 교회와 사람들에게 자연스럽게 예수님의 계시로 받아들여지기는 어려울 것 같습니다. 이 점은 솔직하게 말해두고 싶습니다."

"잘 알고 있습니다. 그래도 신부님의 말씀을 들으니 조금은 희망이 생겼습니다.”

“오해는 마십시오. 이 계시의 내용을 교회 전체가 받아들인다는 뜻이 아닙니다. 아니, 교회가 이것을 예수님의 계시로 받아들인다는 것은 거의 불가능한 일일 것입니다. 나의 책임은 당신에게서 들은 내용을 그대로 보고 하는 것뿐이지, 내가 그 내용을 받아들인다는 결정이나 ‘대책위원회’를 설득할 수 있는 입장도 아닙니다. 나에게는 결정권이나 설득할 만한 영향력이 전혀 없습니다.”

김 신부의 말은 약간 불안하게 들렸지만 그가 ‘심정의 계시’에 대하여 부정적이지 않음을 알아차린 테레사는 매우 흡족하였다.

그도 그에게 주어진 사명을 자각한다면 길이 열릴 것은 틀림없는 일이었다. 그러나 그러기 위해서는 먼저 예수가 말한 ‘그에 관한 이야기’를 전달해야만 했다.

“김 신부님! 예수님께서는 신부님과 관계된 말씀도 해 주셨습니다.”

긴장은 계속되었다.

† 미션의 조력자

“김 신부님! 사실 예수님의 말씀 중에는 ‘신부님과 관계된 말씀’도 있었습니다. 그걸 지금 이야기해 드려도 되겠습니까?”

테레사는 김 신부가 냉정하게 모든 것을 받아들여 줄 것을 기원하며 용기를 내어 조심스럽게 말을 꺼냈다.

“예? 어…어떤 말씀인가요?” 그때까지 냉정을 유지하던 김 신부가 놀란 표정으로 믿을 수 없다는 듯 눈을 크게 떴다.

“예수님께 저는 ‘심정의 계시’를 모든 크리스천에게 알리는 일은 무모한 일이고, ‘저는 할 수 없습니다’라고 몇 번이나 거절했습니다. 그때 예수님은 ‘김 신부가 너를 도와줄 것이다. 그가 너를 위해 일할 것이다’라고 말씀하신 것입니다.”

성일 신부는 자신의 대해 예수가 그렇게 이야기를 했다는 말에 대단히 당황하였다. 자신과 직접 관계된 말을 하리라고는 생각도 하지 못했기 때문이다. 대책위원회에 보고해야 할 책임감과 테레사가 우에노고코로라는 사실이 그에게 신드롬에 대하여 보다 깊은 관심을 갖게 했던 것은 사실이었지만 이런 관계가 되리라고는…. 신이시여!

그는 지금까지 ‘예수의 계시’에 대하여 여전히 방관자였으며 자신의 문제로서 주체적으로 생각해 본적은 한 번도 없었다. 그때까지 객관적으로 테레사의 이야기를 대책위원회에 보고할 것만을 생각했었다. 그러나 김 신부의 심리적 위치는 그 말을 들은 순간부터 조금씩 바뀌기 시작하였다. 김 신부도 자신 스스로가 그러한 무모한 일에 참여하리라고는 꿈에도 생각을 하지 못하였다. 그러나 그는 ‘예수의 계시’의 내용에 확실히 공감을 느끼는 부분이 있었기에 부정적이지 않았다. 오히려 그의 마음이 긍정적으로 움직이기 시작한 것이다.

하지만 그것이 모두 예수에게서 직접 온 계시라고 완전히 믿지는 않았다. 그런 그였기에 그 계시의 내용을 모든 크리스천과 세상 사람들에게 알려야 할 책임도 느끼지 않았다. 테레사가 만든 이야기라고 생각하지는 않았지만, 자신이 직접 예수와 이야기를 한 것이 아니기 때문에 실감을 하기는 어려웠다.

“그 이외는 아무런 말씀이 없으셨습니까?” 좀 더 예수와 자신과의 관계를 구체적으로 실감할 수 있는 단서가 있는지 알고 싶었다.

"예! 신부님의 아버님에 관한 말씀을 하셨습니다."

"그래요? 어떤 말씀이셨습니까?"

" '나는 김 신부의 아버지가 폐암 수술을 했을 때에도 함께 있었다' 라고…."

아버지의 수술에 관하여 예수가 말을 했다는 이야기를 듣는 순간, 김 신부는 굉장히 놀랐다. 그 것은 테레사에게 이야기한 적이 없는 일이고, 그녀가 도저히 알 수도 없는 일이었다.

"이 계시는 예수님께서 직접 이번 일을 주관하신다는 징표입니다." 할 말을 잃은 김 신부에게 확신을 주고 싶다는 듯 테레사가 차분하게 말했다.

더욱 깊은 의미가 그 계시에 있을 것만 같았다. 아버지의 수술과 죽음에 대해 좀 더 자세하게 알았더라면 무엇인가 단서를 찾을 것만 같았지만 아버지는 돌아가신 것은 몇 년 전이고 남겨진 유품은 이제 거의 없었다. 테레사와 예수의 만남은 그녀 자신의 구원과 연결되어 있었고, 김 신부는 개인적으로 그것을 매우 기쁘게 생각하고 있었다.

그녀는 고아로서 외로움과 슬픔, 어려움을 겪으며 지금까지 살아왔다. 그러한 그녀의 심정을 그도 잘 이해하고 있었기 때문에 그녀를 위해서라도 그 계시의 내용은 예수로부터 온 것이어야 하며, 만일 그것이 교회에서 받아들여진다면 그 또한 대단히 기쁜 일이라고 그는 생각했었다. 하지만 그 사명을 완수하기까지 김 신부가 도움을 줄 수 있는지의 문제는 전혀 다른 이야기라고 생각하였다. 단순한 동정만으로 해결될 일도, 가볍게 해서 될 일도 아니었기 때문이다. 그 일을 하려면 무엇보다도 책임을 지고 최선을 다해야 하며, 그러기 위해서는 우선 자신의 일로서 받아들이고 계획을 재설정해야 할 필요가 있었다.

김 신부는 이번의 메시지가 구체적으로 어떻게 자신과 관계가 있는 것인지, 또 예수의 계시에 대하여 자신이 무엇을 해야 하는 것인지 여전히 알 수 없었다.

"미안합니다. 지금 뭐라고 말해야 할지…. 기도하며 조용히 마음을 정리해야겠습니다. 조금만 시간을 주십시오." 성일 신부의 어조로부터 진지한 태도가 전해져 왔다. 테레사도 김 신부의 어려운 입장을 어느 정도 이해하고 있었기 때문에 침묵을 지켰다.

일단 그녀는 전해야 할 말은 다 전했고 앞으로의 모든 일은 김 신부와 예수에게 맡길 수밖에 없었다.

"저의 말에 진지하게 귀 기울여 주셔서 진심으로 감사드립니다." 침묵하던 그녀도 김 신부에게 감사하다는 말만은 꼭 전하고 싶었다. 이렇게 두 번째 면담은 끝났다.

얽힌 실타래

† 야노슈 가고의 의미 불명의 언어

테레사와 두 번째 면회를 마치고 2주일이 지났을 때였다. 김 신부는 자신이 테레사의 '조력자'라는 예수의 말에 고민에 빠져 있었다. 그녀와 함께 예수의 '심정의 계시'를 전 세계 기독교인들에게 알리는 사명을 어떻게 도와야 한다는 것인지 도저히 이해할 수가 없었다.

전 세계에는 셀 수도 없는 훌륭한 신앙인과 신학자들이 많은 활동을 하고 있다. 그들과 비교해 자신의 신학적 수준과 활동의 역량이 보잘 것없다는 것을 스스로 잘 알고 있었기 때문에 자신이 없었다.

한 가지 가능성은 그가 가톨릭뿐만 아니라 전 세계의 주된 기독교 교파의 대표자들이 모여 있는 '신드롬 대책위원회'에서 보고를 할 수 있는 입장에 서있다는 것이다. 그런 의미에서는 전 세계 크리스천들에게 알릴 수 있는 사명을 완수할 수도 있을 것 같았다.

그러나 사명을 완수한다는 것은 단지 사람들에게 말만을 전하는 것이 아니라, 그것이 '예수의 계시'라는 것을 증명해야 하며 또 그들에게 믿음을 줄 수 있어야 한다. 또한 예수의 오해와 슬픔, 고독의 심정을 공감시킬 수 있을지도 문제였다. 그렇게 생각을 정리하자 조력자로서 그가 해야 할 일들이 무엇인지 머리로서는 이해되지만, 무엇보다 큰 문제는, 테레사처럼 '예수의 계시'에 대한 확신이 없다는 것이다. 우선 그것이 예수로부터 온 계시라는 것을 직접 확인할 필요가 있었다.

"어떻게 시작해야 하지?"

여러 가지 생각에 잠겨있던 어느 날 그 시작은 의외의 형태로 나타났다. 김 신부가 심리학자인 칼 구스타프 융Carl Gustav Jung의 책을 읽고 있었을 때였다. '정신분열증 환자가 되풀이 하는 말 속에는 영문을 알 수 없는 말이 있다. 그것은 사실 의미가 없는 말이 아니라 몇 천년 전 이집트의 미트라교Mithraism라는 종교 경전의 한 구절이었다.' 라는 글을 읽은 순간 그는 깜짝 놀란 것이다. 물론 그 환자는 고대 이집트의 미트라교나 고대 이집트어에 관한 지식도 전혀 없었다. "인간의 마음에는 프로이트가 제창한 '개인 무의식'뿐만 아니라, 시간이나 공간을 초월하여 어떠한 형태로 연결되는 '집단 무의식'이라고 하는 것이 존재한다." 라는 융의 학설이었다.

"그렇다면 십자가를 색칠한 '야노슈 가고'가 되풀이한 영문 모를 말에도 어떤 의미가 있을지 몰라!"그는 곧바로 '신드롬 대책위원회'의 멤버이기도 하며, 로마에서 같이 공부한, 네덜란드인 신부 요한 스키레베쿠스에게 연락하기로 했다. 그는 고대 언어에 능통했으며 예수 생존 당시의 언어였던 히브리어의 방언인 아람어에도 정통했다.

일주일 뒤, 김 신부의 노트북이 큰 소리를 내며 울리기 시작했다. 요한으로부터 스카이프skype 전화가 걸려온 것이다.

"성일! 이제부터 내가 하는 말에 놀라지마."

"뭐라고?"

"네 예상이 맞았어."

"그게 정말이야?"

"'야노슈 가고'가 말했던 영문 모를 말은 의미 없는 말이 아니야! 네가 추측했던 것과 같은 의미의 말이었어."

"역시 그랬군! 그렇다면 그가 말한 언어는 도대체…?"

"천천히, 재촉하지 마. 그가 한 말은 예수가 말했던 아람어였어." 요한은 진지한 어조로 말하였다. 예상은 했지만 김 신부는 그 말에 마음이 갑자기 두근거렸다. "그가 뭐라고 말한 거야?"

" 'La atit haka limemat al gav de-tsaliv' 영어로는 'I did not come here to die on the cross.' '나는 십자가에 걸려서 죽기 위해서 온 것이 아니다' 라고!"

요한에게 감사하다는 말을 한 뒤 헤드폰을 노트북 위에 두고 일어나면서도 김 신부의 흥분은 진정되지 않았다. 큰 충격이었다. '야노슈 가고'에게도 예수가 나타나 '심정의 계시'를 알렸던 것이다. 그것은 테레사는 전혀 알 수 없는 아버지 김충환의 수술을 예수가 알려주었다는 이야기와 마찬가지로 이번 일은 김 신부에게 예수에 대한 확신을 준 중요한 계기가 된 것이다.

† 아버지의 꿈

김 신부에게는 또 하나의 고민이 있었다. 아버지에 대하여 예수가 했던 '나는 김 신부의 아버지가 폐암 수술을 했을 때도 함께 있었다.'라는 말 때문이었다.

테레사는 도저히 알 수 없는 일을 예수가 알고 있었다는 사실이 김 신부에게는 대단히 큰 의미를 가지고 있었다. 또한 예수가 목적만을 위해서 그런 말을 했을 리는 없다고 그는 생각했다. 그래서 아버지의 사망 당시 정황을 자세히 알고 있는 미나미다 신부를 만나기 위해 그의 교회를 방문하였다. 아버지 김충환은 재일 한국인으로서의 차별과 모진 고생을 일본 땅에서 겪어야만 했었다. 그런 그에게 가톨릭의 교리를 가르쳐주고 세례를 받게 해 미나미다 신부였다. 또 아들 김성일이 신부가 되도록 결정적인 영향을 준 신부였다.

김 신부는 미나미다 신부가 그 이유는 묻지 않기를 바라는 마음으로, 아버지 김충환의 폐암 수술 때의 정황을 이야기해주기를 청하였다. 미나미다 신부는 놀랐지만 무엇인가 깊은 이유가 있을 것 같아 자상하게 대답해 주었다. 미나미다 신부의 이야기는 대부분 김 신부도 알고 있었다. 그러나 그 중 모르는 이야기가 하나 있었다. 수술 후 혼수상태에 빠져 있던 김충환이 예수를 보았다는 꿈이었다. 미나미다 신부는 김충환이 꿈속에서 만난 예수의 말을 알려 주었다.

"나의 심정을 찾고 구하라! 그러면 언제나 너와 너의 가정과 함께 할 것이다." 예수의 말을 미나미다 신부로부터 듣는 순간 김 신부의 머릿속에 몇 십 년간 알 수 없었던 다양한 사건들이 퍼즐 조각이 되어 하나의 큰 그림으로 맞춰지며 그것은 예수의 모습으로 변하였다. 예수는 테레사뿐만 아니라 김 신부에게도 '심정의 계시'를 알리기 위해 준비해 온 것이다.

여기에 이르자, 이제까지 테레사와 예수만의 문제가 아니라 김 신부 자신과 예수의 문제였다는 것을 깨닫게 된 것이다. 처음부터 그는 방관자도, 제 3자도 아니었던 것이다. 그것은 '심정의 계시'를 전 세계 크리스천들에게 알려야 하는 중대한 책임을 김 신부가 맡았다는 것을 직접적으로 의미하는 것이었다. 30년 전부터 김충환에게 했던 "나의 심정을 찾고 구하라!"라는 예수의 말이, 테레사를 매개체로 한 것처럼, 김 신부에게도 직접 들려오는 것 같이 아주 강하게 느껴졌다.

"나의 주님! 테레사와 당신 사이에서 있었던 일들을 듣지 않았더라면 미나미다 신부에게서 들은 말들이 결코 이렇게 느껴질 수는 없었을 것입니다." 김 신부는 앞으로의 어렵고 힘든 고난의 길이 눈에 선명하게 보였지만 조력자로서의 사명을 다하겠다는 결심으로 예수께 간절히 기도드렸다.

† 교황의 죽음과 새로운 교황의 선출

"교황이 돌아가셨다"는 뉴스를 텔레비전을 통해 안 것은 김 신부가 '심정의 계시'에 대한 그의 사명을 받아들이겠다고 결심을 굳힌 날의 일이었다. 오랜 세월동안 사람들에게 사랑과 친숙함을 준 교황의 죽음은 이탈리아의 사람들과 전 세계의 가톨릭 신도들에게 큰 슬픔을 주었다. 사인은 폐렴의 악화였다. 사람들은 교황이 고령인데다 오랫동안 신장병으로 고생해 온 것을 알고 있었다. 그래서 그 죽음을 받아들일 마음의 준비가 되어 있었기 때문에 큰 혼란은 일어나지 않았다. 올해로 그의 나이는 87세였다.

라나 추기경은 추기경단의 의장인 수석추기경의 자리에 있었고 죽은 교황으로부터 두터운 신뢰를 받고 있었다. 교황 사후, 그는 장례식 위원장에 취임하였고 전前 교황의 장례식 준비에 바빴다. 교황의 장례식은 성대하게 행해졌으며 전 세계의 가톨릭 신도뿐만 아니라 많은 나라의 국왕과 대통령, 수상들도 참석하였다. 전 세계에 끼치는 교황의 큰 영향력을 누구나 느낄 수 있었다.

장례식은 무사히 끝났지만 쉴 틈도 없이 새로운 교황을 선출해야 하는 중요한 책임이 라나 추기경에 주어졌다. 교황청 전체가 상을 치루는 9일간의 일정이 끝난 며칠 후, 추기경단은 교황을 선출하기 위한 선거 콘클라베conclave가 행하여졌다. 콘클라베란, '자물쇠를 채운다'라는 뜻이다. 누가 새 교황으로 뽑힐지 온 세계의 사람들이 텔레비전을 통해 시스티나 성당의 굴뚝을 주시하고 있었다. 3분의 2의 득표수를 얻지 못해 교황이 선출되지 못했다는 의미의 흑색 연기가 매일같이 올라갔다. 그리고 16일째 되던 날, 결국 백색 연기가 올랐다. 새 교황이 선출된 것이다. 새 교황의 탄생을 축하하는 성 베드로 대성전의 종소리가 명랑하게 울려 퍼졌다. 새 교황에 뽑힌 사람은 다름 아닌 한스라나 추기경이었다. 그는 교황으로 취임하였고 '팍스Pax 1세'라고 자칭하였다. 보수적인 사람들은 라나 추기경의 선출을 대체로 환영하였다. 그러나 가톨릭의 개혁을 원하는 사람들 중에는 그의 선출에 직접적으로 불만을 표현하는 사람도 다수 있었다.

김 신부는 보수적인 라나 추기경의 취임을 어떻게 받아들여야 좋을지 몰랐다. '십자가혐오 신드롬'이라는 부정적인 명칭을 사용한 것도 그였으며, 신드롬의 일련의 현상에 대하여 '기독교 전체를 위협한다.'고 위기감을 드러낸 것도 그였기 때문이다.

라나 추기경이 비록 테레사의 '예수의 계시'에 대하여 자신의 개인적 견해를 밝히진 않았지만 김 신부가 보기에 처음부터 그가 가지고 있었던 부정적인 견해가 바뀌었다고 생각하긴 어려웠던 것이다.

그러나 김 신부는 라나 추기경으로부터 직접 신학 강의를 받은 적도 있었고 그의 방을 직접 찾아가 몇 번이나 질문을 하기도 하였다. 또한 김 신부에게 테레사의 조사를 지시한 것도 그였다. 그런 의미에서 이번 교황 선출은 그에게 주어진 사명을 수행하는 것에 있어 큰 의미가 있을 것도 같았다. 어쩌면 새 교황과 개인적으로 만날 수 있는 가능성도 완전히 배제할 수 없기 때문이다. 이런 저런 일들을 생각하면서 그는 희미한 희망을 찾기 시작한 것이다.

제 6 장 긴박

성심의 계시를 찾아서

† 예수 출현의 성당

프랑스, 파레-르-모니알Paray-le-Monial.

로마 바티칸의 제3회 '십자가혐오 신드롬 대책위원회' 회의에서 김 신부는 두 번째로 보고를 하게 되었다. 그는 이번 회의를 하늘의 뜻을 이루기 위해 준비된 '기회'로 보고, 일정을 일주일이나 앞당겨 출국하였다. 먼저 그는 '성심의 계시'의 발상지인, 프랑스의 파레-르-모니알을 방문하기로 하였다. 이전부터 그가 가보고 싶었던 곳으로 그 수도원은 17세기에 예수가 성 마르가리타 마리아에게 직접 나타나 '성심의 계시'를 깨닫게 해준 곳이었다. 그는 그 곳에서 몇 가지 우연이라고 보기 어려운 이상한 사건들을 통하여 예수가 '성심의 계시'를 준 것이라고 믿기 시작하였다.

그러나 그것을 크리스천에게 알리기 위해서는 그가 스스로 해결해야 할 문제가 한 가지 있었다. 그것은 "성 마르가리타 마리아에게도 그와 같은 내용을 전했습니까?" 라는 테레사의 질문에 예수가 "물론 그랬지!" 라고 대답한 것과 연관이 있었다.

예수의 말이 사실이라면 예수의 십자가의 죽음은 '신의 바람이 아니었다' 라는 것을 성 마르가리타 마리아는 이미 알고 있었던 것이다.

'성심의 계시'나 '심정의 계시', 둘 다 예수의 심장 즉 '마음'에 대한 계시였다. 그러나 두개의 계시는 십자가에 대하여 전혀 다른 입장을 취하고 있다는 생각을 김 신부는 하게 된 것이다.

성 마르가리타 마리아의 '성심의 계시'는 어디까지나 예수의 십자가의 죽음에 초점이 맞춰져 있었다. 그녀는 '십자가의 죽음은 신의 바람이었으며, 필연적이었다'라고 더욱 강조했던 것이다. 같은 의미를 전하고 있는 계시가 그 계시를 받는 사람이 다르면 완전히 다른 해석이 된다는 것을 김 신부는 믿기가 어려웠다. 그러나 테레사가 예수의 말을 계시로 받은 내용 중에서도 이야기했듯이, 그것을 해석하는 사람과 그들의 신앙관과 메시아를 보는 관점 등이 기독교 신앙과 문화에 많은 영향을 주었던 것이다. '성심의 계시'를 받은 그 당시에도 '십자가는 신의 바람이었으며 필연적이었다' 라고 이해한 선입관이 강하게 기독교 역사에 영향을 주었던 것이다.

그러한 모순을 어떠한 형태로든 해결하지 않는 한 그는 '심정의 계시'를 진정한 의미로서 이해할 수가 없었다. 확신은 없었지만 파레-르-모니알에 가면 적어도 '성심의 계시'와 '심정의 계시'사이에 어떠한 상관관계가 있는지, 이 모순을 푸는 열쇠를 찾기 원했던 것이다.

가톨릭의 '성인'과 '개인적 계시'를 인정하지 않는 다른 기독교의 교파들에게 있어서, '성심의 계시'는 그다지 중요한 문제는 아니었다. 또한 신학적 이론으로서 설득력이 어디까지 있을지도 의문이었다. 김 신부는 신앙과 진리가 서로 모순이 되어서는 안 된다고 생각하지만 때로는 신앙이 신학이나 이론을 뛰어 넘을 수 있다고 믿고 있었다. 그런 그에게 있어서 '성심의 계시'는 여전히 중요한 의미가 있었던 것이다.

하야타 주교의 허락을 받고 일주일을 앞당겨 출발한 김 신부는 파리에 한 호텔에 짐을 풀고 홀가분하게 오랜만에 만나고 싶었던 친구와 식사를 했다.

파레-르-모니알은 프랑스 중부 부르고뉴에 있는 작은 도시였다. 친구와 헤어진 후 버스로 파리의 리옹역에 도착한 그는 프랑스의 고속철도 TGV에 올라탔다. 생각보다 빨리 파리 시내를 경유하여 약 2시간 반 후에 파레-르-모니알 역에 도착하였다. 시내는 고풍스러운 건물들이 많이 있었고, 17세기 당시의 모습이 그대로 남아있는 것 같았다.

"이 곳이 예전 17세기에 성 마르가리타 마리아와 고론비에루가 걸었다는 곳이라니…!" 계절은 아직 이른 봄이었지만 피부에 와 닿는 밤공기는 따뜻하고 포근했다.

† 예수의 심정

이튿날 아침 그는 일찍 잠자리에서 일어났다. 창문을 여는 순간 궁전처럼 보이는 오래된 건물들과 교회 주위로 둘러싸인 돌담 사이로 엷은 안개가 깔려있는 중세 시대의 거리를 연상하게 하는 고풍스런 풍경이 그림처럼 펼쳐졌다. 김 신부는 시대적 착각 속에 빠질 것만 같았다. 그가 머물고 있는 펜션은 여자수도원이 운영하는 곳이었다. 그는 성당에서 혼자 그가 좋아하는 '사랑의 기도'라는 노래를 부른 뒤 미사를 드리고 나서 몇 명 안 되는 사람들과 아침 식사를 간단하게 하였다.

그는 곧바로 '출현의 성당'을 방문하였다. 그 성당의 정면에는 오렌지색 바탕에 그려진 '예수의 출현'이라는 성화가 걸려 있었다. 이 성당은 예수의 출현 이후에 증축된 건물로서 수도원은 제단의 오른쪽으로 연결되어 있었다. 성 마르가리타 마리아의 사체가 안치된 곳은 성당 오른쪽의 작은 제단이었다.

김 신부는 성당 안의 긴 의자에 앉아 몇 년 전에 읽어 본적이 있는 『성 마르가리타 마리아 자서전』을 다시 펼쳐보았다. 그 책은 꿈속에서 조차도 예수를 만난 적이 없었던 그에게는 전혀 다른 세계의 이야기 같이 느껴져 끝까지 읽을 수가 없었던 책이었다. 하지만 지금은 그가 직접적인 관계를 맺고 있는 일이기도 하고 이곳에 들어와 자서전을 읽으면 꼭 무엇인가 실마리를 찾을 수 있을 것만 같았다.

그날 오전에는 '출현의 성당'에서 성 마르가리타 마리아의 자서전을 읽고 기도를 한 후, 이쪽 저쪽 사진을 찍거나, 복잡한 생각으로 하며 시간을 보냈다. 오후에는 또 한 곳인 '성심대성당'과 수도원을 방문하였다. 그리고 그는 성당을 뒤로하고 강물이 흐르는 제방 옆으로 난 가로수 길을 따라 천천히 걸었다. 그곳은 작은 도시였기 때문에 같은 장소를 반복하여 돌기도 하였다.

체류 4일째의 아침, 파레-르-모니알을 떠나야 하는 김 신부의 마음은 체념과 초조함, 복잡한 생각에 흔들리고 있었다.

"예수가 테레사에게 말한 내용을 보면, 예수가 성 마르가리타 마리아에게 '성심의 계시'로 알리고 싶었던 것과 테레사에게 '심정의 계시'로 알리려 한 것은 거의 동일한 이야기 였는데…!"

이것을 뒷받침할 단서를 기대했지만 아무 것도 찾을 수가 없었다.

테레사의 '심정의 계시'에서 예수의 바람은 십자가의 죽음이 아니었고, 예수가 살아서 이 땅에 신의 나라를 건설했어야 한다는 사실이 어째서 성 마르가리타 마리아의 '성심의 계시'에서는 모순된 것처럼 보였는지 김 신부는 알 수가 없었다. 또 그것이 가톨릭교회의 권위로 인정을 받아 전 세계의 많은 사람들에게 지금까지도 영향을 주고 있다는 것은 더욱 이해하기 어려웠던 것이다.

"대체 예수의 계시는 어느 쪽이 정확한 거야? 만약 양 쪽 모두 예수의 진정한 계시였다면 성 마르가리타 마리아가 예수의 말의 내용을 다르게 해석했다는 것인데…. 그렇다면 그것을 어떻게 증명할 수 있지? 테레사의 예수의 계시와 야노슈 가고의 방언, 예수가 아버지 김충환의 수술을 알고 있었다는 것, 모두가 직접 예수의 계시라면…!"

그는 이 모순된 상황을 어떻게 이해해야 좋을지 어찌할 바를 몰랐다. 지금 상황을 극복할 단서를 찾을 수가 없었던 것이다.

또한 그는 성 마르가리타 마리아가 예수의 사랑에 의하여 '다른 사람의 오물이나 배설물에 입맞춤을 했다'라는 글을 읽는 순간 그녀의 신앙심과 열정에 미치지 못하는 자신이라고 생각하였다. 그리고 그것은 '성심의 계시'와 '심정의 계시'의 모순을 밝히려는 그의 결심을 흔들리게 하였다.

예전의 김 신부였다면 여기서 포기했을 것이다. 그러나 그의 마음속에서 무엇인가 변화가 일어나고 있음을 느꼈다. 예수의 심정을 발견하려는 그의 본성의 요구, 즉 예수의 심정을 더욱 알고 싶은 지적 충동과 가까이 하고 싶은 진리에 대한 열망이 이제까지 느껴본 적이 없는 감각으로 희미하지만 그의 마음속에서 싹트고 있었다.

'심정의 계시'와 만나지 않았을 때의 김 신부는 예수의 심정을 진지하게 생각해 본적이 없었다. 그런데 지금은 예수의 진정한 심정을 알기 원하는 지적 충동을 느끼고 있었다. 그러한 소망을 가질 수 있다는 것이 그에게는 기쁨이고 행복이었다. 그리고 소망과 흥분이 조금씩 깊어짐에 따라, 예수의 참된 심정을 알고 싶어 하는 탐구욕은 크리스천이라면 오히려 당연한 것이라고까지 생각했던 것이다. 그는 두려움이나 자격이 없다는 등의 불필요한 생각들을 접어두고 다시금 자신을 객관적으로 바라보게 된 것이다.

"이런 희망을 느끼게 된 것만으로도 여기에 온 의미가 있었어." 그렇게 마음속으로 중얼거리며 김 신부는 황혼이 물들어가는 수도원의 오솔길을 천천히 걸어갔다.

† 깨어 일어나 기도하라

드디어 5일째, 파레-르-모니알에서 머무는 마지막 날 아침이 되었다. 김 신부는 아침 식사를 마치고 짐을 들고 펜션을 빠져나왔다. 버스 도착 시간까지 얼마 남지 않았지만 잠시만이라도 '출현의 성당'에서 기도를 하고 난 뒤 역으로 향하고 싶었다. 그는 가랑비를 맞으며 종종걸음으로 성당을 향하였다. 그 길가에 김 신부가 그때까지 본적이 없던 한 거지 소년이 서있었다.

코트 포켓에서 잔돈을 꺼내려 했을 때 옆구리에 끼고 있었던 『성 마르가리타 마리아 자서전』이 땅에 떨어졌다. 자서전은 체류 중에 한 번 정독을 했지만 특별히 원했던 답을 찾을 수는 없었다. 책이 떨어지며 펼쳐진 페이지에 약간의 오물이 묻어 김 신부는 그것을 손수건으로 떨어내고 입으로 불었다. 그 페이지의 내용은 '예수는 십자가에 달려 돌아가시기 위해 이 땅에 오셨다'라는 관점이 의식적이던, 무의식적이던 느껴졌던 부분이었지만 그것을 증명하기란 거의 불가능하였다. 그러나 그는 포기할 수 없어 파리로 가는 열차 안에서 한 번 더 읽어보기로 하고 가방 속으로 책을 끼워 넣었다. 그리고 우산을 꺼내어 그 소년과 함께 쓰고 성당을 향하여 걸어갔다.

"사랑하는 나의 주님! 저는 당신의 진정한 심정을 알고 싶어 이곳 파레-르-모니알을 찾아왔습니다. 그리고 5일간 이곳에서 기도와 명상으로 하루하루를 보냈습니다. 기대했던 것을 얻을 수는 없었지만 이 곳은 저에게 있어 매우 은혜로운 곳이 되었습니다. 이곳에서 이제까지 제 자신이 얻기 어려운 것을 얻을 수 있었습니다. 제가 당신의 심정을 제대로 알기 위해 고민하고 있을 때, 제 마음은 이 곳에서 평안과 희망을 느낄 수 있었습니다. 저에게 있어서 무엇 보다 소중하고 은혜로운 시간이었습니다. 주님이시여! 모든 것을 함께하여 주신 은사에 진심으로 깊은 감사를 드립니다.

사랑하는 나의 주님! 이제부터 저는 로마로 가서 위원회에 보고를 해야 합니다. 모든 일을 당신께 맡기오니 인도해 주십시오. 사랑하는 나의 주, 예수 그리스도의 이름으로 기도드렸습니다. 아멘!"

그곳에서 마지막 기도를 드린 뒤 김 신부는 성당을 나와 역을 향하여 서둘렀다. 뒤돌아보니 조금 전 그 소년이 김 신부에게 손을 흔들고 있었다. 역을 향하는 김 신부의 머릿속에 5일 간의 평안과 포근함으로 느껴졌던 파레-르-모니알에서의 일정과 방문했던 장소 하나하나가 인상 깊은 추억으로 소중하게 새겨졌다.

"마음이 왜 이리 홀가분하지? 이런 기분은 오랜만이구나. 예수님께서 나와 동행하셨나?" 버스 창밖으로 스쳐 지나가는 파레-르-모니알의 경치를 바라보며 갑자기 소년이 손을 흔드는 모습이 떠올라 김 신부는 깜짝 놀랐다. 김 신부는 서둘러 가방 속에서 자서전을 꺼내어 펼쳐보았다. 조금 전 더럽혀진 부분이 자연스럽게 펼쳐졌다.

그 부분의 내용은 최후의 만찬을 마치고 겟세마네 동산에서 3명의 제자와 함께 최후의 기도를 드리는 장면이었는데 바로 예수가 성 마르가리타 마리아에게 계시를 준 부분이었다.

"이쯤에서 어떻게라도 좋으니 좀 이해가 되었으면 좋겠는데…."

열차로 갈아탄 김 신부는 그 부분을 다시 천천히 읽기 시작하였다.

겟세마네의 동산에서 예수는 제자들에게 자신과 함께 깨어 일어나 기도하도록 부탁하였다. 그러나 제자들은 예수의 말을 듣지 않고 피곤함에 깊은 잠을 자버렸던 것이다. 그 기도를 마친 후 예수는 붙잡혀 끌려가 재판을 받게 되었고 십자가형에 처해진 것이다.

자서전에서는 그 부분에 대하여 예수가 성 마르가리타 마리아에게 바라는 내용이 기록되어 있었다. 예수가 겟세마네에서 기도를 드릴 때 제자들에게 앞으로 다가올 고난과 괴로움을 떨치자며 목요일 밤 11시부터 한밤중인 12시까지 눈을 뜨고 함께 일어나 기도하기를 부탁하였다. 이것을 수도원에서는 '성시간의 의무'라고 부르며 엄숙하게 지킨 것이다. 김 신부는 '예수의 성심을 위로하는 선교회'에서도 성시간을 지켰던 이야기를 테레사에게 들었던 일을 상기하였다. 그 때는 그다지 중요한 것이라고 생각하지 않았지만 지금은 중요한 의미가 있다는 것을 알 수 있었다.

"'성시간의 의무'는 다른 수도회에서도 지켜지고 있습니다만 여기서는 특히 엄격하게 지켜지고 있습니다. 제가 아직 어릴 때 다른 친구들과 큰 방에서 같이 자고 있었습니다. 취침 시간은 8시부터였습니다. 수녀님들은 우리들이 잘 자고 있는지 확인하기 위해 순서대로 순찰을 돌았습니다. 그런데 왠지 목요일 밤 11시부터 수녀님들은 어디론가 사라져버리는 것이었습니다. 우리들은 11시부터 일어나 수녀님들이 없는 12시까지 한 시간 동안은 마음껏 놀 수 있었던 것입니다. 제가 다 자란 후 수녀가 되기 위해 입회를 하였고 저도 다른 수녀들과 함께 '성시간'의 기도에 참여하게 되었습니다. 그때서야 처음으로 왜 수녀들이 그 시간만 되면 사라졌는지 안 것입니다. 보통 수도원에서는 새벽에 일어나기 위해 빨리 잡니다. 밤 9시에 취침하여 새벽 3시에 일어나는 곳도 많이 있습니다. 그러나 우리들은 10시 반에 취침에 들어가서 5시에 일어납니다. 예수님의 괴로움을 생각하면 보잘 것 없지만, '성시간' 때만 되면 왠지 모르게 졸리기 때문에 그 졸음을 쫓기 위해 자신과 싸워야 했습니다. 주님의 제자들이 눈을 뜨고 계속해서 함께 기도해야 했는데도 잠을 자버렸기에, 우리들은 주님의 고독과 슬픔을 위로하기 위해 잠을 자지 않고 최선을 다해 함께 기도를 드렸습니다."

김 신부는 지금까지 십자가의 죽음이 신의 바람이었는지에 대하여 진지하게 생각한 적은 한 번도 없었다. 다른 많은 크리스천들과 같이 이제까지 십자가의 죽음은 신의 계획에 의한 필연적인 것이라고 생각하였던 것이다. 그러나 김 신부는 무의식적으로 제자들이 잠을 잤던, 자지 않았던 상관없이 신의 섭리에 의한 예수의 죽음과 부활에 의한 인류의 구원에는 그다지 큰 영향이 없었을 것이라고 생각했었다. 겟세마네 동산의 기도와 상관없이 이미 예수의 체포와 죽음은 피할 수 없었던 필연이라고 생각했던 것이다. 그러나 지금 새로운 의문이 김 신부의 머릿속에 떠오르고 있었던 것이다.

"겟세마네에서 제자들이 피곤해서 잠을 자버렸던 일이 예수님에게 그렇게 큰 괴로움을 줄 수 있나? 어째서 성 마르가리타 마리아에게까지 나타나 제자들과 함께 기도하지 못했던 심정을 토로하셨을까? 왜? 예수님께서 세 번씩이나 그렇게도 간절히 제자들에게 자지 말고 눈을 뜨고 함께 기도하기를 바라셨을까?

우리 크리스천들은 예수님의 죽음이 마치 미리 결정된 당연한 것으로 교육받았기 때문에 어쩔 수 없이 그 정도 수준에서 생각할 수 밖에 없었다. 그러나 예수님의 입장에선 제자들이 자지 않고 함께 기도해야 했던 일이 그렇게도 중요했던 걸까?

만약 제자들이 자지 않고 기도를 함께 드렸다면 무슨 일이 벌어졌을까? 예수님께서는 대체 무엇을 원하셨던 것일까?"

확실히 겟세마네 동산의 기도는 로마 총독 본디오 빌라도가 예수의 십자가의 죽음에 대하여 자신에게는 책임이 없음을 유대인들에게 보이기 위해 그들 앞에서 손을 씻은 바로 그 시점이다. 예수가 아닌 다른 사형수였던 바라바를 석방하는 것도 아직 결정되지도 않은 상태에서 말이다. 그때 빌라도는 예수에게 사형을 집행해야 할 아무런 이유도 찾을 수 없었던 것이다.

"제자들이 눈을 뜨고 예수님과 함께 간절히 기도드렸더라면 빌라도가 바라바가 아닌 예수님을 용서해 주었을까? 그때의 기도가 예수님과 인류의 모든 운명이 함께 걸려 있는 심각한 시간이었을까?

우리가 어떤 일을 성취하고자 할 때 우리들은 하나의 큰 뜻을 세워놓고 서로 한마음이 되기를 간절히 원한다. 특히 기업의 프로젝트나 스포츠 시합 같은 경우 팀원들이 한마음 한뜻이 되는 것이 곧 성공과 승리의 중요한 요인이라 생각 된다. 서로의 마음이 하나가 된다면 새로운 열기가 일어나 승리하기도하고 새로운 조직 문화가 생겨 성공하기도 한다. 사람들이 큰 뜻을 중심으로 일체화한다면 미래를 건설할 수 있는 힘을 얻을 수 있으며 때로는 기적 같은 일이 벌어지기도 하는 것이다. 예수님은 겟세마네 동산에서 제자들이 예수님의 심정을 이해하고 서로 하나가 되어 눈을 뜨고 기도하기를 간절히 원하셨다. 만일 그들이 예수님의 간절함을 알고 하나가 되어 자지 않고 함께 힘써 기도하였다면 어떤 일이 벌어졌을까? 어쩌면 십자가의 죽음을 피할 수도 있었을까?"

『복음서』에는 예수가 겟세마네 동산에서 세 번씩이나 간절히 기도한 사건이 적혀 있었다.

"설마, 이럴 수가…!" 김 신부는 그때까지 상상조차 할 수 없었던 일을 깨닫게 된 것이다. 예수의 십자가의 죽음이 신의 바람이었으며 미리 예정 된 사건으로, 인류의 구원을 위한 필연적인 일이었다는 가르침에 무의식적으로 사로잡혀 있었다는 것을 알아차렸던 것이다. 그 순간 그다지 좋은 기분은 느껴지지 않았다.

"나의 아버지, 할 수만 있다면 제게서 이 잔(십자가의 괴로움을 의미)을 지나가게 해 주십시오. 그러나 내 뜻대로 하지 마시고, 아버지의 뜻대로 하시길 원합니다."(마태복음서 제26장 39절)

또한 예수님이 제자들에게 "어찌하여 자느냐 시험에 들지 않게 일어나 기도하라."(누가복음서 제22장 46절) 그렇게 예수는 화를 내며 깨웠지만 제자들은 세 번씩이나 자버렸다. 겟세마네 동산의 기도의 의미는 예수가 십자의 길을 가고 싶지 않아서가 아니었다. 인류의 죄에 대한 속죄와 구원을 위해 십자가의 길을 가기를 바라는 신의 바람 앞에 순종하여 최종적으로 예수의 의지로 십자가의 죽음의 길을 선택하였던 것이라고 많은 크리스천들은 이해하였으며 지금까지도 그렇게 받아들여지고 있다.

"그런데 예수님의 기도의 목적이 지금까지 우리가 이해한 것과 다르다는 뜻인가?" 이런 의문에 도달한 김 신부는 파레-르-모니알을 방문했던 일이 의미가 있었다는 생각에 기뻤다. 논리적으로 아직 충분히 정리 되진 않았지만 예수의 심정을 조금은 이해할 수 있을 것만 같았다. 그리고 지금까지의 신학적 모순을 해결할 수 있는 열쇠를 자신이 가지고 있다는 사실을 그는 실감한 것이다. "테레사에게 했던 예수님의 말씀이 진실이라면…. 그럴지도 모르겠군."

잠시 후 파리의 리옹역에 도착할 열차 속에서 김 신부는 그렇게 생각한 것이다.

'심정의 계시'의 보고서

† 루터보다 심각한 입장

바티칸.

새로운 교황의 취임식이 끝난 후 바티칸도, 로마도 평정을 되찾기 시작하였다. 사람들은 새로운 교황에게도 점점 친밀감을 느끼기 시작하였으며 예정대로 '십자가혐오 신드롬 대책위원회'가 열렸던 것이다. 팍스 1세라는 이름으로 교황에 취임한 한스 라나 추기경 참석하지 않았다. 위원회의 책임은 그의 후임으로 교리성 장관에 임명된 스튜어트 추기경이 이어받았다. 의장도 그가 계속 담당하게 되었던 것이다.

스튜어트 추기경은 그때까지의 흐름을 요약하여 설명한 후 테레사가 받은 새로운 계시에 대하여 김 신부에게 보고를 부탁하였다. 김 신부는 긴장한 표정으로 연단을 향하였다. 김 신부는 '심정의 계시'를 보고하면서 "십자가에 달린 예수는 구세주였다."라는 것을 부정하지 않았다. 그러나 "십자가는 신의 바람이 아니었다."라는 '심정의 계시'는 기독교에서 전통적으로 믿어 온 내용을 부정해버릴 가능성은 충분히 있었다. 가톨릭뿐만 아니라 기독교 전체 대표자들이 모여 있는 '십자가혐오 신드롬 대책위원회'에서 김 신부가 어떻게 보고하고, 어떻게 질문에 응답하는지의 여부가 그들에게 '심정의 계시'를 어떻게 판단할지에 큰 영향을 줄 것은 두 말할 필요도 없다. 그가 지난번 회의 때보다도 더 긴장하는 것은 무리가 아니었다.

테레사의 '심정의 계시'가 진정한 '예수의 계시'라고 믿기 시작한 김 신부는 할 수만 있다면 다른 사람들도 자신과 같이 믿어주었으면 하는 간절한 기도를 드렸다. 그중에는 그의 친구인 요한 스키레베쿠스 신부처럼 어느 정도의 이해를 표시하는 사람들도 있었다. 찬성하는 사람들이 소수가 아닐 것이라고 그는 내심 기대하고 있었지만 많은 반대가 있다할지라도 모든 것을 감사로 받아들일 각오는 하고 있었다.

"종교 개혁자 마틴 루터가 '주여, 제가 여기 있습니다.'(창세기 22장 1절)라고 보름스Worms의 제국의회에서 선언할 때에도 이런 기분이었을까?" 그 순간 로마 유학시절 겨울 방학 때 친구들과 함께 독일 여행을 즐겼던 보름스의 풍경이 떠올랐다. 보름스에는 크고 장엄한 가톨릭성당이 주변을 압도하며 우뚝 솟아 있었다. 반면에 가톨릭 성당 가까이 붙어 있는 프로테스탄트 교회의 건물은 매우 작고 초라해 보였다.

김 신부는 자신이 루터와 같은 위대한 인물이라고 생각한 적은 한 번도 없었다. 그러나 그가 증명하려는 것은 예수 탄생 이래 2000년간 아무도 상상조차 할 수 없었던 예수의 진정한 심정이었다. 김 신부는 루터만큼이나 두려움과 심각한 입장에 서있었고 지금이라도 할 수만 있다면 그 자리에서 도망쳐버리고 싶은 충동에 사로잡혀 있었다. 그러나 그의 양심은 미래를 위해 전진하기를 원했던 것이다.

"예수님께서는 지금 모든 크리스천에게 '심정의 계시'를 전달하기를 원하신다. 예수님의 진실한 심정을 사람들에게 알리고자 하는 순수한 마음만 있다면 반드시 새로운 길이 열릴 것이다! 신이시여! 함께하여 주소서!"

그렇게 믿음을 다짐하고, 신과 예수의 자비로운 손길로 인도해 줄 것을 기원하면서 김 신부는 보고를 시작하였다.

† 심정과 오해

김 신부는 예수의 처음 출현 후부터 새로운 계시가 있을 때까지 테레사가 어떠한 심정을 토로하였고 느꼈는지 설명하기 시작하였다. 테레사는 가지고 있던 전통적인 십자가에 관한 이해를 상기하면서 "예수의 심정의 계시는 테레사가 혼자 만들어 낸 것이다."라는 비판과 "그녀는 원래 이단적인 사고방식을 가지고 있었다."는 등의 오해를 조금이라도 피하려 하였다. 그래서 김 신부는 말을 가려가며 신중하게 이야기를 전개해 나갔다.

" '나의 마음은 오해 받고 있어. 나의 심정을 이해해주었으면 좋겠다.' 라는 예수의 계시를 들었을 때, 테레사는 예수의 말씀을 전통적인 기독교의 관점에서 이해하고 있었습니다.

예수는 십자가에 매달려 죽은 후, 부활을 할 사명을 가지고 탄생하였는데도 당시 사람들은 아무도 그것을 이해해 주지 않았습니다. 지금의 크리스천들도 예수의 깊은 심정의 세계를 깨닫지 못하고 있으며 예수의 소망과 거리가 먼 십자가의 구원과 속죄의 의미와 가치를 가볍게 생각하고 있습니다. 그리하여 예수는 17세기 성 마르가리타 마리아 알라코크에게 십자가상에서 고난과 고통 속에서 피를 흘리면서도 불타는 사랑으로 인류를 사랑한 예수의 성심에 더욱 관심을 돌려야 하고, 그 성심을 숭고하게 생각해야 한다고 계시를 내린 것입니다. 이번 '심정의 계시'는 '성심의 계시'의 현대판이며, 세속화된 현대의 크리스천들에 대한 경고라고 그녀는 이해한 것입니다. 그런 그녀의 이해에 대하여 여러분들이 공감대를 함께 해주시고 다 같이 동참해 주신다면 우리

기독교와 교회는 새로운 출발을 할 수 있을 것이라고 저는 생각합니다. 테레사는 인류의 구원을 위해 십자가에 달려 돌아가신 예수와의 깊은 심정의 교제를 기도하였고, 그렇게 기도하기 시작할 때 자신의 생각과는 반대로 십자가에 대한 혐오감이 구역질로 나타난 것입니다.

그것은 그녀에게 대단히 큰 충격이었고 그 순간 그녀는 자신의 모순을 알아차린 것입니다. 그녀는 구역질이 일어난 불가사의한 일에 괴로워하였으며 말할 수 없는 고통을 느꼈습니다. 전 세계와 인류의 구원을 위해 절대로 필요하고, 소중한 예수의 십자가를 숭경하고 사랑하는 그런 순간에 혐오감이 일어났던 것입니다. 그런 그녀의 괴로움을 같은 신앙인으로서 여러분들도 이해하실 수 있을 것입니다.

그런데 그렇게 고민하고 있었을 때 예수는 다시 그녀 앞에 나타난 것입니다. 예수와의 대화를 통하여 그녀는 그때까지 의심 없이 받아들이고 믿어왔던 기독교의 전통적인 관점을, 다시 말해, 그녀의 계시에 대한 해석에 대하여 '예수의 십자가의 죽음은 하느님의 바람이었으며 필연적이었다.'라는 기독교의 근본 가르침을 예수에게 직접 다시 한 번 질문해야 한다고 그녀는 생각했던 것입니다.

중요한 관점이므로 한 번 더 그녀가 왜 그렇게 느꼈는지에 대하여 보고를 드리겠습니다."

그렇게 보고한 김 신부에게도 테레사가 "십자가의 죽음은 처음부터 신의 바람이며, 예수님의 소망이라고 믿습니다."라고 예수에게 말했을 때 "그러한 믿음이 나의 심정을 이해한다고 생각하느냐?"라는 예수의 대답은 전혀 예상 밖에 대답이었다.

실제 그 당시의 그녀도 어떻게 말해야 좋을지 알 수가 없었다. 하지만 테레사는 다섯 살 때 어린 예수가 나타나 지구 모양의 공에 박혀있는 십자가를 빼내 공놀이 하자고 유혹했을 때 "십자가는 필요 없어, 뽑아버리면 돼!"라고 말한 예수의 슬픈 표정을 떠올렸고 이를 계기로 그녀는 한 번도 의심한 적이 없던 예수의 생애에 관하여 그때까지 스스로, 주체적으로, 의식적으로 생각해 본 적이 없었던 기독교의 근본 가르침을 다시 한 번 생각하면서 하나하나 정리하기 시작한 것이다.

마지막으로 예수와의 대화를 통하여 그녀는 "어쩌면 예수님은 십자가에 달려 돌아가시기 위해 이 세상에 탄생하신 것이 아니라, 살아서 신의 나라를 이 지상에 건설하기 위해 강림한 것이다."라고 생각하기 시작한 것이다. 그리고 예수의 심정을 오해한 것에 대하여 예수의 심정을 그 누구보다도 이해하고 있다고 자부심을 가진 사람은 그녀 자신이며, 또한 기독교인이라고 그녀는 이해하고 있었다. 그러한 그녀의 이해가 옳은 것인지 아닌지를 예수에게 물었을 때, 예수는 "당신이 이해한 것이 '심정의 계시'의 본질이다."라고 말했던 것이다.

김 신부는 이런 테레사의 말을 빠짐없이 보고했다.

김 신부의 보고는 그 회의에 참가한 사람들에게 큰 충격을 주었다. 지난번 보고에서는 기독교와 이 세상에 좋은 의미로써의 경고일지도 모른다며 낙관적인 관점에서 회의를 시작하였지만 그들이 생각하고 있었던 것과는 완전히 다른 상황으로 전개됨을 알게 되는 순간 회의장 전체는 극도의 흥분과 긴장감에 술렁거렸다.

"무슨 헛소리를 하는 거야! 그것은 악마의 사고방식이야! 완전한 이단이다!" 누군가 그렇게 큰 소리로 외쳤다. "그래! 그러면 그렇지!" 몇몇 사람들이 흥분하며 그렇게 동조하였다.

"조용히 해주시기 바랍니다! 보고는 아직도 끝나지 않았습니다. 끝까지 차분하게 경청해 주셨으면 좋겠습니다." 스튜어트 추기경은 참석자들의 흥분을 가라앉히며 김 신부에게 보고를 계속하게 하였다.

"지금까지 여러분들께 말씀드린 내용은 '심정의 계시'의 본질적인 부분입니다. '성 마르가리타 마리아에게도 그와 같은 이야기를 전했습니까?'라는 테레사의 질문에 대하여 예수는 '그렇게 말하려 했지만, 독단적 교리의 벽은 너무나 두터웠다.'라고 대답했다고 합니다."

회의장은 또다시 떠들썩하게 술렁거렸고 참석자들은 흥분했지만 김 신부는 보고를 계속하였다.

"또 하나는 테레사가 고아였기 때문에 외롭고 괴로웠다는 사실을 예수는 이미 알고 있었습니다. 그래서 그녀라면 예수의 심정을 이해할 수 있을 것이라고 말했다고 합니다."

"그 말은 예수도 고아라는 뜻입니까?"

"아닙니다. 예수에게는 친어머니인 성모 마리아와 양부인 요셉이 있었습니다. 다만 그 당시에 상황을 생각해 보면 예수도 쓸쓸하고 고독한 유년시절을 보냈다는 것입니다"

"무슨 말을 하려는 겁니까? 예수는 신성한 가족 안에서 잘 자랐습니다. 그러한 일은 있을 수 없습니다. 예수가 고독하고 쓸쓸한 유년시절을 보냈다는 말은 성모 마리아에 대한 모독입니다."

체격이 좋은 이탈리아의 가톨릭 대주교가 외치자 몇 사람이 그 말에 동조하였다. 하지만 스위스의 프로테스탄트 교회의 목사는 이탈리아 대주교의 말에 반대하였다.

"여러분! 가톨릭에서는 마리아의 평생 동정설을 주장하며 성서에 기록된 형제라는 말을 사촌형제 또는 이복동생이라고 보고 있고, 마리아와 요셉 사이에서는 아이가 없었다는 관점으로 해석하였습니다. 그러나 우리 프로테스탄트 교회는 일반적으로 성서의 말을 비교적 충실하게 이해하려고 노력하였고 마리아와 요셉 사이에는 예수이외에도 형제가 있었으며 남동생이나 여동생이 있었다고 확신하고 있습니다. 그런 가정적 상황에서 예수는 다양한 인간적인 감정을 느꼈을 것이라고 우리는 충분히 예상할 수 있습니다. 또한 예수가 사생아라고 주위 사람들로부터 손가락질을 받았다는 것도 성서에서는 분명히 기록되어 있습니다."

스튜어트 추기경은 이런 토론은 혼란만 가중할 뿐이라 생각해 다음과 같이 제안을 하였다.

"방금 말씀하신 성모 마리아와 예수의 유년시절에 관한 문제는 가톨릭과 프로테스탄트 등의 다른 교파끼리의 이해와 해석방식에 상당히 다른 면이 있습니다. 대부분의 프로테스탄트 교파는 가톨릭과 같이 성모 마리아를 숭상하지 않고 있기 때문에 여기에서 그러한 문제를 논한다는 것은 무리가 있을 것 같습니다.

그러나 예수의 십자가의 죽음에 관하여는 교파를 넘어 기독교의 전통에서 '예수의 십자가는 필연적인 것이며 신의 바람이었다.' 라는 견해는 대체로 똑같이 믿어 왔으므로 그러한 면에서 논의를 계속했으면 좋겠습니다. 여러분! 그렇게 해 주시겠습니까?" 가톨릭에는 열렬하게 성모 마리아를 숭경하는 숭배자들이 다수 있기 때문에 그들을 자극하게 된다면 세계교회협의회 전체의 관계자체가 틀어지거나 복잡한 문제로 점점 까다로워지는 상황을 추기경은 우려한 것이다. 그래서 '십자가혐오 신드롬'의 문제와 성모 마리아의 문제를 따로 떼어 토론을 진행하려 한 것이다. 그들 중에는 그러한 중재가 납득이 되지 않아 불만스러운 사람들도 있었지만 그런 방향으로 회의를 진행해 갔던 것이다.

격렬한 논쟁

† 예수를 혐오하지 않는 '십자가혐오 신드롬'

"그러면 이제부터 다시 토의로 들어가겠습니다. 김 신부는 더 할 말씀이 있습니까?"

심한 논쟁은 이미 예상되었지만 회의가 생각 보다는 차분하고 건설적으로 진행되었기에 김 신부는 예수와 사형의 도구로 사용되었던 '십자가'를 구분하여 좀 더 진지하게 논의할 필요가 있다고 생각했다.

"하나만 더 이야기를 하겠습니다. 그것은 과거 기독교 역사에 있어서 '십자가'에 대한 미움이나 혐오가 이번의 '십자가혐오 신드롬'에서 십자가를 혐오하는 현상과는 근본적으로 다르다는 것입니다. 우리는 지금까지 십자가에 대한 혐오는 바로 예수를 혐오하는 것으로 이해하였습니다. 그러나 '십자가혐오 신드롬'에 있어서 십자가를 혐오하는 것이 결코 예수를 혐오하는 것을 의미하지는 않는다는 것입니다. 오히려 그 반대라고 말할 수 있습니다. '십자가혐오 신드롬'은 십자가 그 자체에 대한 혐오입니다. 그것은 십자가의 죽음이 예수의 본래의 바람이 아니었기 때문입니다. 단지 십자가는 예수를 처형하기 위해서 사용된 도구일 뿐이었습니다. 그러나 이번 '십자가혐오 신드롬' 사건의 결과를 자세히 관찰해 보면 그들은 예수가 메시아라는 것과 십자가의 구원에 대한 가치를 부정한 사람은 한 사람도 없었습니다. 여전히 그들은 명확하게 예수는 구세주라고 말했습니다.

지금까지 기독교 역사는 십자가에 매달려 죽기 위해 이 땅에 오신 예수로서 십자가는 신의 바람이며 필연적인 것으로 이해하였습니다. 그 둘의 관계는 끊을 수 없는 상관관계를 가진 일체화된 개념으로 이해되었습니다. 그 이유는 만약 십자가에 달려 부활하지 않았다면 예수의 존재도 부정되고, 기독교도 부정되기 때문이었습니다.

테레사가 받은 '심정의 계시'에서는 십자가와 예수를 떼어놓고 생각할 수 없는 종래의 견해에서 벗어나 십자가를 바라보아야 할 필요가 있다는 것입니다. 그렇게 볼 수만 있다면 예수의 심정이 느껴지게 될 것이라는 것을 전하고 싶었던 것입니다.

지금까지 아무도 그렇게 생각하지 않았던 견해였기에 그녀를 이해한다면 많은 크리스천들이 보다 깊이 '예수의 심정'을 이해할 수 있고 그것을 통해 인류의 대한 사랑의 실천을 더욱 본받을 수 있을 것이라 생각합니다. 저는 그렇게 '심정의 계시'와 관계된 '십자가혐오 신드롬'은 결코 적대시해서는 안 되며 적어도 경솔하게 결론을 내리는 것만큼은 피해야 한다고 생각합니다.

십자가에서 예수를 떼어버린다면 사람을 처형한 도구로서 사용된 십자가를 혐오하는 것은 그렇게 틀리지 않다고 말할 수 있습니다. 바르타자르 교수가 먼저 지적하여 말씀하신 것 같이 기독교의 역사가 혐오감을 일으키는 무서운 십자가를 좋은 이미지로 숭배하였고, 지극히 아름다운 이미지로 바꾸어버린 것입니다. '예수는 십자가에 달리기 위해 이 땅에 오신 구세주요, 십자가는 신의 바람이며 필연적이었다.'라고 하는 '선입관'이 있었기 때문에 우리는 예수와 십자가를 떼어버릴 수 없었던 것입니다. 그래서 '십자가를 혐오하는 사람들'이란 말을 들었을 때 우리들 대부분은 그 것을 '예수를 혐오하는 사람들'이라는 부정적 이미지로 그 의미를 이해해버린 것입니다."

" '선입관'이라고 하는 표현은 조금 지나친 것 아닙니까?" 납득할 수 없다는 표정을 짓고 있는 사람들을 대변하듯 스튜어트 추기경은 그렇게 그에게 질문하였다.

"제가 말씀드린 '선입관'이란 사전적 의미에서 보면 특정한 사물이나 사항, 인물에 대하여 처음으로 접할 때에 가진 지식이나 정보가 강력하게 작용하여, 형성된 변화하기 어려운 견해를 말합니다. 그 의미는 극도로 호의적일 수도 있지만 반대로 극도로 혐오적인 대상과 결부되기도 합니다. 즉 한번 '선입관'이 형성되면, 그것을 시정하려는 정보는 처음부터 받아들여지지 않고, 반대로 그것을 긍정하는 정보는 적극적으로 받아들여지는 경향이 있어 객관적으로 정확하게 시정하기란 그리 쉽지 않습니다. 분명히 말씀드리지만 '십자가의 죽음은 신의 바람이며 필연적'이라는 견해는 '선입관'입니다. 왜나하면 지금까지 기독교는 그러한 관점에 의해 의식적이든 무의식적이든 얽매여 있었고, 그것과 의미가 결부되는 내용만을 구약과 신약 성서에서 찾아 공부하였고, 이해하려 노력했습니다. 그래서 그것에 반대되는 해석이나 견해는 무시되거나, 이단시 되는 경향이 과거 기독교 역사에 있었습니다. 그래서 교회와 신학교에서는 대립되거나 모순되지 않도록 덧붙여 설명하거나 고쳐 표현하는 경향도 많이 있었습니다. 지금까지의 오해를 피하기 위해 여러분들께 한 가지 제안을 하고 싶습니다. '십자가혐오 신드롬'이라는 말을 다른 표현으로 바꾸었으면 좋겠습니다. 예를 들어 '혐오'라는 단어를 빼고 '십자가 신드롬'이라고 칭하던가 아니면 다른 뜻으로 '십자가를 보면, 고통이 느껴지는 증상'이라는 의미가 전달되도록 표현을 바꾼다면 어떻겠습니까?"

그의 제안에 이탈리아의 도메니코 갓시니 추기경이 발언을 하였다. 그는 성모 마리아 숭배자이며 지극히 보수적인 견해를 가지고 있는 사람으로 알려져 있었다.

"아니요! 나는 그 명칭이 변경되지 않기를 바랍니다. 왜냐하면 만일 명칭을 바꾸어 그 신드롬이 행여 좋은 이미지를 갖게 된다면, 모든 사람들이 '심정의 계시'가 예수로부터 직접 온 계시라고 착각할 것이며 기독교는 더욱 큰 혼란에 빠질 위험성이 있기 때문입니다. 나는 김 신부의 보고를 들으면서 그 정도의 내용만으로 '심정의 계시'가 예수에게서 직접 온 메시지라고 확신할 수 없습니다. 그러므로 라나 추기경이, 아니 지금의 교황인 팍스 1세가 붙인 그 명칭은 실로 잘 어울린다고 생각합니다. '십자가혐오 신드롬'의 명칭이야말로 본래 이단인, '심정의 계시'가 가지고 있는 반 기독교적 정서를 정확하게 표현하고 있다고 생각합니다. '십자가혐오 신드롬'은 과거에 나타난 이단들과 비교할 수는 없는 악의 차원이 높은 마귀사탄에 의해 교묘하게 전 세계로 전파되고 있다고 나는 개인적으로 생각합니다. 그것을 받아들인다면 기독교 역사의 근본이 흔들리게 될 것이며 기독교 역사를 스스로 부정하는 일이 되어버리고 말 것입니다. 이로서 '십자가혐오 신드롬'은 사탄의 계략이며 전 세계 기독교와 교회에 대한 도전이고, 음모라고 생각합니다. 우리들은 참된 크리스천으로서 그러한 사탄마귀의 꼬임에 현혹되어서는 안 되며 강하고 담대하게 이 문제를 직시해야 된다고 생각합니다. 결코 이번 일에 타협해서는 안 됩니다. 다시 한 번 당부하는데 단호하고 철저하게 이 문제에 대처해야 한다고 생각합니다.

여러분! 생각해 보십시오! 예수님으로부터 출발한 기독교의 역사가 2000년간 믿어왔던 근본적인 신앙을 부정하는 일은 결코 있을 수 없습니다. 2000년간 크리스천들은 예수의 십자가는 신의 바람이라고 믿어 왔고, 십자가의 죽음과 부활에 의한 구원을 유일하고 절대적인 구원이라고 믿어왔습니다. 우리들은 그러한 확신에 의해 신앙 고백을 하였고, 선교를 통하여 복음을 전하였으며 순교하기를 두려워하지 않았습니다. 그리고 그것을 신의 은혜와 영광으로 받아들였습니다.

여러분! '심정의 계시'를 진리로 받아들인다면 십자가의 죽음과, 부활에 의한 구원과, 기독교의 2000년의 역사를 부정하게 되는 것입니다. 그런 일을 예수님께서 직접 하신다고 생각하십니까? 현명하신 여러분들은 저의 의견에 진정으로 찬성해 줄 것이라고 믿습니다."

갓시니 추기경의 마치 불을 뿜는 듯한 발언에 많은 사람들이 박수로 화답하였다. 그러나 동시에 몇몇 사람들이 손을 들었다. 그의 의견에 대하여 동의할 수 없다는 사람들도 있었기 때문이다. 이에 갓시니 추기경은 큰 충격을 받은 기색이었다.

김 신부도 놀랐다. 그들이 어떤 생각으로 어떤 의견을 제시할 것인지는 들어보지 않고는 알 수 없었지만 조금은 마음의 여유가 생겼다.

회의장 분위기가 과열되어 가고 있었지만 예정된 회의 시간이 끝났고 스튜어트 추기경은 일단 여기에서 첫날의 회의를 끝마쳤다.

'겟세마네의 기도'의 비밀

† 에피소드

화요일 오전 9시, 회의 시작 전이었다. 대부분의 참가자들은 이미 회의실에 모여 있었다. 회의 시작 10분 전 미국에서 왔다는 한 그리스 정교회의 사제가 연단 마이크 앞에 나아가서 갑자기 말하기 시작했다.

"여러분! 저에게 주목해 주십시오. 지금 긴급 뉴스가 들어왔습니다."

모든 사람들은 하던 이야기를 멈추고 그 사제 쪽을 바라보았다.

"로마교황 팍스 1세가 가톨릭교회의 성직자도 결혼을 인정한다는 성명을 방금 발표했습니다! 이렇게 엄청나고 경사스러운 뉴스를 모두 축하합시다!" 모든 사람들은 환호성이 터트리며 일제히 일어섰다. 가톨릭의 성직자들은 믿을 수 없다는 표정을 지었지만 대부분은 기쁜 표정으로 박수를 치고 있었다. 잠시 동안 계속되는 환호성이 일단 가라앉자 연단의 있던 사제가 다시 말하였다.

"여러분 죄송합니다. 오늘은 4월의 첫날입니다."

실망과 낙담의 분위기가 회의실을 덮쳤지만 대부분은 그저 웃음으로 화답하였다. 그러나 누군가는 심하게 분노를 터트렸다.

"뭐라고? 그런 말을 왜 함부로 하는 거야! 농담이라니! 아무리 만우절이라지만 농담도 정도가 지나치잖아!" 그러자 어떤 사람이 말하였다.

"당신은 어떻게 생각할지 모르지만 대부분 손뼉 치고, 한 순간에 웃음바다로, 좋은 분위기였는데! 긴장된 회의 분위기에 잠시 여유와 웃음을 준 것이니 너그럽게 용서해 줘요!"

연단의 사제가 이어 말하였다.

"정말 죄송합니다! 만약 어느 분이던 마음의 상처가 되었다면 본의는 아니니 용서를 빕니다! 아무쪼록 용서해 주십시오! 저는 단지 가톨릭 사제의 『성직자의 결혼』 이라는 문제에 관한 본심을 알고 싶었을 뿐입니다. 가톨릭은 공식적으로 여러 이유를 달아서 "성직자는 결혼을 해서는 안 된다."라는 말을 합니다. 저의 친한 친구도 가톨릭 신부가 되었는데 그도 "신부는 왜 결혼을 하면 안 되는가?"라는 말을 여러 신학적 이유를 붙여서 나에게 설명해 주었습니다. 그러나 제가 어릴 때부터 그 친구의 모습을 쭉 지켜보았기 때문에 그를 잘 압니다만, 그것은 그의 본심이 아니었습니다. 그가 저의 집에 놀러 와서 우리 가족과 함께 즐겁고 단란한 시간을 함께 보낼 때면 그가 무의식적으로 쓸쓸한 표정을 짓던 모습을 가끔 보았습니다. 그럴 때마다 저는 무척이나 가슴이 아팠습니다. 결혼을 하지 못하는 여러 가지 신학적 이유는 있을지 모르지만 지금 이 순간에 여러분들이 기뻐하는 모습을 보고 저는 여러분들의 본심을 약간 이해할 수 있을 것 같습니다. 아시는 바와 같이 영국 성공회나 그리스정교회 등에서는 주교나 고위성직자가 되고 싶은 사람만이 자유의사로 독신을 선택합니다. 가톨릭도 그렇게 한다면 신부가 될 사람들의 수가 늘어날 것이고 숨어서 애인을 만나거나, 유아를 성적으로 학대하거나, 동성애 문제도 자연스럽게 줄어들 것이라 생각합니다.

성직자의 결혼은 '시대적 요구'라고 생각합니다. 저는 팍스 1세 교황의 "성직자의 결혼에 관하여 적극적으로 검토해야 한다."라고 하신 말씀을 다른 사제로부터 전해 들었습니다. 저는 개인적으로 다음에 세계교회협의회의 회의가 열린다면 꼭 이 문제가 중요한 의제로 채택될 것이라고 믿습니다."

"시간이 되었습니다. 시작할까요?"

스튜어트 추기경이 모두를 재촉하였다.

그 중에는 아직 '성직자의 결혼'이라는 주제에 미련이 남아있는 사람도 있었지만 참가자들은 '십자가혐오 신드롬'에 관한 새로운 논의에 대한 생각을 정리하고, 각자의 자리로 돌아갔다.

† '십자가'와 '성직자의 결혼' 문제

회의를 재개한 후의 첫 의견은 뜻 밖에도 먼저 언급했던 성직자의 결혼 문제에 깊게 영향을 미치는 발언이었다. 영국 성공회의 주교는 '심정의 계시'에 의한 '십자가'를 바라보는 시각은 성직자의 결혼에 긍정적인 메시지를 포함하고 있다고 말한 것이다.

"조금 전 휴식 시간에 그리스 정교회에서 만우절 농담을 했습니다만 그 의미는 이번 테마와도 깊게 관련된 본질을 찌르는 이야기라고 생각합니다. "성직자의 독신제도"와 '심정의 계시'의 내용은 대단히 깊은 관련이 있다고 생각합니다."

"구체적으로 어떤 관련이 있다고 생각하십니까?" 대만의 감리교 목사가 모두를 대변하여 질문하였다.

"아시다시피 초대교회에서 첫 번째 제자인 베드로와 바울 외에는 대부분 결혼을 하였습니다. 그 후에도 독신은 존중되었지만 사제가 아내를 두는 일은 인정하였으며 독신은 사제의 자유의사에 근거하여 선택사항으로 각자에게 맡겼던 것입니다. 사제의 독신제도가 의무화된 것은 11세기 이후부터였습니다."

"성직자의 독신제도에 대한 신학적인 근거가 있습니까?"

"자신의 사랑이 특정한 사람에게 한정되지 않고 불변적으로 모든 사람들을 사랑하기 위해서였습니다. 마태복음서 18장의 "너희가 땅에 매이면 하늘에도 매이고, 너희가 땅에서 풀면 하늘에서도 풀린다."라는 말씀처럼 천국에서 결혼이란 없으므로 천국 생활을 먼저 지상에서 해야 한다는 뜻입니다.

그러나 제가 '성직자의 독신제도'와 '십자가 문제'가 깊은 관련을 가지고 있다고 주장하는 이유는 우리들의 스승인 예수가 독신이었다는 이유로 '성직자의 독신제도'를 유지해야만 한다는 큰 심리적인 신학적 근거가 있다는 부분입니다."

"만약 예수께서 결혼을 하셨다면 '성직자의 독신제도'가 존재했겠습니까?" 이탈리아의 가톨릭 사제가 물었다.

"아니죠. 예수는 크리스천들의 이상적 모델이고 목표입니다. 훌륭한 사람이 된다는 것은 예수처럼 되는 것입니다. 예수가 독신이었기 때문에 예수처럼 되기 위해, 예수가 갔던 길을 따라 독신의 길을 가야 한다고 생각하는 것은 당연한 일입니다.

그런데 만약 '심정의 계시'의 관점에서 생각해서 예수가 십자가에 달려 죽기 위해 오셨던 것이 아니라, 살아서 이 지상에 '신의 나라'를 건설하기 위해 오셨다면 당연히 예수는 '왕중의 왕'으로서 나라를 다스려야 하고, 또한 '퍼스트레이디'와 같은 왕비와 결혼을 하여 가정을 이루었을 것입니다. 그랬더라면 크리스천들의 목표는 독신이었던 예수가 아니고 가정을 이룬 예수, '예수의 가정'을 신앙의 중심으로 받아들였을 것입니다. 그러니까 성직자의 결혼 문제와 십자가의 문제는 서로에게 대단히 큰 영향을 주었다라고 볼 수 있습니다."

"그러나 예수는 자신의 결혼에 대하여 '결혼을 해야 한다'라던가 '독신이 좋다' 라던가 하는 말은 전혀 하지 않았습니다. 예수가 만일 십자가의 길을 가지 않았다고 해도 결혼은 하지 않았을 가능성도 있다고 생각합니다만…."

"당신은 독신으로 사는 쪽이 결혼을 하여 가정을 이루는 쪽보다 가치가 있다고 생각하십니까?"

"아닙니다! 결코 그렇게 생각하지는 않습니다. 결혼은 신이 정한 신성한 의식입니다. 그러나 결혼을 하는 사람도 있고, 하지 않는 사람들도 있습니다."

"결혼은 신이 정해준 신성한 의식이라는 인식이 어떤 사회나 시대나 인종과 국가를 초월하여 문화로 고정되어있습니다. 그러나 가톨릭교회는 독신이 보다 소중한 가치가 있다고 합리화하는 것은 아닙니까? 요즘은 그러한 교육은 적어졌다고 보지만 잠재적으로는 여전히 그러한 견해가 남아있다고 봅니다. 이 모순은 예수가 독신으로 돌아가신 결과로부터 생겨난 것이라 보입니다. 즉 예수의 십자가의 죽음은 신의 바람이었으며, 필연적인 것이라고 하는 교의(敎義, 제1차 바티칸 공의회가 정의한 것)를 확립하기 위해 독신으로 돌아가셨던 예수의 독신의 의미를 신이 정해준 결혼의 가치보다도 높은 위치와 입장을 부여했던 것입니다. 그렇지 않으면 예수의 십자가에 의한 구원의 가치가 절대적이라는 관점이 희미해지기 때문입니다."

"당신은 지금 성직자들이 독신제도를 지키는 것에 대하여 '의미가 없는 일이다'라고 말하려는 겁니까?"

"아닙니다! 나는 결코 그런 말을 하려는 것이 아닙니다. 그것은 대단히 존귀하다고 생각합니다. 단지 내가 말하고 싶은 것은 예수도 결혼을 하고 싶은 마음이 있었다는 사실이, 지금 '심정의 계시'에 의하여 처음으로 세상에 알려지게 되었다는 사실입니다. 독신 생활의 괴로움에 몸부림치면서 신앙을 지켜왔던 성직자들은 예수의 괴로움을 같은 기준에서 체험하고 싶었고 예수의 고통을 함께 나눔에 따라 신과 예수가 원하는 '참된 사람'으로 거듭난다고 생각한 것입니다.

우리가 최대한 '예수의 심정'에 모든 초점을 맞추어 적극적으로 그 의미를 생각한다면 전혀 다른 의미로 해석될 수 있을 것이라 생각됩니다. 저는 현대 사회에 있어서 가톨릭교회가 성직자의 결혼을 공개적으로 인정해야 한다고 생각합니다. 일부 보수적인 사람들의 말처럼 가톨릭교회의 타락이나, 세속화라는 부정적인 면에서 결혼을 부각시키는 것이 아니라 신의 축복과 은총이라는 관점에서 오히려 신성한 의식으로서, 성직자도 이 신성한 의식에 참여 할 수 있는 새로운 시대가 왔음을 선포해야 한다고 생각합니다."

참가자들은 성직자의 결혼 문제와 '심정의 계시'가 깊은 관련이 있다는 생각은 미처 깨닫지 못하였지만 그의 논리적인 설명에 의하여 '심정의 계시'에 대한 새로운 관점이 형성된 사람들도 적지 않았다.

그것이 단지 교의의 문제만이 아니라 구체적인 성직자의 사생활과 사회의 중요한 단위인 '가정의 본연의 자세'라는 실천적인 문제에 있어서도 깊게 연관되어 있다고 느껴졌던 것이다.

† 신의 소망

계속해서 김 신부의 친구인 요한 스키레베쿠스 신부가 신의 바람이 아니었던 십자가가 언제부턴가 신의 바람이 된 관점에서 '심정의 계시'를 옹호하는 논의를 하기 시작하였다.

"일반적으로 기독교 신학은 예수의 십자가의 죽음을 신의 바람이나 소망이라며 필연적인 것이라고 생각하여 왔습니다. 그 하나의 근거가 예수의 겟세마네 동산의 기도에서 마가복음 14장 "이 잔을 내게서 옮기시옵소서. 그러나 나의 원대로 마시옵고 아버지의 원대로 하옵소서."의 해석으로부터 나왔다고 저는 생각합니다. 이 기도로부터 '신의 바람'은 '예수의 십자가를 통한 죽음과 부활'이라고 인식되었던 것입니다. 그러나 신은 이스라엘의 오랜 역사 속에서 십계명과 율법으로 많은 선지자들을 세워 그 민족을 가르치고 이끌어 왔습니다. 그것은 신이 언젠가 보낼 구세주를 그들이 온전히 모시고 받아들여 '신의 나라'

를 창건하기를 바라셨기 때문입니다.

하지만 예수의 십자가의 죽음은 구약 시대로부터 예수의 탄생 때까지 신의 계획도, 소망도, 필연도 아니었습니다. 그런데 예수의 생애의 마지막에는 예수의 십자가의 죽음이 신의 바람이자 소망이 되어버렸습니다. 제가 의문으로 생각했던 점은, 구약 시대에 있어서도, 예수의 탄생의 출발시점에 있어서도, 신의 바람이 아니었던 십자가의 죽음이 언제부턴가, 왜, 신의 바람과 소망으로 바뀌었는가라는 것입니다."

그 의문에 대하여 스페인 가톨릭 주교가 대답하였다.

"언제부터라고 명확하게 말할 수는 없습니다만 예수가 겟세마네에서 기도를 드렸을 때는 십자가의 죽음이 신의 소망으로 확연하게 드러나 있습니다. 왜 그렇게 되었냐 하면 이스라엘민족이 예수를 메시아로 받아들이지 않고 불신하였기 때문입니다. '이 잔을 내게서 옮기시옵소서. 그러나 나의 원대로 마시옵고 아버지의 원대로 하옵소서.' 라고 한 겟세마네의 기도의 의미는 명확합니다. 예수 자신은 고난에 가득 찬 십자가의 길을 가고 싶지 않았지만 신의 소망은 그 길을 원하고 계심을 알았기 때문에 자신의 소망보다도 신의 소망을 선택하였고 십자가의 길을 갔던 것입니다."

"그렇다면 당신은 예수가 십자가상에서 죽는 것보다 이스라엘 민족이 예수를 받아들여 죽지 않는 것이 더 좋은 일이었다고 생각합니까?"

"물론 그렇다고 생각합니다. 그러나 그렇게 십자가의 길을 택하지 않았다면 예수의 죽음과 부활의 관점에서 죄의 용서와 영원한 구원은 있을 수 없었다고 생각합니다."

"죄를 용서하는 권능은 예수께서 살아 계실 때에도 갖고 있었지 않습니까? 예수님이 계속 살아 계셨다면 십자가의 죽음과 부활보다 더 놀라운 용서와 구원이 살아 계신 예수에 의하여 더욱 더 구체적으로 이루어졌을 것으로 생각할 수는 없습니까?"

"우리들은 그것까지는 잘 모릅니다. 그러한 일은 일어나지 않았기 때문에 그렇게까지 생각할 필요는 없다고 봅니다."

"아니! 그것도 모르면서, 예수의 십자가의 죽음과 부활에 의한 구원이 예수가 계속 살아서 구원하는 일보다도 어째서 뛰어난 일이 아니라고 말할 수 있습니까?"

"유대인들은 그들의 자유의지로 예수를 받아들이지 않고 살해했습니다. 예수는 육체적으로 죽고, 육체적으로 부활함으로써 구원의 위업을 완성한 것입니다. 여러분들도 아시다시피 인류의 시조인 아담의 타락으로 인해 인간이 육체적으로 죽을 운명에 빠진 죄를 제 2의 아담으로 오신 예수는 죽음으로서 극복한 것입니다. 그것에 의하여 구원은 완성되었기 때문에 다른 구원의 가능성은 생각할 필요가 없다고 생각한 것입니다."

"아담이 범한 죄가 인간의 육체의 죽음을 초래했다는 사고방식은 생물학적으로도, 신학적으로도 현대의 과학문명에 사는 우리들만큼은 받아들여서는 안 된다고 생각합니다."

"당신은 그렇게 생각할지 모르지만 나는 아담의 타락에 의하여 인류는 육체적으로 죽을 수밖에 없다고 지금도 믿고 있습니다."

"예수가 육체를 가지고 부활되었다는 점에 대하여 많은 신학자들은 격렬하게 논의하고 있지 않습니까? 부활한 예수의 몸은 적어도 우리들이 보통 생각하는 육체와는 전혀 다른 것임을 명확하게 이해해야 할 것입니다. 나는 타락에 의하여 초래된 육체의 죽음을 극복하기 위해 구세주 예수는 우선 육체적으로 죽고, 육체적으로 부활 할 필요가 있었다고 생각됩니다. 이것이 '십자가의 필연론'을 인도하기 위한 중요한 이유 중의 하나였다고 생각합니다.

그러나 육체의 죽음은 타락에 의해 인류에게 초래된 것이 아니고, 인간은 육체적으로 죽지만, 영혼은 영원히 사는 존재로서 처음부터 신에 의해 창조되었다고 생각한다면 어떻습니까? 그러면 예수가 육체적으로 죽어서 육체적으로 부활한 필연성은 완전히 없어질 것이라고 생각됩니다만."

"예수의 십자가가 신의 소망이 아니었다면 예수가 십자가의 길을 선택한 것은 신의 소망을 뒤집는 일이 됩니다. 당신은 예수가 십자가의 길을 가신 것이 틀렸다고 말하는 것 같아 불쾌하군요!"

"결코 그렇게 말하려 한 것이 아닙니다. 본래 신의 소망이 아니었기에 십자가의 길은 신의 소망이 아니라고 말하고 싶었던 것뿐입니다. 그런 의미에서 '심정의 계시'는 옳을 수도 있다고 느낀 것입니다. 예수의 십자가의 죽음은 마지막까지 신의 소망은 아니었지만 예수는 본의 아니게 그 길을 가는 방법이외에는 없었다고 생각합니다."

"그 말이 예수가 신의 소망을 뒤집는 행위를 했다는 것 아닙니까?"

"아닙니다! 결코 그렇지 않습니다! 내가 말하고 싶은 것은 인간이 내린 결단입니다. 그 당시 예수를 신을 모독하는 위선 예언자로 죽이려는 유대교 지도자들이 내린 결단과 그것을 받아들인 로마 총독 빌라도의 판결 말입니다. 이로 인한 예수의 십자가의 죽음을 신은 간섭할 수 없는 입장이라는 것입니다.

예를 들면 신은 아담과 하와에게 "따 먹으면 반드시 죽으리라."라고 말씀하셨지만 그들이 신의 훈계를 깨고 타락하였을 때에도 신은 그것을 멈출 수가 없었던 것과 상황과 비슷합니다. 그러나 그렇다고 하여 아담과 하와가 죄를 통해 불행해진 것이 신의 소망이라고 하기는 어렵다는 말입니다. 예수의 십자가의 죽음도 비슷하다고 봅니다. 예수의 십자가의 죽음을 신은 원하지 않았지만 그렇게 되어버린 것입니다. 십자가의 죽음은 유대의 율법학자들과 빌라도의 결단에 대한 예수의 대응 방법이었으며 예수의 부활로서 승리로 연결된 것입니다.

예수가 십자가상에서 고통과 죽음을 당할 때 자신을 죽이려고 했던 사람들을 저주할 수도 있었고, 신을 불신 할 수도 있었습니다. 그러나 예수는 그렇게 하지 않았고, 자신을 죽이려고 했던 사람들의 죄까지도 용서해 주기를 신에게 간절히 요청하는 기도를 드렸던 것입니다. 그리고 신의 뜻에 예수는 자신의 몸을 맡겼던 것입니다. 그리하여 신은 예수가 인류역사를 통틀어 누구도 할 수 없었던 진실한 사랑을 실천하였기에 예수를 부활시킬 수 있었던 것입니다. 그렇게 예수의 말할 수 없는 슬픔과 엄청난 고통을 알고계시면서도 '십자가의 길'을 진행시켜야만 했던 아버지 되시는 신은 비통하면서도 무정한 심정이 있었을 것입니다. 그것은 아담과 하와가 타락했을 때에도 그것을 멈출 수 없었던 신의 슬픔과 같은, 아니 그 이상이었을 것입니다. 그에 대하여 로마노 과르디니라는 신학자는 예수의 '십자가의 죽음'을 '제2의 타락'이라고 표현했던 것입니다."

스키레베쿠스 신부의 이야기를 들으면서 참가자 중 일부는 처음에는 신의 소망이 아니었던 예수의 십자가의 죽음이 '언제부터 신의 소망이 된 것인가'라는 질문에 모두가 잠시 생각에 잠겼던 것이다. 그들은 스키레베쿠스 신부가 말한 내용을 모두 받아들인 것은 아니었지만 적어도 그가 무엇을 말하려 하는지는 이해하는 표정이었다.

그러나 다수의 사람들은 스키레베쿠스 신부의 말은 완전한 궤변이며, 이단적인 내용이라고 말하기 시작하였다. 왜 그가 그러한 내용을 의도적으로 말하려는 것인지 일부 사람들은 이해할 수 없다며 그에 대한 혐오감마저 드러냈다.

† 겟세마네 동산의 심정

다음 날은 대책위원회의 마지막 회의였다. 김 신부는 전날 스키레베쿠스 신부와 스페인 주교의 토론을 듣고서 파레-르-모니알에서 있었던 일을 떠올렸다. 그는 그 이후 예수의 겟세마네 동산의 기도에 대해 예수의 심정을 이해하려 깊은 고민에 빠졌다. 열차 안에서 받은 영감, 즉 겟세마네에서 제자들이 자버린 일과 '십자가의 죽음' 사이에는 상관관계가 있다는 것을 이해한 그의 생각은 조금씩 부풀어만 가고 있었다. 그는 모두에게 다음과 같이 이야기하였다.

"어제도 말씀 드렸습니다만 겟세마네에서의 예수의 기도는 예수의 십자가가 신의 소망으로 나타난 유력한 근거입니다. 그러나 최근에 어쩌면 그렇지 않을 수도 있을 것 같은 생각이 들었습니다. 다시 한 번 예수의 심정을 중심으로, 그것에 대하여 자세하게 말씀 드리겠습니다.

겟세마네의 기도를 근거로, 예수의 십자가는 신의 소망이고 죽음에 대한 육체적 공포를 극복하여 십자가의 길을 당당하게 가신 것으로 기독교는 이해하고 있습니다.

그런 관점에서 이해하면 할수록 그 두 가지의 의미는 서로 상충되었습니다. 하나는 십자가의 죽음은 신의 소망이라는 '신의 의지'와, 또 다른 하나는 십자가의 길에 대한 두려움으로 더 이상 가고 싶지 않은 '예수의 의지'입니다.

'신의 의지'와 '예수의 의지'가 겟세마네의 기도 때에 서로 상충되었지만 예수는 '자신의 의지'를 버리고, '신의 의지'를 따랐던 것입니다. 겟세마네의 기도에 있어 예수의 고뇌는 십자가의 괴로움으로부터 달아나고 싶었던 것을 극복하고, '신의 의지'에 복종하려는 싸움의 고뇌하였던 것입니다.

그러나 여러분 그 두 의지가 서로 상충되어 싸웠겠습니까? '신의 의지'와 '예수의 의지'가 상반된 것이라고 생각하십니까? 예수는 정말로 십자가의 죽음, 육체적 고통으로부터 도망치고 싶어서 고뇌한 것입니까? 내가 얻은 결론은 그런 것과는 달랐습니다."

김 신부는 겟세마네의 기도 중에 제자들이 자버렸을 때 예수의 심정은 그들에게서 버림받았다고 느껴졌던 일과, 그런 예수의 괴로움을 위로하기 위해 목요일 밤 11시부터 12시까지 눈을 뜨고 기도하는 '성시간의 의무'을 행하게 한 '성심의 계시'를 '성 마르가리타 마리아'가 예수에게 들었던 일화를 소개하였다. 그 의미와 이해를 바탕으로 하여 그때까지 전혀 다른 관점에서 겟세마네의 기도를 이해할 수 있었고 예수의 심정을 더욱 자세히 살피기 시작한 것도 보고하였다.

"'예수가 인간의 나약함 때문에 십자가의 죽음을 두려워했다'라는 견해는 지금까지도 문제시 되어 왔습니다. "소크라테스나 애국 열사들, 역사 속 종교의 순교자들도 당당하게 죽음을 극복하였고, 나라와 조국을 구하기 위해 목숨을 바친 사람들도 많이 있는데도 신의 아들이며 구세주 메시아인 예수가 죽음을 두려워할 수 있습니까?"라는 해석은 기독교 내외에서도 의문을 가진 사람들이 많이 있었습니다.

그리하여 예수의 메시아적인 가치를 떨어트리지 않기 위해, 예수는 개인의 죽음에 대한 공포가 아니라, 인류가 범한 죄를 십자가의 죽음으로 속죄해야 하기에 더욱 괴로움을 느꼈던 것으로 변호했던 것입니다. 즉 죄의 노예가 된 인류를 구원하기 위해, 예수는 죽음을 필연적으로 선택해야 했던 것입니다.

그러나 그것이 확대 해석되었기에 성서에서는 그 부분은 기록하지 않았습니다. 또 예수는 자신의 피와 살을 바치며, 다가오는 죽음에 대한 최후의 만찬에서도 죽음을 자각하였으므로 겟세마네의 동산에서 갑자기 죽음을 두려워하기 시작했다는 말은 부자연스럽게 생각하는 사람들도 있습니다.

사실, 지금까지 죽음의 괴로움을 의미했던 "잔"도 그것이 무엇을 의미하는지 분명하지 않다고 주장하는 신학자도 간혹 있습니다. 더욱이 기도를 마친 뒤 예수가 신에게서 응답을 받은 것은 당연하다고 생각되는 부분도 의심을 받고 있습니다. 네 개의 복음서 가운데 가장 오래된 『마가 복음서』의 해석에서는, 예수의 기도의 결과로 받은 응답은 십자가의 길로 가는 것은 '신의 소망'이라는 의미는 없었고 제자들이 자버린 상황만이 응답으로 기록되어 있었다는 것입니다.

겟세마네에서 기도를 드린 후의 '예수는 십자가의 죽음의 길을 가야 한다'는 최종적인 결단은 확실합니다. 그러나 십자가가 신의 소망이라고 인정하고, 그 길을 갔다는 해석은 오히려 어불성설이라고 생각합니다. 자세한 것은 앞으로의 성서학 연구의 발전과 진전에 맡겨야 되겠지만 지금까지 성서학 연구의 성과를 근거로 하여 제 나름대로 가능성을 제시해 본 것입니다.

예수가 '십자가의 죽음이 신의 소망임을 깨달았다'라기 보다는 예수와 일심일체가 되어 지켜주어야 할 제자들이 자버린 일 때문에 죽음의 길 외에는 선택할 길이 없음을 최종적으로 판단한 장면이라고 생각됩니다.

즉 예수의 결단과 제자들이 자버린 일과의 사이에는 어떠한 상관관계가 있다는 것입니다. 제자들은 '잠에 들지 않았어야 했다'라는 의미에서 십자가의 길이 신의 바람이나 소망이었다라고 말할 수 있을지는 모르겠습니다. 그러나 신의 소망이나 바람과는 전혀 상관없이 인간만이 그렇게 생각하고, 신의 이름만을 사용했을 지도 모릅니다. 이제까지 아무도신을 본 사람은 없습니다. 단지 예수의 십자가에서의 죽음은 신의 소망이었다고 믿을 뿐이지 않습니까?

그 길 밖에 없으므로 가게하고 싶지는 않았지만 그러지 않을 수 없었다고 표현해도 좋습니까? 처음에는 신의 소망이 아니었지만, 여러 정황이 가지 않으면 안 되어 버렸다고 우리들은 생각할 수 있습니다.

신은 이스라엘 민족을 십계와 예언자들의 메시지를 통하여 가르치고 인도하면서, 오랜 세월에 걸쳐 구원의 계획을 준비해 왔습니다. 그리고 신은 그 때가 되어, 구세주 예수를 지상에 보내신 것입니다.

죽음을 당한 포도원의 주인에 관한 예수의 우화를 상기해 보십시오. 신은 자신의 아들을 보내면 공경해 줄 것이라고 생각하여 아들을 보냈습니다. 신의 아들이자, 구세주로서 받아들여 주기를 바라며 보냈지만 이스라엘 민족은 예수를 구세주로서 받아들이지 않고, 빌라도 법정으로 끌고 가 살해해버린 것입니다.

이스라엘 민족의 예수 불신은 신의 소망을 뒤엎는 비참한 사태였습니다. 그러한 상황 속에서, 신이 제물로 독생자 예수를 십자가에 바쳐 인류의 구원을 계속해야 하는 길을 선택한 것이 아닙니까? 이미 그 시점에서는 십자가의 죽음은 피하기 어려운 상황이 되어버리고 만 것입니다. 그러나 처음부터 그랬던 것은 아닙니다. 처음에는 신의 소망이 아니었지만, 이스라엘 민족의 불신이라고 하는 사태가 예수를 십자가의 길로 몰고 갔던 것입니다.

그렇게 예수가 십자가상에서 죽을 때, 신의 괴로움은 폭발할 것 같이 비통했을 것입니다. 예수 자신이 십자가의 길을 가는 것이, 아버지 되시는 신의 슬픔을 초래했다는 것을 누구보다 잘 알고 계신 예수는 아버지를 슬프게 하는 불효는 저지르고 싶지 않았을 것입니다. 겟세마네의 기도는 정말 형언할 수 없는 고통과 괴로움의 순간이었을 것입니다. 그러나 그 누구도 알아주지 않았고, 십자가의 길을 함께 갈 제자는 한 명도 없었던 것입니다.

예수가 겟세마네에서 기도를 올릴 때 피와 같은 땀을 흘릴 만큼 고뇌했던 십자가의 길은 인류를 구하는 유일한 길이기에 가주기를 바라는 '신의 의지'와 십자가의 길은 괴로움과 고통의 길이기에 가고 싶지 않은 '예수의 의지'가 상충되었던 것입니다.

예수 자신이 십자가의 길을 가기를 결심한다면, 아버지 되시는 신은 슬퍼하시게 될 것을 알고 있었고 아버지 되시는 신을 슬프게 하지 않기 위해 할 수만 있다면 십자가의 죽음을 어떻게든 피하는 길은 없는지 괴로워하며 번민하였던 것입니다.

그리고 겟세마네 동산에서 제자들이 자신과 함께 간절히 기도해 줄 것에 한 가닥의 희망을 걸었고, 최후의 운명을 건 단판기도를 드렸던 것입니다. 예수는 오늘날까지 2000년간 기독교가 해석해 온 것 같이 십자가의 죽음에 의한 육체적인 고통을 두려워서 갈등한 것이 아닙니다. 처음부터 신의 소망이었다면 십자가의 죽음을 두려워하지 않고 기꺼이 제물이 될 수 있었던 것입니다.

그러나 예수는 십자가의 길이 진정으로 아버지 되시는 신을 슬프게 할 것을 알았고, 자신의 죽음이 가져 올 미래의 이스라엘 민족의 비참한 운명을 알았던 것입니다. 십자가의 길은 곧 자신을 스승으로 공경하는 크리스천들의 순교와 박해의 길이라는 것을 알았고, 더욱이 모든 인류의 구원이 재림 예수를 맞이할 때까지 늦어지고, 전 세계 모든 나라와 민족이 전쟁과 살육으로 비참한 길을 가야 함을 알고 있었던 것입니다. 아버지 되시는 신을 슬퍼하지 않게 하기 위해, 또 자신이 사랑하는 이스라엘 민족이 고난의 길을 가지 않게 하기 위해, 자신을 메시아로 믿는 제자들과 크리스천들에게 순교와 핍박의 길을 가지 않게 하기 위해 그리고 전 인류가 전쟁과 살육에 의한 고통과 불행을 받지 않게 하기 위해, 예수는 십자가 길을 무슨 일이 있어도 가고 싶지 않았던 것입니다. 그렇기 때문에 예수는 마지막까지 십자가의 죽음을 피할 수는 없는지 간구한 것입니다.

그런 겟세마네 동산의 기도는 진정 예수의 절실한 최후의 몸부림이었으며 예수의 서글픈 심정이었던 것입니다. 예수는 제자들에게 함께 눈을 뜨고 기도하기를 간절히 바랬습니다. 그곳에서 마지막의 가능성을 찾기 위해 몸부림 쳤던 것입니다. 그러나 제자들은 예수의 심정을 이해하지 못하고, 세 번이나 졸음을 이기지 못하고 자버렸던 것입니다. '성심의 계시'를 살펴보면 제자들이 자버렸을 때, 예수는 제자들에게서 버림받았다는 심정으로 고통스러워했습니다. 그때까지 예수의 인생에 있어서 가장 비참한, 실망과 절망의 순간이었습니다.

예수가 3년간 그들과 동고동락 하면서 '신의 나라와 의', 사랑과 용서의 실천을 가르친 결말이 예수의 진정한 마음을 깨닫지 못하고 자버린 것입니다. 그러한 현실을 받아들이지 않으면 안 되는 예수의 심정을 상상해 보십시오.

만일 제자들이 예수의 간절한 심정을 이해하고, 예수와 함께 일어나 기도하였더라면 상황은 달라졌지 않겠습니까? 예수가 체포되었을 때에도 도망가지 않고 스승을 변호하여 '예수 대신 죽어도 좋다'는 결심으로 단결했던 제자들이 있었다면 예수는 십자가의 길을 피할 수도 있었지 않았겠습니까?

겟세마네에서 기도를 드릴 때는 로마 총독 빌라도가 '바라바를 용서하고, 예수를 십자가형으로 결정한다'는 판결을 아직 내리지 않았을 때였으므로 그럴 가능성이 전혀 없다고 말할 수는 없습니다. 적어도 예수의 십자가가 신의 소망이었다는 견해는 형성되지 않을 수도 있었다고 확신 합니다.

그렇다면 기독교의 역사는 완전히 달라졌을 것입니다. 기독교는 역사상 많은 과오를 되풀이해 왔습니다. 그 과오의 몇 가지 정도는 피할 수도 있었을 것입니다.

두 세 사람만 하나로 뭉쳐도 때로는 놀라운 힘을 만들어 냅니다. 예수는 '그 나라와 의를 이루기 위해' 3년간의 공적인 생애를 통하여 제자들과 함께 사랑과 신뢰에 가득 찬 세계인 '신의 나라'를 만들고 싶었던 것이 아닙니까?

유감스럽게도 제자들은 예수와 한 마음 한 뜻이 되지 못하고, 예수를 배반하였으며 '그를 모른다'고 세 번이나 부인하며 도망쳤던 것입니다. 그래서 예수는 십자가를 홀로 메고 가지 않을 수 없었던 것입니다. 만일 우리들도 제자들과 같은 상황에 처했다면 우리도 똑같이 부인하고 도망쳤을지도 모르겠습니다. 혹은 예수에 대한 신앙을 불신했을지도 모르겠습니다.

어쨌든 지금, 우리들 각자 한 사람 한 사람의 신앙도 본질적인 문제가 될 수 있는 때가 왔는지도 모르겠습니다."

제 7 장 미수

최악의 사태

† 일생의 한 번의 만남 一期一会

'십자가혐오 신드롬 대책위원회'에서 김 신부는 자신이 할 수 있는 한 최선을 다하였다. 뒤돌아 볼 때 여러 복잡한 문제가 상충되어 힘들었지만 '심정의 계시'가 모든 크리스천들에게 받아들여질 가능성을 그는 여전히 믿고 있었다. 그 가능성을 구체화하기 위해 일본으로 돌아가기 전에 직접 교황 팍스 1세를 만나고 싶었던 것이다. 가톨릭교회가 '심정의 계시'에 대하여 어떤 판단을 내릴 것인지는 최종적인 교황의 결정에 크게 좌우되기 때문이다.

자세한 회의 내용은 스튜어트 추기경이 교황에게 직접 보고할 것이다. 그러나 회의에서 보고할 수 없었던 내용과 '심정의 계시'에 영향을 미치는 모든 것을 교황에게 보고해야 하는 것도 그에게 주어진 책임이었다. 김 신부는 '심정의 계시'에 대해 교황이 어떠한 생각을 가지고 있는지 직접 들을 수가 없어 답답한 심정을 금할 길이 없었다.

교황을 개인적으로 만나기 위해 어떻게 하면 좋을지 심사숙고 하였지만 좋은 방안은 떠오르지 않았다. 스튜어트 추기경에 부탁하면 어쩌면 기회를 만들어 줄지도 모르겠지만 할 수만 있다면 아무도 모르게 일 대 일로 만나고 싶었다.

초조한 마음으로 하루하루 시간만 지나고 있던 중에 상상도 못했던 일이 갑자기 일어났다. 교황의 비서에게서 한 장의 메모를 전달 받은 것이다. 그 메모에는 영어로 다음과 같이 씌어져 있었다.

"Dear Father Kim Sung il,

I want to see you. please come to my office at eight o'clock tonight,"

- Pope Pax I

김 성일 심부님,

당신을 만나고 싶습니다. 저녁 8시에 집무실로 와 주십시오.

- 교황팍스 1세

평범한 신부가 교황으로부터 개인적으로 초대받는 것은 지극히 이례적인 일이었다. 갑자기 교황으로부터 초대를 받은 김 신부는 너무나 놀라 망설였다. 그러나 자신도 생각하고 있었던 일이고 배후에 예수가 직접 이번 일을 준비하고 있음을 그는 깊이 깨달았던 것이다. 그와 동시에 '심정의 계시'로 나타난 여러 현상으로 보아 예수가 너무나 절실함을 김 신부는 실감하였다.

교황의 '십자가혐오 신드롬'에 대한 대책위원회에서의 반응은 그 이름이나 처음 소개했을 때부터 알 수 있듯 분명히 부정적인 이미지였다. 그러나 테레사에 관한 보고를 받은 뒤엔 그다지 부정적이지 않았던 인상을 김 신부는 받았던 것이다. 왜 교황이 김 신부를 개인적으로 부른 것일까. 그 명백한 이유는 알 수 없었지만 직접 대화할 수 있는 기회가 주어진 일은 대단한 행운이었음에 틀림이 없었다.

김 신부는 이른 저녁시간이 되어 교황의 집무실을 방문하였다. 그가 유학생 시절 교황 팍스 1세는 추기경으로서 교의신학과 교회역사 과목의 수업도 담당하였으며 그의 수업에 등록한 적이 있었다. 질문할 일이 있어서 개인적으로 몇 번 그의 방을 방문했었고, 그럴 때 마다 언제나 소탈하게 대접해 주었다. 그러나 그는 지금 교황이다. 너무나 다른 입장으로 만나 '심정의 계시'에 대하여 이야기하지 않으면 안 된다는 중압감에 김 신부는 긴장하고 있었다. 그런데 의외로 교황은 학생시절을 떠올리게 할 만큼 반갑게 맞이해 주었다.

"김 신부! 잘 와 주었어요. 이쪽으로, 편히 앉으세요!"

팍스 1세는 악수를 하고, 소파를 손으로 가리키며 자리를 권했다. 김 신부가 초대하여 주심에 감사의 말을 전하려고 허리를 약간 구부렸을 때였다. 교황의 책상 위에 있던 한 장의 서류가 우연히 그의 눈에 들어왔던 것이다. 한 순간이었지만 '성명문'이라는 단어와 '십자가를 제거하라' 라는 문구가 그의 눈에 선명하게 들어왔다.

"다도茶道 세트를 일본의 한 불교 대표로부터 선물 받았어요. 괜찮다면 차 한 잔 어떻습니까?"

"예, 좋습니다."

김 신부가 기억하던 교수의 모습으로 접대해주었기에 편안함이 느껴져 그는 너무나 기뻤다.

"이곳은 다도를 하는 곳은 아니지만 일본의 다도실이라 상상해 주세요. 어울리진 않겠지만 말입니다"

교황은 그렇게 웃으며 말하고는 익숙하지 않은 모양새로 차를 따라 주었다.

"그 불교 대표는 일본의 다도는 동양과 서양과의 만남에서 탄생한 것이라고 하더군요. 대단히 흥미로운 말을 들었습니다. 누구라 했던가…? 아, 센노 리큐(千利休 1522~1591)라는, 일본의 다도를 창시한 사람이 기독교 교도였던 수제자 다까야마 우콘高山右近과 친분이 두터웠기에 가톨릭의 미사의 영향을 받아 다도가 탄생되었다는 이야기였습니다. 그것이 정말입니까?"

"정확히 확인할 수는 없습니다만, 저도 그런 이야기를 들은 적이 있습니다. 센노 리큐는 그리스도 교도들과 친교가 있었고, 차도의 예절과 미사를 드릴 때의 예절이 닮았다는 것은 분명히 영향을 받았다고는 생각됩니다."

김 신부는 그렇게 말하고, 다도와 미사의 몇 가지의 공통점을 차와 그릇 세트를 만지며 설명하였다.

"정말 그랬군요! 그렇게까지 닮았다니." 교황은 만족스러운 표정으로 말하였다.

"그는 또 다도와 불교와의 관계도 이야기 하더군요! 다도의 정신 속에는 '일생에 한 번의 만남一期一会' 이라고 하는 가르침이 있다는 이야기 말입니다. 누군가 사람을 초대했을 때, '인생에 한 번밖에 없는 중요한 만남' 이라는 생각을 담아 차로 접대 한다는 이야기를 듣고 나는 대단히 감동을 받았습니다."

교황의 말을 들으면서 교황이 이 만남에 '일생에 한 번의 만남'이라는 깊은 의미를 담아서 이야기하려는 듯 보여 김 신부는 마음이 뜨겁게 달아올랐다.

“그건 그렇고 내가 당신을 부른 일은 다름이 아니라 ‘심정의 계시’에 대한 당신의 생각을 직접 듣고 싶었기 때문입니다.”

사실은 ‘대책 위원회’에서 모든 일을 자세하게, 다 보고할 수 없는 부분도 많이 있었다. 김 신부가 ‘심정의 계시’는 예수의 계시라고 확신하고 있다고 해도 그의 입장에서 그것을 그대로 말했다면 자신의 입장이 위태롭게 될 위험성을 내포하고 있었다. 그 부분을 교황은 과거 ‘신앙교리성 장관’의 경험으로 너무나 잘 이해하고 있었다.

“이 일은 나와 당신과의 개인적인 대화이며 그 내용에 대해 물론 함구하겠습니다. 스튜어트 추기경의 ‘대책위원회의 보고’를 듣기로는 비록 당신이 많은 사람으로부터 호평을 받고 있다고 해도 공공의 장소에서 말할 수 없는 일도 꼭 있을 겁니다. 나는 단지 당신의 정직한 견해를 듣고 싶을 뿐이에요. 사실은 내가 ‘심정의 계시’에 대하여 부정적인 영향을 준 것에 대해 후회하고 있어요.”

‘부정적인 영향을 준 일에 대하여 후회하고 있다는 말은 무엇을 의미할까? 지금은 부정적이지 않다는 말을 하고 싶은 것일까?’ 김 신부는 교황을 완전히 신뢰해도 되는지 아닌지 일순 망설였다. 만약 교황이 ‘심정의 계시’를 부정적으로 생각한다면 지금까지의 모든 이야기는 김 신부의 입장을 대단히 위험한 상태로 빠뜨릴 수 있기 때문이었다. 어쩌면 파문의 위험성도 있었다. 그러나 그는 신이 이런 만남을 준비해 주셨다고 믿었고, 모든 사실을 이야기하기로 결심했다. 지금의 그에게 자신의 입장보다도, 교황이 ‘심정의 계시’를 받아들여 주실 것인지 아닌지가 무엇보다 중요한 일이라고 생각했기 때문이다.

"교황님께, '심정의 계시'에 관하여 내가 알고 모든 일과 지금까지 생각했던 모든 것을 솔직하게 말씀 드리겠습니다. 그 몇 가지는 필요하다면, 대책위원회에서도 말하려고 생각했던 것입니다."

김 신부는 대책위원회에서 보고하지 않았던 이야기를 하기 시작하였다. 테레사와 그와의 관계, 그의 아버지 김충환의 수술에 대하여 예수가 '늘 함께하였다'라는 말, 그리고 그 이야기는 테레사가 도저히 알 수 없었던 내용이라는 말과, '야노슈가고'의 영문 모를 말도 사실은 의미가 있었고, '아람어'로 "나는 십자가에 달려 죽기 위해서 온 것이 아니다"라고 말이고 그것은 '심정의 계시'와 같은 내용이었던 것 등의 모든 일을 차분하게 보고하였다.

그 사건 하나하나를 통하여 김 신부는 '심정의 계시'가 예수의 직접적인 계시라는 확신을 갖기 시작했다고 설명하였다.

또 예수는 테레사를 위해 그녀를 도와 함께 일할 '조력자'로서 김 신부를 택하였지만 처음에 그것을 자신의 문제로 받아들일 수 없었다고 고백하였다. 그러나 아버지의 수술 후 혼수상태에 빠졌을 때 "나의 심정을 찾고 구하라!"고 예수가 직접 말씀했던 아버지의 꿈을 꾼 이야기를 미나미다 신부로부터 들었고 그것을 통하여 테레사 뿐만 아니라 자신에게도 예수가 심정을 호소하고 있다는 것을 느꼈고, 이 일을 자신의 문제로서 받아들이게 된 것이라 보고하였다.

파레-르-모니알을 방문했던 일과 성 마르가리타 마리아의 자서전에서 예수가 겟세마네의 동산에서 기도 중에 제자들에게 함께 눈을 뜨고 간절히 기도하기를 원했던 장면을 영감으로 느꼈고, 그것을 계기로 예수는 성 마르가리타 마리아에게도 '심정의 계시'와 같이 '십자가의 죽음은 신의 소망이 아니었다'고 알리려 한 것이라고 느낀 자신의 의견도 보고했다.

그리고 마지막으로 자신의 '심정의 계시'가 예수로부터 직접 전달된 것이라고 지금도 믿고 있고, 초대에 응한 것도 그러한 진실을 직접 교황에게 알리기 위해서라는 것도 솔직하게 이야기하였다.

교황은 진지하게 김 신부의 이야기에 귀를 기울였다. 김 신부가 보고한 말에 관심을 가지고 있는 것은 틀림없었지만 '심정의 계시'에 관하여 교황은 어떻게 생각하고 있는지 마지막까지 아무 말도 하지 않아 본심을 알 수가 없었다. 부정적인 인상을 느끼지는 않았지만 그렇다고 긍정적이라는 확신도 얻을 수 없었다.

그러나 교황을 직접 만나서 '심정의 계시'에 관하여 그가 알고 있는 모든 사실을 전달할 수 있었던 일 자체가 기적에 가까운 일이었다.

모든 것을 보고하면 교황이 스스로 생각하고 판단할 것이라고 생각했으며 받아주기를 절실히 염원했지만 그것은 김 신부가 간섭할 차원의 일이 아니며 아무도 힘을 가할 수 없는 영역임에 틀림없었다.

그래도 이제까지의 무거운 마음의 십자가를 내려놓은 김 신부는 왠지 모를 희망을 느끼며 산뜻한 기분으로 바티칸을 빠져 나왔다.

† 긴급 뉴스 보도

"심장발작으로 새 교황 팍스1세 의식 불명의 중태"

다음날 이른 아침, 귀를 의심할 만한 긴급 뉴스가 텔레비전을 통해 흘러 나왔다.

아직도 잠기운이 남아있던 김 신부는 깜짝 놀라 리모컨을 찾아 볼륨을 키우고 화면에 집중하였다. 교황이 이전부터 심장이 약했던 것은 그도 잘 알고 있는 사실이었다.

"…교황의 주치의에 의하면 교황이 갑자기 발작을 일으켜 쓰러진 시각은 어제 밤 11시에서 12시 사이로 추정된다고 합니다. 새 교황 취임 후, 불과 70일째의 일입니다. 지금 갑자기 발생한 상황에 대하여 여러 가지 다양한 정보가 들어오고 있습니다. 바티칸은 긴급사태 대응에 고심하고 있는 상황입니다."

다른 채널에서도 바티칸 전문가라는 사람이 나와 교황의 직무는 거의 중노동에 가까운 일정표라며 구체적으로 설명하였다. 그 일의 중압감에 심장발작을 일으킨 것이 아닐까 추측하였다.

"내 눈에는 어제까지 정말 건강하셨는데…!"

김 신부의 기억 속엔 아직도 어젯밤 건강했던 교황과의 만남과 그의 온화한 미소가 가득했다. 헤어질 때 어깨를 서로 껴안고, 악수로 인사를 나눌 때의 교황의 따뜻하고 부드러운 손길에 내면의 부드러움도 가지신 분이라고 확실하게 생각했던 것이다.

그렇게 생각의 끝을 쫓다 보니 마음에 걸리는 것이 있었다. 마지막 인사를 나누고 문 까지 간 김 신부에게 교황은 "김 신부…!" 라고 갑자기 약간 떨리는 목소리로 불렀던 것이다.

"예! …?" 라고 되돌아 묻는 그에게 어떠한 말을 하려는 듯 주저한 후, "아…아니, 별일 아닐세." 라고 교황은 말했던 것이다. 그 때 김 신부를 응시하는 그의 눈빛은 무엇인가를 이야기하고 싶었던 것이다.

"그럼! 또 만나요!"

그것이 교황의 마지막 이별의 말이었다.

"교황은 지금 의식 불명의 상태로 이 상태가 계속될 경우 의식을 회복할 수 있는 가능성은 희박하다고 합니다."

뉴스캐스터의 음성을 들으면서 "마지막에 교황은 나에게 무슨 말을 전하려고 했던 것인가?" 라며 그 때의 상황을 김 신부는 필사적으로 떠올렸다.

"분명히 무엇인가 나에게 말하고 싶었던 거야! 그때 내가 다시 물어봐야 했었는데." 그가 이렇게 후회해도 지나간 일은 되돌릴 수 없었다.

"교황과 만난 후에 느낀 희망은 단순한 자아도취였던가?"

김 신부는 '심정의 계시'를 전 세계에 널리 퍼뜨리라는 사명을 예수로부터 직접 받았다고 믿고 있었다. 그런 그가 사명을 성취하기 위한 가장 중요한 중심인물은 말할 것도 없이 교황 팍스 1세였던 것이다. 하지만 지금 눈앞에 벌어진 교황이 위독한 현실은 그가 스스로 사명을 받았다고 믿었던 믿음이 흔들릴 만큼 큰 충격이었다. 그의 허탈한 마음속에 큰 구멍이 생겨버린 것이다. 뉴스는 그칠 줄 모르고 계속해서 흘러나오고 있었다.

† 교황의 대리자

팍스 1세가 심장발작으로 쓰러지고 의식 불명의 위독한 상태가 계속되고 있었을 때 바티칸은 모든 일을 수습하기 위해 급하게 '교황의 대리자'를 내세울 필요가 있었다. 이탈리아인으로 수석추기경이자 국무성 장관인 '파오 토니'가 교황 대리를 맡는 것으로 발표되었다.

팍스 1세에 대한 시민들의 반응은 지극히 동정적이었다. 그가 '십자가혐오 신드롬'이라는 기독교에 지극히 큰 위협을 주는 이단적 행위에 반대하였기 때문에 '누군가가 교황의 목숨을 노렸다'는 소문이 확산되었고, 그 말을 사실처럼 믿는 사람들도 있었다. 그리고 그들은, 만약 그 소문이 사실이라면, 교황을 순교자로서, 성인으로 추대해야 된다는 분위기도 일었다.

그런 와중에 긴급 사태를 알리기 위한 의료진의 발표가 있었다. "교황 팍스1세는 죽음의 위험은 어렵게 피할 수 있었습니다만, 심장발작에 의한 뇌 장애가 발생하여 본래의 의식으로 돌아갈 확률은 지극히 낮습니다."

사람들은 "교황은 죽지 않았다."라는 뉴스에 대단히 기뻐했지만 식물인간의 상태가 이어질 가능성이 높기 때문에 복잡한 심경이 엇갈렸다.

교황의 임기는 종신제이다. 만일 은퇴의 의사를 스스로 분명히 표명한다면 다음 교황이 바로 선출될 가능성도 있지만 그의 의사를 확인할 수 없는 지금의 바티칸은 사태를 어떻게 수습해야 할지 추기경들과 협의를 계속하고 있었다.

토니 추기경은 팍스 1세와는 로마에서 함께 동문수학한 오랜 친우였으며 외교와 실무에 뛰어난 사람이었다. 그는 팍스 1세가 가장 신뢰하는 사람 중 한 사람이었다. 또 그의 신학적 입장은 중도적이었으며 온건한 사고와 통찰력을 가진 사람으로 알려져 있었다. 현재의 긴급한 상황 속에서 많은 사람들은 그의 외교적 수완과 실무능력이 지금의 어려움을 타개해 줄 것을 기대하고 있었다. 그러나 김 신부는 '심정의 계시'에 관하여 그가 어떤 생각을 가지고 있는지 알 수 없었다.

† 체포

누군가 김 신부의 방문을 두드리는 소리가 들렸다. "아니, 이렇게 이른 아침에 도대체 누구요?" 김 신부는 마지못해 대답하며 문을 열었다. 3명의 남자들이 서있었다. 경찰관들이었다.

"로마시경의 프랑코 제로니 경감입니다. 김성일 신부 되십니까?"

"예, 그렇습니다만. 무슨 일로 이렇게…?"

"교황의 '암살 미수' 사건에 관한 중요 참고인으로 경찰서까지 함께 동행 해 주셔야겠습니다!"

"암살 미수? 심장발작이 아니었습니까? 아니! 내가 도대체 무슨 일을 했다는 겁니까?"

"이야기는 경찰서에 가서 천천히 해보면 압니다!"

마치 김 신부가 범인인 것처럼 취급당했던 것이다.

'나는 이제까지 어떤 나쁜 일도 한 적이 없어! 아마도 무엇인가 오해가 있을 거야! 가서 이야기 해보면 알게 되겠지!'

그는 그렇게 자신에게 타이르며 점잖게 경감을 따라 나섰다. 그가 살고 있던 교회 앞으로 요란스러운 불빛을 반짝이며 여러 대의 경찰차가 대기하고 있었기 때문에 무슨 큰일이라도 벌어진 듯 이미 많은 사람들이 모여 있었다. 수갑을 채우진 않았지만 두 경관의 큰 손이 김 신부의 양팔을 세게 붙들고 있었다.

김 신부는 'POLIZIA'라고 쓰인 청색의 경찰차에 올라탔다. 경찰차를 탄 것은 난생 처음의 일이었다. 불길한 예감이 서서히 느껴지기 시작하였다. 경찰 본부에 도착한 김 신부는 교황 팍스 1세의 암살하려다 위독한 상태에 빠트린 혐의의 가능성이 가장 높은 용의자이자, 중요참고인으로 연행되어 심문을 받게 된 것이다.

"심장발작이 아니었습니까?"

김 신부는 못 믿겠다는 듯 한 번 더 같은 질문을 하였다.

"교황의 몸에서 신종 독극물이 검출되었습니다. 김 신부! 당신이 어젯밤 교황 팍스 1세를 만난 마지막 사람입니다. 당신을 만난 후 교황을 만난 사람은 아무도 없었습니다."

"나에게는 교황을 살해할 동기가 전혀 없습니다."

"아니! 당신이 교황을 살해할 충분한 동기가 여기 있습니다."

"뭐라고요!" 김 신부는 자신의 귀를 의심하였다.

그는 경감이 무슨 말을 하고 있는지 알 수가 없었고 전혀 예상도 할 수 없었다. 제로니 경감은 서류 뭉치로부터 한 장의 종이를 꺼내어 김 신부가 볼 수 있도록 내밀었다.

그것은 교황의 '십자가혐오 신드롬과 심정의 계시에 관하여'란 제목이 붙은 성명문이었다. 경감이 일부분을 읽기 시작하였다.

"나, 교황 팍스 1세는 최근 전 세계 각지에서 일어나는 '십자가혐오 신드롬'의 현상과 일본의 '예수의 성심을 위로하는 선교회'의 수녀 테레사 우에노가 예수로부터 직접 계시를 받았다고 주장하는 '심정의 계시'에 대하여, 사태의 중대함을 통감하였기에 그리스도의 대리자로서 모든 기독교와 전 교회에 대하여 엄숙하게 선언합니다.

'심정의 계시'는 예수 그리스도를 통하여 계승된 가톨릭교회의 귀중한 가르침에 완전히 어긋나는 것입니다. 특히 그 계시의 핵심 중에 '예수의 십자가의 죽음은 신의 소망이 아니었다.' 는 관점은 예수의 십자가상의 죽음과 그 부활이 인류를 구원하기 위한 유일한 길이요, 절대요, 최고의 구원의 가치라는 것을 부정하였으며 완전히 이단적 견해라고 선언합니다.

누구나 그러한 이단적 계시를 믿고, 퍼트리고, 옹호하는 사람은 파문으로 제재를 받을 것임을 더불어 선언합니다."

김 신부는 한 순간, 자신의 귀를 의심하였다. 그 문서를 손에 들고 확인해 보았다. 그러나 그것은 교황 팍스1세의 친필 서명과 교황표식이 있는 정식 라틴어로 된 '성명문'이었다.

"아니! 이럴 수가…! 나와 교황과의 만남은 도대체 무엇이었던가! 단지 교황이 내 생각을 캐묻기 위해 그러한 형식적인 태도를 취했다고는…. 도저히 말도 안 되는 일이다! 이 성명문을 교황이 직접 썼다는 것인가! 이런 일은 절대로 있을 수 없어!"

그렇게 김 신부는 중얼거렸다. 그러나 제로니 경감은 김 신부의 말을 무시하며 격한 어조로 캐물었다.

"아직도 당신에게 교황을 살해할 동기가 없다고 우기는 겁니까? 당신은 교황에게 '심정의 계시'라는 이단설을 받아들이라고 제의하지 않았습니까? 그것을 받아들이지 않자 당신은 이단으로 파문될 것이 두려워 교황을 살해한 것이 아닙니까! 어때요? 그렇지 않습니까?"

"경감! 나는 지금 처음 교황이 살해된 것을 알았습니다. 그리고 나는 교황이 이런 내용의 '성명문'을 썼다는 것도 도저히 믿겨지지 않습니다. 아무것도 모르는 내가, 어째서, 교황을 암살할 수 있겠습니까?"

"그렇다면 누군가 다른 사람이 썼다는 겁니까?"

"그렇게 밖에 생각할 수 없습니다."

"잘 보십시오! 여기 이 서명은 분명히 팍스 1세의 친필입니다. 교황의 표시도 제대로 있고요! 그리고 여기에 교황의 것 이외의 다른 지문은 검출되지 않았습니다. …그럼, 좋습니다. 좀 더 조사해보면 알게 되겠지요. 그 성명문과 함께 대단히 중요한 정보도 있습니다. 당신은 '심정의 계시'를 받았다는 수녀와 예전부터 연인관계였다는 사실입니다. 당신은 그것을 고의로 은폐해 왔습니다. 이것만으로도 당신은 의심받기에 충분한 이유가 되지 않겠습니까?"

확실히 그것은 교황 이외에 아무도 모르는 사실이었다.

"설마 교황이 그 이야기를 다른 사람에게…. 그런 일은 도저히 있을 수 없어! 그러면 도대체 누가… 이런 끔찍한 일을…!" 김 신부는 필사적으로 생각을 했지만 짐작이 가는 사람은 아무도 없었다.

"그렇다면 당신은 도대체 어떤 이유로 팍스 1세와 만난 겁니까? 그때 교황과 대화한 내용을 구체적으로 다시 한 번 말해 보십시오."

"그것은 교황과 개인적인 대화였으므로 다른 사람에게는 절대로…."

"이제 와서 무슨 말을 하는 겁니까? '십자가혐오 신드롬'이나 '심정의 계시'는 이미 비밀도, 아무것도 아닙니다. 당신이 범인으로 의심받고 있다는 사실을 지금도 모르고 있다는 말입니까?"

경감은 안타까운 마음으로 타이르듯 말하며 이번 사건이 보도된 신문 몇 부를 책상 위에 내던졌다. 모든 신문의 1면에는

"팍스 1세 암살 미수", "십자가혐오 신드롬", "심정의 계시", "독약", "교황의 성명문" 등의 단어들이 넘쳐났다.

신문의 내용을 훑어 본 김 신부는 큰 충격을 받았다. 거기에 쓰인 내용은 어젯밤 김 신부가 팍스 1세와 함께 대화한 내용이 모두 실려 있었고 암살 미수 용의자로서 김 신부의 이름이 거론되어 있었기 때문이다. 그리고 성명문의 내용을 근거로 교황은 '심정의 계시'에 부정적이라는 글도 보였다.

김 신부는 마치 악몽을 꾸고 있는 것 같았다. 실제로 자신의 눈 앞에 벌어진 상황을 현실적으로 받아들이기는, 지금 이 순간, 대단히 어려운 일이었다. 그러나 교황에 대한 암살시도, 교황이 아직 의식 불명으로 언제 죽을지 모르는 위독한 상태에 있다는 것, 범인으로 자신이 의심 받고 있다는 것도, '심정의 계시'를 이단으로 단죄한 교황의 성명문도, 그 어느 것 하나 부정할 수 없는 사실이었다.

복잡한 생각들이 그의 머릿속을 방황하고 있었다. 아침에 눈을 뜨고 나서 지금까지 얼마 지나지 않은 시간이었지만, 매우 오랜 시간이 경과한 느낌이었다.

"의심스러운 일이 벌어졌다면 그 의심을 푸는 일 밖에 없군요!" 그렇게 김 신부는 결심하고 조심스럽고 천천히 말하기 시작하였다.

교황의 개인적인 초대, '평생에 한번 만남의 차(一期一会)'와 대책위원회에서는 언급하지 않았던 '심정의 계시'의 내용, 테레사와의 관계, 교황과 함께 나눈 대화도 모두 진술하였다. 그리고 '십자가혐오 신드롬'에 관하여 팍스1세가 '부정적인 입장에 관계된 것을 후회하고 있다.'라고 말한 내용도 털어놓았다.

그는 그러한 진술을 하면서도 '심정의 계시'가 이단이라는 내용의 성명문을 팍스 1세가 절대로 쓸 리 없다는 확신이 점점 강해졌다. 그러나 그런 확신과 자신의 무죄를 객관적으로 증명할 수 있는 구체적인 방안은 떠오르지 않았다.

† 이상한 꿈

김 신부는 좁은 유치장 안에서 회색의 벽을 응시하며 고독하고 침울한 나날을 보내고 있었다.

이른 아침 눈을 뜬 순간에는 자신이 어째서 이곳에 있어야 하는지 알 수 없어 당혹스러워 하기도 했다. 때때로 불안과 공포와 혼돈이 그의 머릿속을 엄습하였다.

이제까지 어떤 나쁜 짓도 한 적이 없는 그가 유치장의 창살 안의 자신은 엄청난 나쁜 짓을 한 죄인으로 다시 태어난 것 같아 더욱 혼란스러웠던 것이다.

예수의 심정을 위로하고 싶어서 한 일이 도리어 예수를 슬프게 한 결과가 되어버린 것 같아 그는 몹시 가슴이 아팠다.

난관에 부딪친 김 신부는 그래도 현재 주어진 현실 상황을 이해하려고 노력하였다. 그러나 전 세계의 크리스천들에게 '심정의 계시'를 받아들이게 하는 일이나, '예수의 십자가의 죽음은 본래의 신의 소망이 아니었다.'는 견해를 이해시키기는 일은 현실적으로 거의 불가능했다. 무엇보다도 '심정의 계시'가 '이단'이라는 교황의 성명 발표는 치명적이었다.

팍스 1세의 성명문이 공개적으로 발표된 것은 아니었지만 이미 경찰이 작성한 조사서와 함께 교황문서로서 관리되고 있었다. 이런 정보가 어디에서 나온 것인지는 불분명하지만 이미 세상에 유포되어 있었고, 그 모든 일이 진실처럼 전 세계의 각 언론이 받아들여진 것은 경감이 보여준 신문 기사만으로도 명확하게 알 수 있었다.

'심정의 계시'를 진리로 믿고 그 내용을 퍼뜨리려 한 김 신부는 교황 암살 미수 혐의로 유치장에 수용되었던 것이다. 그는 그렇게 그리스도의 가르침에 어긋나는 이단자로, 교회에서 파문되어 마땅한 사람으로 낙인 찍혔던 것이다. 기독교와 예수의 심정의 오해를 푸는 중재자 역할을 원했지만 반대로 더욱 곤란한 일에 엮여 그 일을 그르치리라곤 예상조차 하지 못했던 것이다.

교황의 성명문에 따라 '심정의 계시'를 부정하는 일은 어떤 의미에서는 예수를 다시 십자가에 매달게 하는 일과 같이 느껴져 절대로 그렇게 해서는 안 될 일이라고 그는 생각하였다. 그러나 이미 늦어버렸다.

김 신부가 어떻게 이렇게 억울한 일이 일어날 수 있는가를 생각하면 할수록 슬픔과 괴로움은 점점 더 깊어져만 갔다. 그러나 그에게 있어서 가장 억울한 일은, 더 이상 회복할 수 없는 비참한 결과를 초래해 버렸다는 것이다. 다른 누구도 아닌, 자기 자신이 모든 일을 망쳐버렸다고 자학했던 것이다. 그것을 생각하자 예수에 대하여 회개의 기도도 드릴 수 없을 만큼 죄송하게 느껴졌던 것이다.

그렇게 참을 수 없는 고통으로, 이전에 느껴보지 못했던 지옥과 같은 하루하루를 보내고 있던 어느 날 밤이었다.

"지금의 너의 괴로움이 진정한 나의 괴로움이다." 김 신부는 가슴 속에 퍼지는 희미한 울림을 느낄 수 있었다.

그 울림은 그리움의 음성이었다. 그는 유치장 안에 자신과 예수가 함께 있으리라고는 상상도 못하였다. 아니 오히려 이런 곳에 예수가 있을 분이 아니라고 생각하였다. 그가 지금 느끼고 있는 괴로움은 예수의 괴로움과는 다른 차원의 것이라고 생각하였다.

하지만 그는 그 희미한 음성이 자신의 가슴 속으로부터 울려 퍼지는 것만은 인정하지 않을 수 없었다. 그러나 그 음성이 예수의 목소리라고 그는 곧바로 믿을 수가 없었다.

마치 그의 마음속을 들여다보는 듯한 울림의 주인은 다시 조용히 그의 마음에 말을 걸었다.

"나도 옥살이를 하고 있다. 그러니 항상 너와 함께 있다는 것을 잊지 마라!" 희미하지만, 확실히 예수도 옥살이를 하고 있는 모습이 떠올랐다. 그러나 예수가 옥에 갇힌 모습과 자신이 지금 있는 유치장과는 전혀 차원이 달랐다. 그러나 그 음성은 그의 괴로움이 곧 예수의 괴로움이라고 말하고 있었다.

"정말로 그렇게 생각해도 괜찮습니까?"

김 신부가 두려움에 떨며 말하자, 갑자기 십자가를 향하는 예수의 발걸음과 여러 장면들, 지금까지 자신이 체험하지 않았던 일들이 너무나도 사실적으로 생생하게 떠오르는 것이었다.

제자인 가롯 유다에 의해 은화 30냥에 팔리게 된 예수는 로마군에 의해 체포된 뒤 옥에 가두어졌고, 비난과 뭇매를 맞으며 최고재판관인 로마 총독 빌라도와 헤로데 왕의 발밑에 끌려가 심문을 받으며 무죄에도 불구하고 십자가 사형 선고를 받는 모습, 채찍질을 하고, 가시나무로 만든 왕관을 씌우고, 또 십자가를 지고, 군중의 비웃음 속을 걷게 하는 모습들, 제자들은 '그런 사람은 모른다.' 라며 도망쳤던 일, 알몸의 치욕을 받으며 못 박히고 십자가에 달려 창에 찔리고 피 흘리며 죽음을 당하는 모습 등이 생생하게 나타났던 것이다.

"지금까지 기독교에서는 그러한 고통과 괴로움은 단지 2000년 전에 일어난 하나의 중대한 사건이라기보다는 인간이 인류 역사 속에서 반복해서 지는 죄로 신학자들은 해석하였습니다. 그리고 그들은 그 것을 당연한 것으로 인식하였으며 죄를 범하는 것은 타락한 인간이라면 당연한 것처럼 강조하였고 예수에 대한 죄의식과 거리를 두었으며 결국 예수의 심정을 헤아리는 것을 잊어버리고, 그 심정을 이해하려 하지 않았던 것입니다. 그것은 나 자신에게도 진실하게 되물어 봐야 할 일입니다. 예수의 입장에서 예수가 느끼고 체험한 일들을 우리가 어떠한 형태로든 직간접적으로 체험해 보지 않으면 이해하기 힘들다는 것은 어쩌면 당연한 일인지도 모릅니다."

김 신부에게 '지금의 너의 괴로움은 진정한 나의 괴로움이다.' 라는 말 안에서 예수가 전하고 싶었던 것은 '예수의 심정'이라고 느껴졌던 것이다.

"나의 주, 예수님! 앞으로 저에 생애가 정녕 박해와 오해로 가득 차 있을지라도 2000년간 당신의 느낀 오해와 고독과 슬픔에는 비할 수 없이 무가치한 것입니다. 지금 제가 겪고 있는 이 작은 괴로움을 통하여 조금이라도 당신의 괴로움과 고독을 느끼고 체험하겠습니다. 그리하여 당신의 고독과 슬픔이 조금이라도 위로될 수 있기를 진정으로 원합니다."

김 신부는 엎드려 마음속으로 간절히 기도를 드리며 서서히 깊은 잠으로 빠져들었다.

다음날 이른 아침, 지친 잠결에서 눈을 뜬 김 신부는 무엇인가 따뜻함에 싸여, 형언하기 어려운 포근함을 느낄 수 있었다. 좋은 꿈을 꾸었던 것은 어렴풋이 느낄 수 있었지만 어떤 내용이었는지, 왜 그렇게도 포근한 기분이 느껴졌는지 그 이유는 알 수 없었다. 그래서 그는 다시 한 번 기억을 더듬어 보며 어떤 꿈을 꾸었는지 떠올리려고 눈을 다시 감았다. 그러자 잠시 후, 꿈의 일부분이 조금씩 떠올랐고 드디어 꿈 전체가 되살아났던 것이다.

그 꿈은 김 신부가 한 여성을 위해 로마 시내를 안내하는 장면부터 시작하였다. 그 여성은 테레사였다. 순간 장면이 바뀌고, 두 사람은 교황 팍스 1세의 병실에 있었다. 병실에는 교황 팍스1세가 침대에서 일어나 미소를 지으며 테레사에게 감사의 말을 전하고 있었다. 병실에는 몇 사람이 더 있었으며 방은 눈부시게 밝고 기쁨에 넘쳐 있었다. 그리고 창문으로 빨간 장미 꽃잎 하나가 날아 들어왔다.

팍스 1세는 의식 불명이었고 테레사는 지금 일본 교토의 수도원에 있었기 때문에 실제로 있을 수 없는 광경이었다. 그 꿈에 어떤 의미가 있는지 확실히 이해할 수 없었지만 포근함에 싸여 있었던 느낌은 눈을 뜨고 나서도 잠시 동안 온 몸에 남아있었다. 그 후 이상한 일은 계속해서 일어났다. 그 날 오후, 친구인 요한 스키레베쿠스 신부가 유치장에 있는 김 신부를 방문하여 다음과 같은 말을 전한 것이다.

"성일! 여기 오기 전에 스튜어트 추기경이 있는 곳에 들렀는데, 그가 재미있는 말을 나에게 하는 거야! 어젯밤에 한 동양인 수녀가 팍스 1세와 친근하게 대화하는 꿈을 꿨다더군! 그의 말은 그 수녀가 테레사 같다는 거야! 테레사의 얼굴을 한 번도 본적이 없었지만 어쩐지 그렇게 느꼈다는데? 내가 성일을 방문한다는 말을 하자 "별로 가치 없는 꿈이지만 김 신부에게 위로가 될지 모르니 전해 줬으면 좋겠네!"라고 말하더군."

"뭐라고? 그런 꿈을…!"

김 신부는 자신도 모르게 외쳤다.

"요한! 이상한 일이 벌어질 것 같아! 사실은 나도 새벽녘에 같은 꿈을 꾸었어!"

김 신부는 스키레베쿠스 신부에게 자신이 꾼 꿈을 말하기 시작하였다. 두 사람은 얼굴을 서로 마주보며 깜짝 놀랐다. 두 사람은 그 두 꿈이 단지 우연의 일치로 일어난 꿈이 아니라 '심정의 계시'를 증명해 주었으면 하는 예수의 간절한 소망을 암시하고 있다고 느꼈기 때문이다. 지금 상황은 경찰로부터 지극히 엄격한 감시를 받고 있고 앞날은 가시밭길임에 틀림이 없었지만, 김 신부와 뜻을 같이한 스키레베쿠스 신부는 그 꿈을 통하여 희망과 용기를 얻었던 것이다.

동시에 김 신부는 회복할 수 없는 큰 실수를 저질렀다는 자기학대로부터 조금은 가벼워진 마음으로 안도의 한 숨을 쉬었다. 그리고 테레사가 자신을 위해 간절히 기도해 주고 있음을 느꼈다.

진짜교황의 성명문

† 증언

경찰조사에 의하면 교황 팍스 1세의 암살 시도에 사용된 독은 아직까지 많은 것이 알려지지 않은 신종의 독약이었다. 그 독약의 치사량은 다른 독약과 비교하여 소량이었고 심장이 약한 사람에게는 그 효과가 특히 치명적인 독이었다. 다른 독약과 같이 몸이 검푸르게 붓거나 보기 흉한 모습도 나타나지 않아 범인은 심장이 약한 팍스 1세를 심장발작으로 위장하기 위해 그 독약을 사용했을 가능성이 높은 것으로 추측하였다.

중요한 용의자로 구속된 김 성일 신부의 살해 동기에 대한 의혹이 사라지진 않았지만 조사를 진행해도 범행을 뒷받침할 만한 증거는 너무나 부족하였다.

이번 사건을 담당한 프랑코 제로니 경감은 김 신부를 아무리 조사해도 증거나 단서라고 볼 수 있는 것이 나오지 않자, 그가 팍스 1세를 평소에 존경하였던 것이나 그가 팍스 1세와의 마지막 만남에서의 대화 내용도 거짓말이라고는 생각되지 않았다. 또 김 신부가 장시간의 조사에도 성실하게 협조해 준 것도 그가 범인이란 것에 대한 의문을 품게 만들었다.

수사가 거의 진전이 없고 이번 사건을 해결할 만한 단서가 나타나지 않는 상황에서 제로니 경감은 고민에 빠지기 시작하였다.

그런데 수사가 암초에 걸려 있는 상황에서 의외로 다른 곳에서 진상 해명을 위한 중요한 정보가 날아 들어왔다. 사건이 새로운 방향으로 전환된 이유는 교황 팍스1세의 남동생 마르틴 라나 신부 때문이었다. 그는 돌연 로마시경을 방문하여 이번 사건에 대한 결정적인 증거를 가지고 있다고 말한 것이다. 사건발생 후, 일주일 뒤의 일이었다.

마르틴 라나 신부는 형보다 3세 아래였으며 독일의 프라이부르크 교구에서 시무하고 있었다. 이탈리아어가 그다지 능숙하지 못해 영어로 말하기 시작하였다. 묵고 있는 호텔에서 경감을 만난 라나 신부는 조금 두려워하는 모습이었지만 시간의 흐름에 따라 차츰 안심하는 표정으로 변하였다.

"형과 마찬가지로 저도 살해의 위험성이 있었기 때문에 지금까지 진실을 털어놓을 용기가 없었습니다. 그러나 죄가 없는 사람이 의심받고 있다는 말을 듣고 신부로서 도저히 간과할 수가 없었습니다. 신변의 위험을 무릅쓰고라도 그를 위해 진실을 말하겠습니다. 김 신부는 절대로 무죄이며 범인은 다른 사람입니다."

"어떻게 그렇게 단언할 수 있습니까?"

"보도된 성명문은 가짜이기 때문입니다. 형이 사건이 일어나기 전날에 나에게 보내 온 편지에는 진짜 성명문의 복사본과 성명문의 초안 원고가 동봉되어 있었습니다. 이것들을 읽어 보시면 김 신부가 형을 살해할 동기가 전혀 없었다는 것을 알 수 있습니다. 이 초안은 형의 친필이며 빨간 잉크로 정정한 부분이 있습니다. 그 필적을 감정해 보시면 이것이 형이 직접 쓴 것이라는 것을 밝힐 수 있을 것입니다.

나는 김 신부와 직접 만나본 적은 없지만, 형은 개인적으로 그를 만나 봤고 이야기를 들어보니 좋은 사람 같다고 했습니다. 형이 '심정의 계시'에 호의적인 생각을 가지기 시작했다는 것도 들었습니다. 그랬던 형이 '심정의 계시'은 이단이라는 성명을 발표할 이유가 없습니다.

가짜 성명문 때문에 김 신부가 용의자로 유치장에 구속된 것은 매우 유감입니다. 이것은 형의 친필 편지입니다. 이곳에 정정되어 적혀 있는 글도 형의 친필이고 이 것은 성명문의 초안 원고입니다. 그리고 이 진짜 성명문의 사본만 있어도, 그의 무죄를 증명하는데 충분한 자료가 될 것입니다."

그렇게 말한 뒤 그는 귀중한 증거자료를 내밀었다. 그 편지는 교황 팍스 1세의 친필로 자신이 생명의 위협을 느끼고 있다는 것과, 만일을 위해 성명문의 카피본과 그 초안을 동봉하니 최악의 사태가 일어날 경우 제출해도 좋다는 것 등이 간략하게 적혀져 있었다. 날짜는 사건의 4일전, 소인은 3일전으로 찍혀있었다.

성명문은 교황이 음독 미수된 다음날로 예정되고 있었던 주교회의에서 발표될 예정이라 적혀져 있었다. 또 하나의 초안에는 원고의 몇몇 군데에서 빨간 잉크로 수정을 하고 추가되어 있었다. 성명문을 자세히 보면 팍스 1세가 스스로 시간을 들여 퇴고한 흔적들을 살필 수가 있었다. 전문가의 감정도 물론 필요했지만 동봉한 친필의 편지나 마르틴라나 신부가 확인하기 위해 가져 온 팍스 1세의 다른 편지의 필적과 비교해 보아도 이 초안이 팍스 1세의 친필임은 전문가가 보지 않아도 알 수가 있었다.

"팍스 1세가 당신에게는 '심정의 계시'에 대하여 어떻게 말씀하셨습니까?"

"처음에는 매우 위기감을 느꼈던 것으로 기억합니다. 아마 부정적인 생각을 가진 것으로 보였지만, 이번 사건이 일어나기 직전에 전화로 이야기를 했을 때는 '마르틴! 자세한 것은 이야기할 수 없지만, 심정의 계시는 예수가 직접 현현하여 말씀하신 것 같아! 만일 그렇다면 큰일이야! 교황으로서 예수의 소망에 따라 함께 기도를 드려야 해!' 라고 형은 그렇게도 진지하게 저에게 부탁했습니다."

"당신의 말이 모두 진실이라면 김 신부가 교황의 책상 위에서 보았다는 서류는 이 성명문이 되겠네요! 역시 그렇군요! 확실히 그가 말한 '십자가를 제거하라' 라는 말도 있네요. 이 오리지널이 가짜와 살짝 바뀌었다는 말이군요?"

"네! 아마도 그런 것 같습니다."

"팍스 1세는 과거에도 당신에게 이런 중요한 서류를 보내준 적이 있었습니까?"

"아니요, 이런 일은 처음입니다. 나에게 보여주기 위해서라기보다는 보관을 해 두다가 만약의 경우 공개하라는 말로 이해했습니다. 평소에 형은 상당히 신변에 위협을 느꼈던 것 같습니다. 극단적이고 보수적인 반대파들이 '이 성명문이 발표되지 못하도록 저지 하겠다' 라는 정보를 형은 알고 있었던 것 같습니다."

† 석방

김 신부는 예고도 없이 회색의 유치장에서 풀려났다. 유치장에 들어간지 2 주일 후, 마르틴 라나 신부가 경찰서를 방문하고 나서 일주일 뒤였다. 석방되던 날 제로니 경감은 김 신부에게 미안하다는 말은 했지만 왜 그의 혐의가 사라졌는지에 대하여 아무런 설명도 하지 않았다. 라나 신부의 출두와 그의 진술에 대한 수사 과정을 공개 할 수 없는 상황이었기 때문에 김 신부로서는 알 수 있는 방법이 없었다.

김 신부가 석방된 뒤에도 수사는 난항을 겪었다. 교황청은 교황 팍스 1세의 암살 미수사건에 관한 짧은 브리핑을 하였다.

"교황 팍스 1세의 암살 미수사건은 정말 슬퍼해야 할 일입니다. 결코 가톨릭교회 내부의 사람이 관련된 범행이 아니라고 저희들은 믿고 있습니다. 진범을 찾기 위해 교황청은 최선을 다해 로마시경에 협조할 것이며, 진실이 밝혀져 한시라도 빨리 사건이 종결되기를 기원합니다. 그리고 하루 빨리 교황이 회복되도록 모두 함께 기원합시다."

라나 신부는 경찰의 사정 청취 후에도 더욱 놀라운 정보를 제로니 경감에게 제공하였다.

"사실은 형에게도 '십자가혐오 신드롬'의 징후가 있었던 것 같습니다."

"뭐라고요! 설마 그런 일이! 도대체 어떻게 된 일인지 자세하게 말씀해보십시오!"

"형으로부터 성명문의 복사본과 편지가 도착하기 일주일 정도 전에 전화가 걸려 왔습니다. 그 때 형의 말에 의하면 서재 입구 벽에 십자가 예수상이 걸려 있는데 형은 서재에 들어갈 때 마다 언제나 그 예수상의 발에 입맞춤을 했다고 합니다. 그런데 두 달 전부터 입맞춤을 하자 구역질이 난 것입니다. 그래서 입맞춤을 하지 않았다고 말했습니다. 형은 심장병 때문이 아닐까라고 생각해 보았지만 증상이 다르므로 그렇게 생각하지는 않았다고 말했습니다. 어쨌든 조금 더 상황을 지켜본다고 하면서…."

"알겠습니다. 귀중한 정보와 자료 정말로 고맙습니다."

제로니 경감은 라나 신부에게 인사를 한 뒤, 곧바로 호텔을 나와 즉시 교황의 집무실과 예수의 상을 조사하기 위해 부하들에게 출동 명령을 내렸던 것이다.

경찰은 파오 토니 추기경과 일부 관계자들에게도 여러 정황들을 묻고 있었다. 그 때 진짜 성명문의 존재와 교황 자신이 '십자가혐오증상'이 보였던 일도 수사의 필요상, 청취자 일부에게 알렸던 것이다.

'십자가혐오 신드롬'에 빠진 교황

† 바티칸의 고민

팍스 1세 암살 미수사건의 진범은 아직도 찾을 수 없었다. 그러나 그 후 몇 가지 중요한 증거물들이 발견되었다. 첫째가 교황의 집무실에 장치된 도청기였고 둘째는 팍스 1세에 대한 협박장, 셋째는 독약이었다.

라나 신부의 증언대로 팍스 1세의 집무실 입구 가까운 벽에는 예수의 십자가상이 걸려 있었다. 교황은 그 예수상의 발에 입맞춤을 하는 습관이 있었다. 경찰이 추측한 대로 독약은 그 예수의 십자가상 발의 표면에서 검출된 것이다.

감식 결과에 의하면 무향 무취인 이 독약은 대단히 강력하여 심장이 약한 사람의 입술에 조금만 묻어도 치사량이 될 가능성이 높다고 하였다. 교황이 비록 의식 불명의 상태지만 목숨을 지킬 수 있었던 것만으로도 기적에 가까운 일이라고 밝혔던 것이다.

한 경찰은 그러한 증거들과 라나 신부의 증언, 팍스 1세가 십자가를 보고 구역질이 난 것 등에 관련하여 교황이 십자가에 입맞춤을 할 수 없었던 것도 미량의 독에 의한 일이 아닐까라는 가능성도 무시할 수 없다고 경감에게 전하였다. 그러나 경감은 팍스 1세로부터 직접 이야기를 들을 수 없으므로 물론 추측의 영역이지만 '십자가혐오 신드롬'으로 인해 독이 묻은 예수의 발에 습관적으로 하던 입맞춤을 하지 않았기에 목숨만은 구할 수 있었던 것이 아닐까라고 추측했다.

"만약 그렇다면 '십자가혐오 신드롬'이 도리어 교황 팍스 1세의 목숨을 구했다고 말할 수 있잖아!" 제로니 경감은 아무에게도 말할 수는 없었지만 혼자 그렇게 중얼거렸다.

한편 '진짜 성명문의 존재'와 '교황이 십자가혐오 신드롬에 빠졌다'는 정보는 순식간에 추기경들의 사이에 공공연한 비밀로 퍼져나갔다. 파오 토니 추기경은 김 신부의 무죄를 증명하는 결정적인 단서인 '심정의 계시'에 관한 진짜 성명문을 어떻게 해석하면 좋을지 또 어떻게 처리해야 할지에 대하여 고심하고 있었다. 이대로라면 매스컴이 알고 달려드는 것은 시간 문제였다. 그는 '긴급 추기경 회의'를 열고 진짜 성명문의 존재와 그 내용을 밝히며 사건의 진상이 해명될 때까지 입 밖에 내지 않도록 엄중하게 공표하였다.

또 경찰에게 진짜 성명문의 존재를 비밀로 해주기를 당부하였다. 그것으로 조금은 시간을 벌 수 있을 것만 같았다.

회의에 참가한 추기경들은 진짜 성명문의 내용에 충격을 받았다. 그 존재가 공개된다면 기독교의 근간이 뒤흔들릴 것이며 기독교와 교회는 큰 혼란에 빠지게 될 것이다. 나아가 기독교에 반감이나 적의를 가지고 있는 개인이나 단체가 기독교를 공격할 빌미가 되기 때문이다. 또 그런 중요한 문제를 교황이 추기경단과 사전에 협의하지 않고 독단적으로 성명을 발표하려 한 것도 그들에게는 강한 불만이었던 것이다.

그들은 '심정의 계시'가 예수로부터 직접 온 메시지라는 것을 믿지 않았다.

팍스 1세가 아직 추기경이었을 때 '십자가혐오 신드롬 대책위원회'의

제1차 회의에서 그가 말한 가톨릭교회의 위기적 상황에 대하여 뜨겁게 호소한 말을 기억하고 있었던 한 추기경은 한탄하면서 이렇게 말하였던 것이다.

" '십자가혐오 신드롬'의 위험성을 누구보다 잘 알고 있었던 팍스 1세 자신이 그 신드롬에 빠진 일은 도저히 납득할 수 없는 아이러니입니다."

대부분의 추기경들은 누가 썼는지는 모르겠지만 가짜 성명문이 가톨릭교회의 교황이 낸 성명문보다 더욱 타당한 내용이라 생각하였다. 때문에 팍스 1세가 의식 불명이 되어 의사표명을 할 수 없는 현재의 상태가 그들에 있어서 보다 유리한 상황이 된 것이라고 생각하였다.

그들은 그것을 이단시 하였으며 '십자가혐오 신드롬'과 '심정의 계시'에 강경하게 반대하였다.

"교황 팍스 1세는 이단인 '심정의 계시'를 믿었고 그것을 전 세계 기독교에 퍼트리려 하였기에 '십자가혐오 신드롬'이라는 사악한 질병에 걸리게 된 것이며 그것은 신에게 벌을 받았다는 증거입니다." 라고 진지하게 말하는 사람도 있었다.

그러나 교황청으로는 전 세계적으로 '십자가혐오 신드롬'의 현상이 이전보다 늘어나고 있다는 보고가 들어왔다. 더욱이 새로운 형태의 증상이 나타나기 시작하였으며 그 중에는 "십자가를 제거하라."라는 계시를 예수로부터 직접 받았다는 신자들도 늘어나고 있었다. 또한 신드롬이라고 말할 수 없지만 교회나 산 위에 세워진 십자가가 갑자기 천둥과 벼락, 맹렬한 회오리나 태풍 등의 자연재해에 의하여 쓰러지고 꺾이는 일도 왠지 모르게 빈번하게 일어나게 되었다. 이전에도 같은 재해는 보고되었지만 이처럼 집중적으로 일어나는 것을 지켜보는 신자들은 불안한 마음을 느낄 뿐이었다.

† 토니 추기경의 곤란한 입장

교황 대리인이며 수석추기경인 파오 토니는 대단히 어려운 입장이었다. 일반적으로 교황이 병환 중인 경우나 공적인 임무를 수행할 수 없을 때는 교황의 대리자가 교황의 존엄과 사랑에 근거하여 그의 소임을 다 해야 했다. 그러나 이번의 경우는 그렇게 간단하지가 않았다.

팍스 1세의 바람을 다하려면 우선 이미 정보가 유출되어 알게 된 사람들에게 팍스 1세의 '심정의 계시는 이단이다'라는 가짜 성명문의 무효선언을 해야 할 필요가 있었다. 그리고 그것이 팍스 1세의 암살을 계획한 누군가에 의하여 정교하게 위조된 문서였다고 해명해야 한다.

그 다음 진짜 성명문은 따로 있으며, 그 내용인 '심정의 계시'는 예수로부터 직접 받은 계시이고, '예수의 십자가의 죽음은 필연적인 것이 아니었다'고 선언해야 한다. 그런 후 그 성명문에 기록된 사항을 성실하게 추진해야 하는 입장이었기 때문이다.

토니 추기경은 '심정의 계시'의 내용에 대하여 잘 알고 있었다. 그러나 그다지 적극적으로 관여하지 않았기 때문에 대부분의 추기경들과 같이 회의적인 입장이었다. 그런 그에게 교황 팍스 1세의 진짜 성명문이 유효한 것이라고 인정하는 것은 대단히 어려운 일이었으며 가톨릭 교회 전체를 생각해서도 안 될 일이라 개인적으로 생각하고 있었다.

그러나 그는 팍스 1세의 오랜 친구로서 그의 명예를 훼손하는 것만큼은 하고 싶지 않았다. 따라서 팍스 1세가 '심정의 계시'라는 이단적인 사고방식에 홀려 '십자가혐오 신드롬'에 빠지게 된 것을 규탄해야 한다고 주장하는 극보수주의 추기경들의 의견에 찬성하기 어려웠다. 그의 바람은 가톨릭교회를 혼란으로부터 지키는 일이었으며 그것이야말로 신이 주신 사명과 책임을 다하는 일이라고 생각하고 있었다. 토니 추기경은 될 수 있는 한 신중을 기하여 온건하게 해결하는 길을 모색하는데 전력을 다했다. 하지만 교황의 대리자로서 막상 팍스 1세의 진짜 성명문의 원본은 아직 존재의 유무를 확인할 수 없었기에 그의 결단이 정말로 옳은 것인지 확신할 수가 없었다.

"주님! 저는 당신의 죽음과 부활에 의한 구원이 유일하고, 절대적인 구원이라고 믿습니다. 당신께서는 지금의 가톨릭교회 직면한 위기적인 상황을 잘 알고 계실 것입니다. 제가 당신이 세우신 가톨릭교회를 지키기 위해, 교황의 대리자로서 어떻게 하면 좋을지 가르쳐 주십시오."

그렇게 그는 매일 간절하게 기도를 드렸다. 팍스 1세의 성명문 사본을 몇 번이나 되풀이하여 읽어 보았다. 그러나 토니 추기경은 그것을 몇 번이고 읽어 보아도 왜 교황이 목숨을 걸면서까지 성급하게 선포할 필요가 있었는지 도저히 납득이가지 않았다.

"교황은 시간이 다소 걸리더라도 추기경들에게 천천히 이해와 공감대를 만들어가며 절차를 밟고, 교회 전체가 받아들여지는 그 날까지 인내하는 길을 선택할 수는 없었던 것인가?"

경찰이 교황의 서재에서 발견한 협박 편지에는 '심정의 계시를 옹호

한다면 대신 죽음을 각오해야 한다.' 고 단호하게 쓰여 있었다. 발신은 '십자가혐오 신드롬으로부터 기독교를 지키는 모임' 에서 보낸 것으로 적혀 있었다. 교황의 목숨이 위험에 노출되었던 것이다.

"성명문을 발표하면 죽임을 당할 지도 모른다는 것을 그는 전혀 생각하지 않았던 것인가? 그렇지 않으면 이 시대의 순교자가 되고 싶었던 것인가?"

토니 추기경에게 팍스 1세는 매우 침착하고 냉정한 사람이었으며 그렇게 무모한 행동을 할 사람이라고는 도저히 생각되지 않았다. 그러한 점에서 반대파가 주장하는 것처럼, 그가 무엇인가에 홀린 것이 아닐까라는 생각마저 하게 된 것이다.

토니 추기경은 그 나름대로 팍스 1세가 왜 그렇게 성급한 행동을 선택해야 했는지 알 수는 없었지만, 무엇인가가 있을 것이라 이해하려고 노력하였다. 그러나 교황이 '심정의 계시'를 예수의 계시라고 믿었다는 사실에 대하여는 아무리 이해하려 노력해도 납득이 가지 않았다. 그는 예수의 십자가의 죽음이 신의 소망이던 그렇지 않던 재고할 필요가 없다고 생각했기 때문이다.

성명문에는 팍스 1세가 다른 추기경들의 의견을 수용하지 않고 독단적으로 발표해야 했던 이유도 적혀 있었다. 그것은 '심정의 계시'가 예수의 메시지이며 예수의 명령을 직접 수행해야 했기 때문이라고 한다.

그러나 '심정의 계시'가 예수의 메시지라고 믿지 않는 토니 추기경에게 그 말은 설득력이 없었다. 그는 성명문에 쓰여 있지는 않았지만 팍스 1세가 독단적으로 발표할 수밖에 없었던 이유를 정식적인 절차를 밟았을 경우 '심정의 계시'가 '예수의 메시지'라는 것을 다른 추기경들이 받아들일 가능성은 지극히 낮았기 때문이라고 추측했던 것이다.

진짜 성명문의 존재가 밝혀지고 난 후에도 다른 추기경들과 몇 번이나 협의를 했지만 '심정의 계시'에 긍정적인 입장을 주장하는 추기경은 한사람도 없었다. 오히려 팍스 1세를 이단자로서 배척하는 반대파들의 기세만 더욱 강해져 갔던 것이다.

토니 추기경은 그런 분위기에서는 성명문의 내용을 공개하지 않은 채로 그냥 두는 것이 상책이라고 생각하였다. 그러나 그렇다고 반대파가 그것을 용납하지 않는 분위기도 아니었기에 어떻게 해야 좋을지 고민했던 것이다. 그들은 '심정의 계시'는 이단이고, 그것을 믿는 교황도 이단의 생각을 가지고 있으므로 파문해야 하며 신속하게 진짜 성명문을 무효 선언해야 한다고 주장하였다.

"그것은 도리어 역효과입니다. 진짜 성명문의 존재를 밝히는 순간, 그것은 여전히 효력을 가지고 있다고 주장하고 그 내용을 따르는 사람들도 다수 나타날 것입니다. 성명문을 발표하는 것은 교회와 사회에 혼란을 초래하는 지극히 위험한 행위이므로 절대로 피해야 합니다."

토니 추기경은 그렇게 호소하며 발표를 반대하였다. 그러나 반대파들은 다음과 같이 주장하며 양보하지 않았다.

"그렇게 무른 말을 하기 때문에 가톨릭교회가 세속화되는 것입니다. 기독교신앙의 근본인 예수의 십자가의 죽음의 가치를 한 번 더 높이 선언해야 합니다. 그렇게 함으로써 신은 가톨릭교회를 악으로부터 지켜 주실 것입니다. 우리들은 그 선언에 동참할 것이며 대부분의 가톨릭 신자들도 같이 일어나 동참할 것을 확신합니다. 대부분의 가톨릭 신자들은 지금 교황청의 강한 지도력을 바라고 있습니다."

토니 추기경은 솔직히 더 이상 어떻게 해야 좋을지 알 수가 없었다. 신에게 기도드리며 교황의 대리자로서 지금 무엇을 어떻게 하면 좋을지 자신의 마음을 살피며 간구하였지만 신의 응답은 전혀 없었고 결정은 침묵으로 연장되고 있었다.

제 8 장 예수의 심정을 간구하며

밝혀진 성명문

† 의문

김 신부는 자신이 석방된 것에, 신에게 감사하며 기뻐했지만 정작 어떻게 석방되었는지 그 이유는 알 수가 없었다. 또 그 동안 바티칸의 상황은 어떻게 되었는지 파악할 수도 없어 조금은 불안했다.

교황 팍스 1세의 의식 불명 상태는 여전히 계속되고 있었다. 이대로 교황으로서의 직무를 수행할 수 없는 상태가 길어진다면 그를 퇴임시키고 새로운 교황을 선출해야 한다는 움직임이 일어날 것은 당연한 일이었다.

김 신부의 혐의 자체는 사라졌지만 그가 '심정의 계시'의 신봉자로서 이단적 사고방식을 가지고 있다는 주위 사람들의 시선은 변함이 없었다. 그에 대하는 사람들의 태도는 어쩐지 냉소적이었고, 어딘지 모르게 어색했던 것이다.

그의 친구인 스키레베쿠스 신부도 잠시 로마에 머물며 스튜어트 추기경으로부터 말을 전해 들었을 때 신앙교리성에 불려가 이단 심문이라도 받지 않을까 긴장하며 보냈지만 며칠이 지나도 이렇다 할 지시는 없었다. 그렇게 한동안 감시 속에서 운신의 폭이 좁아 진 김 신부는 빈번하게 스키레베쿠스 신부와 만나고 있었다.

자주 들리던 찻집에서 김 신부는 스키레베쿠스 신부에게 진지하게 말을 꺼내기 시작하였다.

"내 생각엔 팍스 1세가 그런 성명문을 썼을 리가 없어!"

"교황의 표식도 찍혀있었고 팍스 1세의 서명도 있었잖아?"

"그럼, 자네를 속였다는 거야?"

"아니…. '심정의 계시'를 이단이라고 선언한 사람이 그 계시와 관계된 것을 후회하고 있다니, 말이 안 돼!"

"그럼 자네는 그 성명문이 가짜라는 거야? 그렇게 생각하고 싶은 자네의 심정은 알아. 나도 그랬으면 좋겠다고 생각은 하지만…."

"하지만 이상하지 않아? 내가 범인이라고 의심받은 근거는 그 성명문이었어. 나를 조사한 제로니 경감이 그렇게 말했거든. 그런데 아무런 설명도 없이 무죄로 방면된 거야. 이건 가정이지만, 그 성명문은 정교하게 만들어진 가짜라는 것을 알았던 거야. 그래야 앞뒤가 맞지!"

"설마 정말로 그렇게 생각하는 거야?"

"그것이 아니라면 곤란해…."

그들은 앞이 보이지 않는 지금의 상황에서 돌파구를 찾으려고 심사숙고 했지만 길이 보이지 않았다.

† 누출된 정보

3일 후, 국무장관실에서 실무 처리에 쫓기고 있었던 토니 추기경에게 스튜어트 추기경이 뛰어 들어 왔다.

"스튜어트 추기경! 도대체 무슨 일입니까? 그렇게 황급하게!"

“토니 추기경! 큰일 났습니다. 교황 팍스 1세의 진짜 성명문의 존재가 특종으로 보도되어버렸습니다. 다행히 성명문 자체가 보도된 것은 아닙니다만 지금 각종 미디어들은 어수선하게 보도를 하고 있습니다.”

“도대체 누가 정보를…?”

“지금 서둘러 조사하고 있는 중입니다만 아직 정확하게 파악을 못하고 있습니다.”

“진짜 성명문의 존재를 아는 사람은 팍스 1세의 남동생의 마르틴 라나 신부와 이탈리아 경찰, 그리고 나와 당신과 추기경단뿐입니다. 라나 신부도, 경찰서장도 절대로 공개하지 않겠다고 약속을 했습니다. 그들이 약속을 어길 수도 있지만 그럴 가능성은 상당히 낮다고 생각합니다.”

“아마도 우리들 추기경 중 누군가가 정보를 흘렸다고 봅니다.”

“어떻게 이런 일이…. 기사는 어떻게 발표되었습니까?”

스튜어트 추기경이 가지고 온 신문을 토니 추기경에 건네며, 기사의 요점을 설명하였다.

“특종으로 보도된 기사를 보면 ‘십자가혐오 신드롬에 빠진 교황 팍스 1세’ 라는 표제가 붙어 있습니다. 본문의 기사는 교황 팍스 1세가 십자가에 입맞춤을 하지 않았던 일과 팍스 1세의 진짜 성명문이 발견된 것, 그리고 그 성명문에는 교황이 이단적인 ‘십자가혐오 신드롬’에 빠졌던 내용 등이 포함되어 있습니다. 더욱이 바티칸은 그 사실을 은폐하려 하였고 이단적인 사고방식을 가진 교황을 옹호하려 했다고 쓰여 있습니다.”

"어쨌든 시간이 없군요! 대책을 세워야 하니 바로 긴급회의를 소집해 주세요!"

토니 추기경의 명령에 스튜어트 추기경은 서둘러 방을 나섰다.

스튜어트 추기경에게는 그렇게 말했지만 토니 추기경은 이번 일이 반대파가 흘린 정보 때문이라는 것을 확신하였다. 토니 추기경을 포함한 '심정의 계시'를 믿지 않는 다른 추기경들도 반대파가 저지른 행위라는 것은 다 알고 있을 것이었다. 사태가 이런 방향으로 일단 흘러간 이상, 토니 추기경은 '심정의 계시'에 대한 이단선언을 하지 않을 수 없었다. 그것은 당연히 팍스 1세에 대한 단죄를 의미하기도 했다.

토니 추기경은 기로에 서서 어느 쪽이던 결정을 내려야 했다. 그가 지금 택해야 할 최선의 길, '심정의 계시'를 확실하게 믿지 않았기에 쉬운 일은 아니었지만, 팍스 1세의 진짜 성명문이 실제로 유효했고 그는 그 길을 선택할 수밖에 없었다.

아무리 이유가 정당하다 할지라도 반대파들의 거친 표현 방식은, 신이 원하는 방식과는 거리가 멀다고 토니 추기경은 생각했다. 앞으로 대혼란이 일어날지라도 그 방법 이외에는 선택할 카드가 남아있지 않았다. 그는 각오를 새로이 하고 대다수의 추기경들이 동조해 줄 것이라고 믿고 있었다. 하지만 그 날 저녁 긴급 추기경회의가 소집되었을 때 토니 추기경은 아연실색하였다. 대부분 추기경들이 그의 제안에 반대했기 때문이었다.

"여러분! 염려했던 사태가 벌어졌습니다. 앞으로 어떻게 해야 좋을지 여러분들의 의견을 솔직하게 듣고 싶습니다."

"이렇게 된 이상 '심정의 계시'를 믿었던 팍스 1세를 단죄하는 것 이외에는 사태를 수습할 방법이 없습니다."

대부분의 추기경들도 그렇게 생각하고 있었다. '심정의 계시'가 '예수의 메시지'라고 믿지 않았던 토니 추기경에 있어 '심정의 계시'에 대한 이단선언은 그리 큰 문제가 아니었다. 그러나 진짜 성명문은 교황의 특권으로서의 아직 효력을 가지고 있었다. 가령 '팍스 1세가 의식 불명이라 할지라도 그것을 따라야 한다.' 고 주장하는 사람들이 반드시 나올 것이 예상되기 때문이다. 그렇게 될 경우 교황청과 교회가 또다시 분열 상태에 빠질 가능성도 배제할 수 없기에 토니 추기경은 결단을 내리는 일이 두려웠던 것이다.

또한 현대에 와서 교황청과 교회가 이단선언을 대중 앞에서 할 경우 중세의 이단 심문이란 어두운 과거를 사람들에게 불러 일으켜 가톨릭 교회의 이미지를 크게 손상시킬 가능성도 간과할 수는 없었다.

토니 추기경의 반대와 관계없이 다수결의 원칙으로 최종결의가 이루어 졌다. 최종결의는 팍스 1세의 진짜 성명문을 공개하고, '심정의 계시'에 대한 이단선언과 팍스 1세가 '십자가혐오 신드롬'에 빠졌다는 것을 선언하는 것이었다. 토니 추기경의 본의는 아니었지만 그렇게 실행할 수밖에 없었다. 그날 밤, 그는 다음 날 전 세계의 가톨릭의 성직자와 신자들을 향해 발표해야 할 성명문을 쓰기 시작하였다. 그 내용은 공교롭게도 팍스 1세를 암살을 시도한 '십자가혐오 신드롬으로부터 기독교를 지키는 모임'이 위조했던 가짜 성명문과 대부분 비슷한 내용이었다. 이것은 토니 추기경이 조목조목 쓴 성명문이다.

'심정의 계시'와 '십자가혐오 신드롬'에 관한 추기경단의 성명문

교황의 대리자이며 추기경단을 대표하는 수석추기경인 나 파오 토니는 추기경단과의 협의에 기초하여 가톨릭교회를 올바로 이끌고, 사명을 다하기 위해 이 성명을 엄숙히 발표합니다. 그것은 "십자가혐오 신드롬"과 '심정의 계시'에 관한 것입니다. 이전에 발표한 교황의 문서는 사실은 가짜였으며 진짜는 달리 존재합니다. 이에, 나의 성명을 먼저 낭독하겠습니다.

가톨릭교회는 금세기 전에 없던 위기 상황에 직면하고 있습니다. 이 비상사태에 있어서 우리들이 계승해 온 소중한 신앙의 유산을 지키기 위해 모든 성직자와 신자가 일치단결하여 지금의 위기상황을 극복할 수 있도록 함께 노력하고 기원합시다.

지금의 위기상황을 살펴보면 "십자가혐오 신드롬"이라 칭해지는 십자가를 싫어하는 현상이 전 세계적으로 확산되고 있으며 그것과 깊게 연관된 '심정의 계시'가 주장하는 이단적 내용이 예수의 계시라고 믿는 움직임이 일어나고 있습니다. 무엇보다도 우려해야 할 일은 우리들이 선택한 교황 팍스 1세가 그 "십자가혐오 신드롬"이라는 사상에 빠지게 된 일입니다. '심정의 계시'는 예수의 십자가의 죽음은 신의 바람이 아니라 예수는 살아서 이 지상에서 신의 나라를 건설해야 했다고 설득하고 있습니다. 그것은 기독교의 근본 교의를 부정하는 것입니다. 그 문제를 방치한다면 기독교가 가장 소중하게 지켜온 예수의 십자가의 가치와 의미가 부정되어 기독교의 정체성과 의미는 사라지게 될 것입니다.

나는 다른 많은 사람들과 마찬가지로 교황 팍스 1세를 존경해 왔습니다. 그는 가톨릭교회에 헌신적으로 이바지하였으며 그의 탁월한 신학적 지식과 숭고한 인격은 누구라도 인정하는 바였습니다. 그렇기 때문에 추기경들은 그를 교황으로 선출했던 것입니다. 그러나 유감스럽게도, 그러한 일이 있어서는 안 되겠지만, 그는 우리들의 상상을 초월한 신과 사탄의 싸움 속에서 '십자가혐오 신드롬'의 무서움을 누구보다도 먼저 알아차리고, 그 위협으로부터 가톨릭과 교회를 지키기 위해 '십자가혐오 신드롬 대책위원회'를 소집하여 각고의 노력을 쏟았습니다. 하지만 그 본인이 그 이단적 사상에 빠져버리게 된 것입니다.

지금까지 가톨릭교회에서 아름다운 신앙의 행위로 소중하게 지켜졌던 십자가에 입맞춤 하는 의식을 교황자신이 그만 둔 것입니다. 그 다음에 벌어진 일은 '팍스 1세의 성명문'에서도 언급된 바, 그 내용은 여러분들도 잘 알고 계실 것이라고 생각합니다. 그의 행위는 팍스 1세가 분명히 "십자가혐오 신드롬"에 빠지게 된 것을 의미합니다. 여기 모인 추기경들은 기독교의 상징이자 인류를 구원의 길로 이끈 예수의 십자가를 혐오하고, 십자가에 입맞춤을 거부 하는 행위는 기독교의 신앙에서 일탈하는 행위라고 생각하지 않을 수 없습니다.

누군가 팍스 1세를 암살하고자 계획하고, 교황이 의식 불명이 된 일은 매우 유감스럽고 슬픈 일입니다. 그러나 팍스 1세가 그대로 건강하였다면 교황의 권위를 내세워 이단인 '심정의 계시'를 전 세계 가톨릭과 교회가 받아들이자고 제의했을 것은 명확한 일입니다.

그리하여 추기경들은 가톨릭교회를 '십자가혐오 신드롬'으로부터 지키기 위해 '심정의 계시'는 이단이며 팍스 1세의 진짜 성명문은 정식 교황의 문서로서 효력을 가질 수 없다는 것을 엄숙히 선언합니다. 더욱이 누구라도 '심정의 계시'를 예수로부터 온 계시라고 믿고 추종하는 자와, 그것을 퍼뜨리는 사람도 동일하게 이단자로서 함께 심판할 것을 선언합니다.

지금의 가톨릭교회의 위기적 상황에서 여러분들은 예수의 십자가의 부활만이 유일하고, 불변하며 절대적인 최고의 구원이라는 기독교의 근본신앙을 재확인해야 하며 예수의 제자들인 우리 모두가 하나로 단결하여 사악한 사탄, 악마로부터 가톨릭교회를 지키기 위해함께 노력해 주실 것을 진심으로 기원합니다.

교황대리 수석 추기경, 파오 토니

토니 추기경은 그 성명문을 쓰면서도, 자신이 예수와 가톨릭교회를 위해 결코 틀린 일을 하지 않고 있다 믿었다. 짧은 밤이었지만 그렇게 그는 편안하게 잠들 수 있었다.

† 역사적인 날

다음날 오후 2시, '심정의 계시'의 이단선언과 교황 팍스 1세가 '십자가혐오 신드롬'에 빠지게 되었다는 충격적인 내용의 성명문이 드디어 세계를 향해 발표될 예정시각이 다가왔다. 토니 추기경이 추기경들과의 협의에 근거하여 쓴 성명문은 이미 설교대 위에 놓여 있었다. 군중의 물결이 넘치는 산 피에트로 광장의 하늘은 구름 한 점 없이 푸르기만 하였다.

'심정의 계시'에 강경하게 반대한 추기경들은 이것으로 가톨릭교회가 다시 안정을 유지할 찾을 수 있다는 희망으로 성명문의 발표를 기다리고 있었다. 가톨릭 신자들뿐만 아니라 텔레비전 중계를 통해 전 세계가 그 순간을 긴장하며 지켜보고 있었다.

토니 추기경에게 피로한 기색이 조금 보였지만 차분하고 상쾌한 얼굴을 하고 있었다. 드디어 그가 설교대로 올라 능숙한 이탈리아어로 성명문을 봉독하기 시작했다.

"오늘 나는 대단히 중요한 성명을 발표하겠습니다. 그 내용은 우리들이 경애하는 교황 팍스 1세의 진짜 성명문에 관한 것입니다. 교황 팍스 1세는 아시는 바와 같이 누군가에 의해 암살을 시도 당하였습니다. 다행히도 생명은 지킬 수 있었지만, 여전히 의식불명의 상태로 앞으로도 회복의 가능성은 대단히 낮은 것으로 의사들은 보고 있습니다. 경찰들도 필사적으로 수사를 진행하고 있지만, 유감스럽게도 범인은 아직까지 잡히지 않았습니다.

이런 비상사태에 있어, 수석추기경이며 교황의 대리인 나 파오 토니는 가톨릭교회를 올바로 이끌어 가기 위해 여러분에게 중대한 발표를 하겠습니다. 이 성명은 추기경들과 협의한 내용에 근거하지만, 최종적으로는 수석추기경인 나의 책임에 의하여 발표하겠습니다.

첫째로, 며칠 전 교황의 문서라고 발표된 팍스 1세의 성명문은 교황의 암살을 계획한 사람들에 의하여 정교하게 만들어진 것입니다. 그 문서가 가짜인 것은 경찰 조사에 의하여 밝혀졌고, 그 후 진짜 성명문이 발견된 것입니다."

신문과 TV 등에서 보도된 내용이 진실이었다는 사실에 산 피에트로 광장에 모인 군중들은 술렁이기 시작했다. 오늘 발표될 내용을 미리 알고 있었던 추기경들 사이에서도 웅성거리는 목소리가 새어 나오기 시작하였다. 토니 추기경의 발표가 추기경단을 대표하는 것이라고 단언하지 않았기 때문이다.

"아니! 어떻게 된거야?"

토니 추기경의 발표에 예상치 못한 사태가 일어나고 있음을 느낀 몇 명의 추기경들은 토니 추기경의 이야기를 멈추게 해야 한다고 생각하였다. 그러나 산 피에트로 광장에 모인 군중과 텔레비전 중계를 통하여 전 세계가 주시하고 있는 상황에서 아무도 어떻게 할 수가 없었던 것이다. 추기경들의 생각엔 아랑곳하지 않고 토니 추기경은 계속해서 말을 이어갔다.

"둘째로, '십자가혐오 신드롬'과 '심정의 계시'에 관한 교황 팍스 1세의 견해는 가짜 성명문에 씌어져 있던 것과는 정반대의 내용이었습니다." 또 다시 광장은 크게 술렁였지만 토니 추기경은 이야기를 계속 이어갔다.

"셋째로, 이것이 가장 중요한 내용입니다. 팍스 1세의 진짜 성명문은 교황이 의식 불명의 상태에 있다 할지라도 여전히 유효한 성명문이며 전 가톨릭의 성직자와 신자는 그 내용을 존중해야 하며 받아들어야 할 것입니다."

"뭐? 지, 지금 뭐라고 하는 거야! 어제와 말이 전혀 다르잖아!"

'심정의 계시'에 강경하게 반대했던 추기경들은 토니 추기경의 독단적인 행위에 격하게 분개하였다. 어떻게 손을 써서라도 멈추게 하고 싶었지만 이미 어떻게 할 수가 없었다. 카메라만 해도 몇 십대가 돌아가고 있고 화면에 자신의 분노에 찬 얼굴이 찍히는 일 만은 피하고 싶었던 것이다.

"교황 팍스 1세의 성명문은 가톨릭교회뿐만 아니라 전 기독교의 종파와 다른 종교에게도 새로운 방향을 제시해 줄 것이며 그리고 전 세계와 미래를 위해서도 많은 영향을 주는 중요한 내용을 포함하고 있습니다. 또한 이 성명문을 듣는 한 사람, 한 사람의 신앙에도 깊은 깨달음을 줄 것이라고 믿습니다. 아무쪼록 마음의 문을 열고 기도하는 마음으로 이제부터 제가 읽어 드리는 팍스 1세의 성명문을 귀담아 들어 주시기를 소망합니다."

그렇게 말을 시작한 토니 추기경은 교황 팍스 1세의 진짜 성명문을 지금도 유효한 교황의 성명문으로서 의미를 높게 부여한 후 천천히 읽기 시작한 것이다. 토니 추기경의 뇌리에 새벽녘의 사건이 되살아나고 있었다.

† 너는 어찌하여 나를 박해하는가?

성명문을 정리한 토니 추기경은 피곤한 상태로 늦게 잠들었지만 새벽녘에 꿈을 꾸었다. 그리고 꿈속에서 목소리를 들었던 것이다.

"파오 토니! 너는 어찌하여 나를 박해하는가?"

"당신은 누구 십니까?"

"나는 네가 박해한 예수다."

"주님! 그럴 리 없습니다. 나는 당신을 사랑하고 당신과 당신의 교회를 위해 일생을 바쳐 살았습니다. 어찌하여 제가, 주님을 박해하겠습니까?"

"그래! 너는 확실히 나를 사랑하였고, 나를 위해 생애를 바쳤고, 교회의 발전을 위해 최선의 노력을 다하였다. 그러나 너는 한번이라도 나의 심정을 깊이 생각해 본 적이 있었는가?"

그런 말을 남기고 예수는 사라져버렸다.

성명문을 마무리 짓고 편안한 잠에 들었다가 꿈을 꾸고 눈을 뜬 토니 추기경은 꿈의 내용에 큰 불안을 느꼈고, 그의 마음은 너무나 혼란스러웠다. 하지만 추기경들과의 합의에 근거하여 쓴 성명문의 내용을 변경할 생각까지 하지는 못했다.

"단순한 꿈일 뿐이야."

그렇게 자신을 타일러 마음을 달래고 있었다. 그러나 그렇게 생각할수록 예수가 꿈속에서 한 한마디, 한마디의 말이 마음속에서 메아리와 같이 울려 퍼지는 것이다.

"파오 토니! 너는 어찌하여 나를 박해하는가?"

그것은 초기 기독교의 대전도사였던 성 바울에게 부활한 예수가 나타나 한 말과 매우 흡사한 말이었다. 바울은 그 때 '사울'이라는 이름을 가진 정통 유대교의 교육을 받은 열성적인 청년이었다. 당시 사울은 신을 모독한 위선 예언자라고 예수에게 낙인을 찍고 선두에 서서 그리스도 교도를 붙잡아 박해하고 죽였던 대표적인 사람이었다. 그런 사울이 그리스도 교도를 박해하기 위해 '다마스쿠스'를 향하던 도중, 벼락을 맞아 낙마한 것이다.

"사울아! 사울아! 너는 어찌하여 나를 박해하는가?"

그렇게 호소하는 음성을 들은 사울은 그 목소리의 주인에게 물었다.

"당신은 누구 십니까?"

"나는 네가 박해한 예수다." 음성의 주인은 그렇게 대답한 것이다.

이 사건은 역사적인 사실로서 크리스천들을 박해하는 두려움의 존재였던 사울이 이것을 계기로 크리스천이 되었고, 가장 열성적인 대전도사 '바울'로 다시 태어났던 것이다.

그러나 토니 추기경이 예수의 꿈을 꾼 것은 이번이 생에 처음이었고 그는 성 바울에게 일어난 사건이 자신에게도 일어난 것을 도저히 믿을 수 없었다.

불안은 더욱 커져만 갔지만 토니 추기경은 추기경들과 함께 합의해 결정한 사안과 스스로도 신과 가톨릭교회의 도움이 될 것이라고 확신한 이번 일을 계속해서 관철시킬 생각이었다.

"악마가 나를 시험하는 것이 틀림없어!"

그가 불안한 마음을 뿌리치려 했던 그 순간이었다. 심장에서부터 북이 울리는 듯한 소리가 매우 빨라지고, 가슴의 고통과 괴로움이 너무도 심하여 견딜 수 없어, 결국 바닥에 쓰러진 것이다. 그때까지 이렇다 할 지병도 없었고, 나이에 비하여 건강한 그에게 이런 일은 예전에 없었던 일이었다. 죽을 것만 같은 고통 속에서 그는 다시 가슴 속으로부터 울리는 메아리 같은 음성을 확실하게 들을 수 있었다.

"파오 토니! 어찌하여 나를 박해하는가?"

토니 추기경은 그 목소리가 예수의 음성이라는 사실을 의심할 여지가 없이 받아들여야 했다. 이 모든 일들이 논리적으로 이해되어 결론에 도달할 수 있던 것은 아니었지만 그 순간 자신이 하고 있는 일이 틀렸음을 깨달았고, 동시에 온 몸에 소름이 끼쳐왔던 것이다.

"어떻게 이럴 수가…!"

그는 그가 사랑하는 예수를 지금까지 박해했다는 사실과 무서운 죄를 범하고 있다는 것을 양심을 통해 알아차렸다. 그리고 그 부끄러움에 차라리 이대로 죽는 것이 더 나을 것만 같은 생각까지 들었다. 토니 추기경은 참을 수 없는 고통 속에서도 그 고통이 가져올 죽음에 대한 무서움보다도 마지막까지 자신을 위해 끔찍한 죄를 범함을 멈추게 해준 예수께 감사를 드렸다. 그는 극심한 고통을 참고 인내하였으며 죽음을 각오하며 자신이 할 수 있는 최선의 방법을 결심하였던 것이다. 그는 마지막까지 힘을 다하여 몸을 일으켰고, 책상까지 기어가 있는 힘을 다하여 종이와 펜을 집어 들었던 것이다.

"이것은 교황대리 파오 토니 추기경의 유언이며 '심정의 계시'는 진정한 예수 그리스도의 계시임을 선언합니다."

그렇게 마무리 한 후, "나의 영혼을 당신에게 맡깁니다." 라고 희미하게 중얼거렸을 때 이상하게도 그때까지 참을 수 없이 고통스러웠던 괴로움은 물결처럼 사라져버린 것이다.

그 순간 토니 추기경은 모든 것을 확실하게 깨달았던 것이다. 성명 발표는 이미 그 날 오후로 임박했지만 그가 선택해야 할 길은 하나밖에 없었다. 그것은 예수를 따라 십자가의 길을 함께 가는 것뿐이었다.

† 예수의 심정을 위로하기 위해

토니 추기경은 팍스 1세의 진짜 성명문을 천천히, 신중한 목소리로 낭독하기 시작하였다.

' 심정의 계시 ' 에 관한 성명문

나 교황 팍스 1세는 신의 종이요, 전 가톨릭교회의 책임을 진 목자로서 여기에 모인 모든 성직자와 모든 신자들을 향하여 중요한 성명을 발표합니다.

이것은 최근 세계 각지에서 발생한 기독교의 상징인 십자가를 싫어하는 현상과, 또 그것에 밀접한 관계가 있는 일본의 '예수의 성심을 위로하는 선교회'의 한 수녀 '테레사 우에노', 그리고 그녀에게 예수가 나타나 전했다는 '심정의 계시'에 관한 일입니다.

세계 각지에서 발생한 '십자가를 부정하는 현상'에 대하여 "십자가혐오 신드롬"이라고 명명하고, 전(前)교황에게 그 대책위원회의 소집을 진언한 것은 다름 아닌 나였습니다. 그리고 나는 세계교회협의회 기독교교파의 대표자들과 그 문제를 해결하기 위해 상의하였고, 함께 고민하였으며 교황으로 취임할 때까지 그 위원회의 책임을 맡아 일하였습니다.

처음에 나는 '심정의 계시'에 대하여 부정적이었습니다. 그러한 부정적인 선입관에 근거하여 위원회를 소집하였고 지금까지 이끌어 왔던 것입니다. 그러나 조사를 통하여 내 나름의 고민을 하였고, 신과 예수에 대한 기도를 통해, "십자가혐오 신드롬"이라는 명칭은 신드롬에 빠진 사람들이 느끼는 참된 의미와 의도와는 거리가 먼 것임을 서서히 깨닫게 된 것입니다.

지금 나는 '심정의 계시'가 예수에 의한 참된 계시라고 믿고 있음을 여러분 앞에 고백합니다. 예수 그리스도의 십자가의 죽음은 결코 신의 바람이 아니었습니다. 신의 뜻은 예수가 살아서 실제로 신의 나라를 이 지상에 건설할 것을 바라셨고 그리하여 독생자 예수 그리스도를 우리에게 보내주셨던 것입니다. 그러나 2000년간 기독교는 예수가 십자가에 달려 죽기 위해 이 세상에 오셨고, 십자가는 신과 예수의 소망이라고 계속 믿어 왔던 것입니다. 그렇게 예수의 심정을 오해하였고, 인류는 또 다시 예수를 십자가에 매달아 셀 수 없이 많은 못을 박았던 것입니다.

그것을 깨달았을 때 나는 얼마나 통곡을 했는지 모릅니다. 예수가 그러한 슬픈 심정을 지니고 홀로 고독한 길을 2000년간 계속해서 걸어 온 사실을 안 순간부터 예수를 사랑하는 크리스천의 한 사람으로서 어떻게 눈물을 흘리지 않을 수 있었겠습니까?

신께서 인도하시어 나는 지금 가톨릭교회의 수장으로서 베드로의 후계자인 로마 교황으로 임명을 받았습니다. 교황의 사명으로 내가 해야 할 일은 예수의 바람과 소망을 이루는 일 이외에는 없다고 생각합니다.

우리들은 지금까지 2000년간 오해를 받아왔던 예수의 슬픔과 고독의 심정을 이해해야 합니다. 또한 예수께서는 '십자가의 죽음은 신의 바람도 소망도 아니었다'는 진실을 전 세계의 크리스천들이 알아주기를 간절히 바라고 계십니다. 나에게 교황으로서 이런 진실을 여러분에게 이렇게 전하는 일 이상 중요한 사명이 어디에 있겠습니까?

나 자신이 예수의 심정을 진정으로 이해하였고 정진했다고는 말할 수 없습니다. 그러나 나는 진실로 고백합니다. 이 모든 일은 결코 나한사람의 문제가 아니라, 예수를 구세주로서 믿는 전 세계 크리스천들의 문제라고 생각합니다.

여기 여러분들에게 제안을 한가지 하고 싶습니다. 우리들이 예수를 믿는 신앙인으로서 진정으로 예수의 심정을 이해하려고 노력한 적이 있었는지, 먼저 자기 스스로에게 물어봐 주십시오.

사실 많은 크리스천들이 지금까지 예수의 심정을 이해하려고 정진하였습니다. 하지만 예수가 십자가에 매달려 죽기 위해 이 세상에 왔다는 기독교의 '근본교의' 때문에 어떤 의미에서 그것은 지극히 어려운 일이었을 것입니다.

사람들은 나를 '십자가혐오 신드롬'에 빠진 이단적인 교황이라고 비난할 수도 있습니다. 그러한 기분은 잘 알고 있습니다. 처음에 나도 그렇게 생각했기 때문입니다. 그런데 예수의 십자가가 신의 소망도 바람도 아니었던 것을 성령의 인도로 깨우치게 된 후부터, 십자가를 보면 볼수록 마음은 더욱 슬퍼져 가슴의 통증과 구역질이 나오게 된 것입니다. 그리고 그때부터 예전과 같이 십자가에 입맞춤을 하려해도 슬픔과 괴로움에 빠지게 되어 할 수 없게 되어버린 것입니다.

그러한 체험을 통하여 내가 부정적으로 생각했던 테레사 수녀와 '십자가혐오 신드롬'에 빠져 십자가를 불태우거나, 구역질이 나고, 색칠한 사람들이 결코 예수를 혐오하기 때문에 그런 행동을 한 것이 아니라는 것을 깨닫게 되었습니다.

오히려 다른 사람들보다도 섬세하고 민감한 그들의 영성이 십자가의 죽음을 바라지 않았던 신의 바람을 이해할 수 있었으며, 예수가 십자가의 길을 선택할 수밖에 없었던 심정을 그들에게 전했다는 것을 이해하게 된 것입니다.

이 성명은 결코 여러분들의 믿음을 강요하는 것이 아닙니다. 신앙은 절대로 강요하여 행해지는 것이 아님을 나는 잘 알고 있습니다. 이 성명은 나의 신앙고백일 뿐입니다. 나는 교황으로서 이렇게 해야 한다고 느꼈고 그 주어진 임무에 충실한 것에 불과합니다. 그리고 이 임무는 목숨의 위협을 무릅쓰고라도 이루어야 하는 일이며, 예수에 대한 나의 믿음이라고 확신합니다.

예수는 겟세마네의 동산에서 제자들에게 눈을 뜨고 함께 기도해주기를 세 번이나 간절하게 원하셨습니다. 그러나 제자들은 예수의 절실한 심정 그 안의 세계를 보지 못했고 세 번이나 다시 자버렸던 것입니다.

그 때의 예수의 슬픔, 고독, 마음의 고통에 대하여 '심정의 계시'를 통해 나는 처음으로 느낄 수 있었던 것입니다. 베드로와 다른 제자들이 그 때 예수의 심정을 깊이 이해하고 대신자가 되어, 죽음을 뛰어 넘어 예수를 진정으로 사랑하였더라면 그들은 결코 잠들지 않았을 것입니다. 만약 그렇게 했더라면 아버지 되시는 신의 뜻이 예수를 중심으로 이루어져 새로운 세상이 활짝 열렸을 것입니다.

"아버지! 내게서 이 잔을 거두어 주십시오!"

예수가 그렇게 세 번씩이나 간절히 기도 드렸던 것은, 지금까지 기독교가 이해한 것 같이, 십자가의 죽음이 두려워서 도망가고 싶은 마음이 있어서가 결코 아닙니다.

십자가의 죽음의 길은 신의 바람이 아닌 것을 아셨기 때문에 신의 바람을 이루기 위해, 피 같은 땀을 흘리시고 결사적인 기도를 드리면서 마지막까지 간구하셨던 것입니다. 그러나 깊은 잠에 빠져버린 제자들의 모습이 바로 그 기도에 대한 응답이었던 것을 깨닫게 된 것입니다. 제자들이 잠들어버린 그 때 예수는 이미 십자가의 길을 갈 수 밖에 없다는 결심을 하였으며 그 길 이외에는 다른 길이 없었던 것입니다.

심정의 계시'에 의해 그것을 처음으로 알게 된 베드로의 후계자인 나는 '십자가에 달려 죽기 위해 이 땅에 온 것이 아니었다.'라는 예수의 진정한 심정을 이해하게 되었습니다. 그 때문에 나는 예수 대신 죽고 싶은 심정으로 이렇게 간구합니다.

나는 베드로의 후계자로서 그러한 심정을 갖고, 겟세마네 동산에서의 예수의 고통과 슬픔, 괴로움과 고독을 조금이라도 위로해 드리고 싶습니다.

또한 신의 나라의 실현과 평화의 세계를 이루기 위해 반드시 전쟁을 이 땅에서 없애야 합니다. 전쟁의 배경이 대부분 종교라는 사실을 우리들은 잘 알고 있습니다. 그러기 위해서는 먼저 종교가 서로 화해하고 존중해야 하며 각자의 문화를 인정할 때 전쟁은 이 땅에서 사라질 것이며, 세계평화는 실현될 것입니다.

'심정의 계시'를 통하여 예수가 바라는 목적은 모든 인류가 간절히 원하는 '평화'라는 보편의 이상으로 하나 되는 세상입니다. 종교의 화해와 협력 없이는 구체적인 평화 세계의 실현은 있을 수 없기 때문입니다. 십자가에 의한 구원을 외치는 기독교는 타종교와의 관계에 있어서 자주 큰 장애가 되어 왔습니다. '예수의 십자가의 죽음은 신의 바람이 아니었다.'라는 '심정의 계시'는 타종교와의 화해의 문을 활짝 열게 하는 열쇠가 될 것입니다.

'심정의 계시'를 믿는 것은 예수가 구세주인 것을 부정하는 것이 아닙니다. 그것은 예수가 십자가에 달려 죽기 위해 이 지상에 오셨던 것이 아니라는 것을 이해함으로써 메시아는 이 땅에 신의 나라를 수립하는 사람이라고 믿는 유대교와의 대화의 길이 크게 열릴 가능성이 있기 때문입니다.

유대교뿐만 아니라 이슬람교나, 불교나, 힌두교나 기타 많은 타 종교와의 화해의 길도 틀림없이 열릴 것입니다. 크리스천에게는 아름다운 상징이었던 '십자가'가 다른 역사적인 사실 속에서 지금까지 얼마나 많은 전쟁과, 살육과, 타민족을 정복하기 위한 도구로 사용되었는지를 생각해 보십시오.

그들에게 십자가는 아름다운 모습이 아니고 십자군에 의한 학살과, 기독교의 유대인박해, 선교 지역의 원주민의 종교와 문화를 파괴 했던 일을 상기시키는 혐오의 대상이었습니다. 그러므로 크리스천은 교회에서 십자가를 내려야 합니다. 이렇게 예수는 십자가에 달려 죽기 위해 오셨던 것이 아님을 선언하는 것은 종교의 평화와 화해, 화합과 인류의 안녕에 있어서 대단히 큰 의미가 있습니다.

또한 현대 사회에 들어와 기독교 교회의 분열과 분파의 상황은 예수에게 있어서 지극히 커다란 슬픔입니다. 제2차 바티칸공의회는 프로테스탄트 교파에 대하여 '나눠진 형제'라고 호소하였으며 교회일치의 획기적인 길을 열게 하였습니다.

그러나 가톨릭교회에 있어서 교회일치의 이해는 여전히 가톨릭교회로의 회귀를 의도하는 것으로 비춰졌습니다. 이런 과제를 어떻게 극복하겠습니까? 그것은 우리가 먼저 각 교파의 명예와 입장을 존중하고, 서로 협력의 길로 다가서는 것 이외에는 없다고 생각합니다. 그리고 무엇보다도 지금 교파분열을 슬퍼하고 계시는 예수의 심정을 간구하는 기도가 필요하다고 생각합니다.

가톨릭교회가 완전하지 않음으로 인해 범해진 많은 과오와 지금도 안고 있는 많은 문제를 겸허하게 인정하지 않을 수 없습니다. 예수는 '심정의 계시'를 통하여 우리들이 가야 할 길을 인도하고 계십니다. 그것은 기독교일치에의 길이요, 모든 종교의 화해의 길이며, 평화의 세계를 이 지상에 실현하고 '신의 나라'를 건설하는 길입니다.

내가 왜 이 성명을 다른 추기경들과 상의 없이 발표했는지 여러분 마음속에 의문이 생겨났을 것입니다.

나 자신도 합의를 한 후, 발표해야 한다고 몇 번이나 고민을 했습니다. 그리고 기도하면서 어떤 것이 가장 좋은 방법인지 신에게 간절히 기도드리고 있을 때, "신의 영광이 드러날 것이다. 걱정 말고 행하라." 는 예수의 음성이 분명히 들렸던 것입니다. 나 자신의 생각을 넘어, 예수의 말씀에 따라, 예수의 소망에 모든 것을 맡긴 것입니다. 예수는 보이지 않는 영이시며, 우리들이 알 수 없는 '신의 뜻'을 아시는 분이라고 믿습니다.

예수를 진정으로 사랑하는 크리스천이라면 내가 전하는 이 성명을 이해하시리라 믿습니다. 앞으로도 큰 환란이 가톨릭교회와 전 세계 기독교 전체에 생길지도 모르겠습니다. 그리고 그때마다 예수는 십자가에 달려 죽기 위해 오셨다는 선입관에 의해 인식된 종래의 교의의 재검증과 기독교 상징에 대한 재고찰도 함께 필요하게 될 것입니다. 예를 들어 십자가가 유대인과 로마인을 진정으로 용서하고, 사랑으로 승리하신 예수의 실천 신앙에 의하여 "원수까지도 사랑하라."는 참된 사랑을 담은 기독교의 상징으로 사용되었다면 수많은 비극은 피할 수 있었을 것입니다.

또한 예수가 십자가에 달려 돌아가시지 않았다면 반드시 결혼하였을 것이고, 참된 부부와 참된 가정을 이루어 인류의 모범이 될 가정을 이루었을 것입니다. 그러면 성직자의 결혼도 자연스럽게 길이 열렸을 것입니다. 그러기 위해 지금까지 기독교의 상징으로서 교회에, 그리고 도처에 걸려 있는 십자가를 내려놓거나 제거해야 할 필요성이 있습니다. 그 일이 얼마나 어렵고 힘든 일인지 나도 한 사람의 신앙인으로서 잘 알고 있습니다.

그러나 지금이야말로 우리들이 예수의 용서와 사랑, 진실한 신앙을 실천할 때입니다. 우리들은 진실로 그러한 때를 맞이한 것입니다. 나는 지금, 인류 역사이래 없었던 새로운 시대가 도래 하고 있다는 예감과 희망에 가슴이 뛰고 있습니다. 2000년간 누구도 알 수 없었던 '예수의 심정'이 밝혀진 오늘, 우리들은 진정으로 예수가 2000년 전에 살아 계셨을 때와 같은 의미 깊은 시대에 함께 살고 있다는 것을 명심하십시오.

우리들은 사랑과 평화, 기쁨과 행복이 가득한 신의 나라를 이 땅에 건설하시려는 예수의 소망과 바람을 함께 실현해야 합니다.

그러한 목적을 이루기 위해, 이 땅에 오신 예수의 소망을 확실히 이해할 때, 우리들은 올바른 출발을 할 수 있을 것입니다.

여러분! 예수께서는 지금 우리와 함께 살아계십니다. 그리고 예수는 항상 우리들의 생각과 행동을 지켜보고 계십니다. 예수께 간절히 기도 드려 보십시오. 그러면 응답은 예수께서 직접 주실 것입니다. 신의 축복이 여러분과 여러분의 가정과 종교, 민족과 국가 위에 함께 하시길 기원합니다.

신의 종, 교황

팍스 1세

성명문의 낭독이 끝난 후, 토니 추기경은 목숨을 걸고 성명문을 발표하려 했던 팍스 1세의 심정을 언급하기도 하였다. 그러자 반대하는 사람들은 불만을 토로하였다.

"이제 토니 추기경도 '십자가혐오 신드롬'에 완전히 빠져버렸군!" 그러나 그에게 이미 그런 말들은 그다지 중요하지 않았다.

"이런 기분은 예수의 심정을 진정으로 느낀 사람이 아니면 모를 겁니다!"

토니 추기경은 팍스 1세의 성명문을 아무런 저항 없이 다 읽을 수 있도록 지켜주신 신께 마음속 깊이 감사를 드렸다.

변화의 조짐

† 군중 속으로

산 피에트로 광장에서 토니 추기경이 역사적인 발표를 행하는 것을 김 신부와 스키레베쿠스 신부는 몇 천 명이나 되는 군중 속에 섞여 듣고 있었다. 앞을 볼 수 없는 사건의 실마리를 찾아 헤매던 두 사람은 지금까지 방황했던 일들이 거짓말처럼 느껴졌다.

"교황님! 성명문을 정말 잘 써 주셨습니다! 당신은 정말 위대한 교황입니다. 당신이 목숨 걸고 예수의 심정을 전한 것은 지금까지 역대의 어느 교황도, 성인도 할 수 없었던 너무나 소중한 일입니다. 당신을 존경하고 당신이 정말 자랑스럽습니다."

팍스 1세의 진짜 성명문을 토니 추기경이 다 읽었을 즈음, 김 신부는 의식 불명의 교황 팍스 1세에게 그렇게 마음으로 감사의 기도를 드렸던 것이다. 또한 토니 추기경의 진정한 용기에도 감사를 드린 김 신부는 그의 결단이 정말 어려운 일이었음을 어렵지 않게 상상할 수 있었다.

"가톨릭교회와… 교황청에, 이런 엄청난 일이 현실로 벌어지다니!"

간절히 원했던 최고의 일이 벌어지고 있는 상황을 김 신부는 직접 현장을 목격하면서도 믿겨지지 않았다. 옆에 함께 있던 스키레베쿠스 신부도 같은 기분이었다.

"이것이 예수가 전하려 했던, '신의 영광'이 드러난다는 그 말이었던가!"

그렇게 중얼거린 김 신부는 잠시 동안 감동과 희열 속에 빠져 있었다. 성명문의 내용에 큰 충격을 받은 사람들도 많았지만 대부분은 무슨 일이 벌어졌는지 확실히 이해하지 못하였다. 그러나 토니 추기경의 차분한 음성은, 팍스 1세의 성명문을 듣고 있었던 사람들의 영혼을 요동치게 하는 우렁찬 울림을 가지고 있었다.

김 신부는 팍스 1세와 마지막으로 이별을 할 때 그가 무엇인가를 말하고 싶었지만 말할 수 없었던 장면을 떠올렸다. 팍스 1세는 그에게 무엇인가를 전하고 싶었던 것이다. 교황도 '심정의 계시'를 믿고 있었다는 사실을, 그 때는 그 말을 들을 수 없었지만 그 말은 성명문 속에 확실히 선언되어 있었다.

"그래서 내가 교황을 항상 존경했었지."

두 주먹을 불끈 쥔 김 신부는 변함없는, 교황에 대한 존경과 신뢰를 떠올렸다. 그리고 교황 팍스 1세가 왜 그 때 자신에게 터놓고 말하지 않았던가를 깨달았다. 교황이 믿고 있는 사실을 김 신부가 알게 된다면, 김 신부도 위험에 빠질 것을 알고 그것을 막기 위함이었던 것이다. 교황은 혼자 책임을 지려고 결심한 것이다. 그렇게 생각하니 팍스 1세에 대한 존경과 감사와 여러 생각들이 함께 떠오른 것이다.

교황이 아직 추기경이자 교수였을 때, 그의 수업에 대하여 질문을 하려 그의 연구실을 방문했던 일이 되살아났다. 어떤 질문에도 친절하게 대답해 주는 겸허한 추기경이자, 학생들에게는 매우 인기가 있고 사랑 받는 교수였다. 그는 평소에 검소하고 엄격한 생활을 하는 사람이었다. 그의 침실을 방문했을 때의 일이었다. 침대가 있어야 할 자리에 아무 것도 없어 이상하게 생각한 적이 있었다. 나중에 알게 된 일이지만 동양인처럼 그는 바닥에 얇은 천을 깔고 잔다는 이야기를 다른 신부에게서 들었던 것이다.

"이번에도 자네의 예감은 맞았어!" 잠시 시간이 흐른 뒤, 스키레베쿠스 신부가 말을 걸었다. 교황의 성명문은 김 신부의 무죄를 증명한 근거가 된 것은 틀림없었다. 그런 의미에서 교황은 생명의 은인이었다.

"팍스 1세가 건강했으면 얼마나 좋았겠어! 그가 '심정의 계시'를 교황으로서 전 세계에 전했다면 정말 멋진 세상이 활짝 열렸을 텐데!"

그러나 그것은 이제 이루어질 수 없는 일이었다. 대단히 경사스러운 일이 일어나고 있었지만 한편으로는 슬픔이 복받쳐 올라온 것이다.

"신이시여! 팍스 1세의 지금의 상태를 신은 어떻게 보고 계십니까? 저에게 비통한 일인 것처럼 신에게도 비통한 일입니까?"

그렇게 물었을 때, 팍스 1세를 응시하고 있는 신의 슬픔이 전해져 오는 느낌이 들었다. 그리고 그 슬픔은 가슴 속으로 밀려 들어왔다.

"예수가 십자가상에 달려 죽음을 당할 때에도 당신께서는 얼마나 많은 눈물을 흘리셨습니까!"

김 신부는 스키레베쿠스 신부의 눈을 피해 흐르는 눈물을 닦았다.

† 순례자들

팍스 1세의 진짜 성명문이 '유효한 성명문'이라는 발표로 전 세계와 기독교 교회는 큰 혼란에 빠졌다.

"가짜 성명문이 사실은 진짜다!", "토니 추기경이 악마의 홀려, '십자가혐오 신드롬'에 빠져 만든 것이다.", "그 성명문은 날조된 것이다!" 라는 등의 다양한 소문과 비판이 어지럽게 교회와 사회의 혼란을 가중시켰다.

다른 종파의 기독교 교회에서도 "가톨릭교회는 무엇 때문에 그렇게도 어리석은 일을 저질렀는가." 라는 비난이 쏟아졌다. 예상하고 있었던 일이었지만 억측과, 심한 비난과, 비판으로 토니 추기경은 너무나 괴로웠던 것이다.

그러나 다른 한편에서는, 토니추기 경도 전혀 예상하지 못했던 반응이 나타나기 시작하였다. 그가 낭독한 팍스 1세의 진짜 성명문의 내용을 긍정적으로 받아들이는 사람들이 있었던 것이다. 그들은 팍스 1세의 권유에 따라 예수에게 직접 간구하였고, 예수의 소망은 십자가에 달려 죽을 운명이 아니었다는 응답을 받은 사람들이었다.

또 팍스 1세가 예수의 참된 심정을 전하기 위해, 목숨을 걸고 성명문을 발표하려 했던 것에 마음이 움직여 그의 회복을 기원하는 순례자들도 생겨났던 것이다. 그들은 바티칸의 산 피에트로 광장에 자연스럽게 모여, 교황의 회복을 위한 기도를 드렸던 것이다.

흥미로운 일은 이전 가짜 성명문을 언론에 유출시킨 뒤, "악마의 사상인 '십자가혐오 신드롬'과 '심정의 계시'에 대항해 목숨 걸고 교회를 이단으로부터 지키겠다." 라고 주장한 보수적인 반대파들은 그 자취를 감춘 것이다.

토니 추기경을 더욱 놀라게 한 일은, 그 순례자들 속에 크리스천뿐만 아니라 다른 종교의 복장을 한 사람들의 모습도 눈에 보인다는 것이었다. 그 수는 날로 늘어만 갔다.

처음에는 평범한 관광객이라 생각했지만, 점차로 타종교의 순례자들로 밝혀지면서 지금까지 없었던 진귀한 현상들이 나타났고, 매스컴에선 그 것에 관심을 가지게 되었다. 어떤 뉴스 프로그램에서는 타종교의 순례자들을 생방송으로 인터뷰하여 그들이 왜 바티칸에 왔는지를 밝히기도 했다.

"우리들은 단지 관광하러 온 것이 아닙니다. 팍스 1세의 회복을 기도하기 위해 이곳에 왔습니다."

불교나 이슬람교, 힌두교나 유대교 등의 다양한 종교 사람들이 잇달아 비슷한 대답을 하였으며 텔레비전을 통해 이를 지켜본 토니 추기경은 눈시울이 뜨거워졌다. 인터뷰가 계속되는 가운데 어떤 뉴스캐스터는 나이가 지긋한 한 중년 남성에게 질문을 하였다.

"당신은 왜 여기에 왔습니까? 무슨 특별한 이유라도 있습니까?"

"나는 팍스 1세의 성명문을 듣고 내 마음의 무거운 짐을 내려놓을 수 있었습니다. 그리고 진실로 구원을 받았다는 생각이 들었습니다. 그래서 여기에 왔습니다. 제가 할 수 있는 일은 교황의 건강이 조금이라도 회복되도록 신께 기도를 드리는 일이라고 생각해서 오게 됐습니다."

" '구원받았다'는 말은 구체적으로는 어떤 뜻입니까?"

"나는 전에 가톨릭 신부였습니다. 그러나 나는 사랑하는 아내를 만나 결혼하여 행복한 가정을 이루었으며 지금은 교사 일을 하고 있습니다. 나는 팍스 1세의 '성직자의 결혼을 심사숙고 해야 할 필요가 있다'라는 제안에 대단히 감동을 받았습니다.

신부를 그만뒀지만 신부로서 일하고 싶은 열망은 지금도 변함이 없습니다. 그러나 교회법에서 우리와 같이 결혼한 신부는 사제 직무를 그만둬야만 합니다. 우리들은 때때로 신자들의 비판의 대상이 되었고, 무엇보다도 괴로웠던 일은, 나 자신이 나를 계속해서 심판한다는 것입니다. 모든 결혼한 신부가 나와 같은 사정이라고는 생각하지 않지만 나와 비슷한 괴로움을 느끼며 살아가는 사람들이 많이 있다고는 생각합니다. 만약 팍스 1세가 말씀한 것처럼, 예수가 십자가에 달려 돌아가시지 않았다면, 반드시 결혼을 했을 것이며 참된 가정으로서 인류 앞에 이상적인 가정을 만들어 본보기가 되었을 것입니다. 가까운 장래에 신부의 결혼이 허용 된다면, 우리들은 구제될 것이 아닙니까? 그러한 많은 사람들이 가톨릭교회를 위해 봉사할 수 있게 된다면, 신부의 부족으로 고민하는 가톨릭교회에 있어서도 큰 도움이 될 것이라고 생각합니다."

"결혼한 신부는 몇 명 정도나 될까요?"

"대략 십만 명 정도 되는 것으로 알고 있습니다."

"그렇게나 많이 있습니까?"

"네! 거기에는 신부의 결혼이 허용된다면 다시 신부가 될 사람도 많이 있습니다. 또 신부의 동성애 문제나, 어린이 성적학대 문제도 감소될 것입니다."

캐스터도 공감을 표시했다. "저도 그렇게 생각합니다."

토니 추기경은 감동을 느꼈다. "이 모든 일이 예수가 팍스 1세 에게 전했던 '신의 영광이 드러난다' 는 의미인 것인가!"

이 모든 아름다운 광경을 잠들어 있는 팍스 1세에게 보여주고 싶은 마음뿐이었다.

발표 직후 토니 추기경이 해야 할 일은 우선 그에 대한 불만과 비판을 표출했던 추기경들을 수습하는 일이었다. 역사적인 발표가 끝나고 난 뒤, 곧바로 그들은 토니 추기경의 집무실로 밀고 들어왔다.

"왜 제멋대로 그런 발언을 했던 겁니까!" 라며 그 해명을 촉구했다. 토니 추기경은 긴급 추기경 회의를 곧바로 열어 해명할 것을 약속하였다. 자초지종을 솔직하게 털어놓을 수밖에 없었다. 그렇게 개최된 긴급회의 장소에서 그는 말을 꺼내기 시작하였다.

"밤늦도록 나는 여러분들과 합의한 내용의 원고를 정리하고 편하게 잠을 청할 수가 있었습니다. 이것이 내가 쓴 성명문입니다."

그렇게 말한 뒤 모두에게 전날 밤 자신이 쓴 것을 보여주었다. 다른 추기경이 그것을 대신 낭독하였다. 그것은 확실히 추기경 회의에서 동의한 내용이었기에 참가자들은 어찌된 일인지 영문을 알 수가 없었다.

"그런데 어째서 당신은 이것을 읽지 않았습니까?"

"나는 '심정의 계시'를 믿었던 일도 없고, 받아들인 적도 없었던 것을 여러분들은 잘 알고 계실 것입니다. 그래서 나는 이렇게 원고를 쓴 것입니다. 여러분들이 나의 이야기를 믿어 주실 수 있을지 모르겠지만, 다른 발표를 했던 것은 특별한 이유가 있어서였습니다. 어제 밤, 나는 자고 있던 중에 놀라운 꿈을 꾸었습니다."

그는 예수가 꿈에 나타난 이야기를 하기 시작하였다.

"파오 토니! 어찌하여 나를 박해하는가?" 라는 말을 꿈속에서 듣고 깨어나서도 여전히 믿을 수가 없었던 것, 그 꿈속에서의 그 이상한 음성을 '악마의 음성이 아닐까'라고 생각한 그 순간 극심한 심장의 고통을 느끼고 쓰러졌던 것, 그 때 다시 "파오 토니! 어찌하여, 나를 박해하는가?" 라는 음성을 똑똑히 들었고 그 음성의 주인이 예수라고는 상상도 할 수 없었다는 이야기를 진지하게 풀어놓았다.

"2000년 전 성 바울에게 일어난 사건이 현대에 일어났다는 말을 지금 믿으라고 하는 겁니까? 대체 그런 바보 같은 말이 어디 있어요?"

"어떻게 바보 같은 말입니까? 예수는 성 바울 시대뿐만 아니라 지금도 우리와 함께 살아계시고, 역사하십니다. 나로써도 그 꿈을 직접 꾸고도 믿을 수 없었으니 여러분들의 못 믿는 것도 당연하겠지만 내가 쓰러져 고통을 느끼는 상황에서 두 번째 음성을 들었을 때는 팍스 1세가 옳았다는 것을 확실히 깨닫게 되었습니다. 우리들이 그를 교황으로 선출했던 것도 역시 성령에 의하여 인도되었기 때문입니다. 그래서 우리들은 교황의 뜻을 관철해야 합니다. 내가 왜 여러분들에게 거짓말을 하겠습니까? 여러분들이 나를 비난하고 믿지 않는다고 하여도 내가 예수의 음성을 직접 들은 것은 사실입니다. 만약 여러분들이 나와 같은 상황이 되었더라면 반드시 나와 같이 그렇게 했을 겁니다."

몇몇 추기경들의 마음이 토니 추기경의 이야기를 객관적으로 듣고 움직이기 시작했다. 그들은 원래 교황 문서의 유효성을 인정한 사람들로 예상하지 못했던 지금의 상황에서도 그다지 반대할 이유가 없었던 것이다.

"그러고 보니 팍스 1세의 성명문에서도 '우리들은 진정으로 예수와 2000년 전에 살아 계셨을 때와 같은 의미 깊은 시대에 함께 살고 있다.' 라는 말을 들었습니다. 나는 토니 추기경이 거짓말을 한다고는 생각하지 않습니다. 이 상황에서 우리들은 토니 추기경을 믿고 따를 수밖에 없다고 생각합니다."

스튜어트 추기경이 그렇게 말하자 많은 추기경들이 그 말에 수긍했다. 반대하는 소수의 추기경들은 어찌할 도리가 없다는 표정으로 유감을 억누를 수밖에 없었다. 토니 추기경은 다시 말문을 이어갔다.

"나도 '예수의 십자가가 신의 바람이 아니었다.' 는 것을 받아들이는데는 시간이 필요했습니다. 우리들은 그러한 관점에서 생각해보지 않았기 때문에, 이해하는데 무리가 있었다고 생각합니다. 그러나 십자가는 신의 소망이나 바람이 아니라는 관점에서 다시 한 번 차분하고 냉정하게 생각해 보아야 합니다. 사실 현대 신학의 발전적인 연구의 성과로 나타난 논문들을 보면, '심정의 계시'에서 지적하고 있는 내용들을 지지하고 있다는 것을 깨달을 수 있을 것입니다.

팍스 1세가 성명문에 썼듯이 '심정의 계시'는 예수가 인류의 메시아라는 것과 십자가의 부활에 의한 구원의 가치도 부정하지 않았습니다. 단지 예수 탄생의 목적이 십자가의 죽음과 부활이 아니라 살아서 이 지상에 실제로 '신의 나라'를 건설하는데 있다는 것에 그 역점을 두었을 뿐입니다.

그러한 관점에서 본다면 종래의 전통적인 견해와 '심정의 계시'가 대립되는 관계가 아니라 지금까지의 기독교 역사를 토대로 하여, 더욱 새로운 시대를 열어가는 중요한 사건이라고 이해할 수도 있지 않겠습니까? 기독교 역사에 있어서 '심정의 계시'가 더해진다면 기독교의 미래가 밝아질 것이며 더욱 찬란한 기독교 문화를 만들 수 있을 것입니다. 문제는 우리들이 지금까지 옳다고 주장해 온 신학 중에는 틀린 신학도 포함되어 있었다는 것을 인정하고 한 번 더 기독교 교의와 역사를 검증해 보는 겸허한 마음이 필요한 때입니다. 그 열쇠가 되는 것이, 진정한 예수의 심정을 이해하려는 마음이며 '예수의 십자가는 신의 바람이 아니라, 예수는 신의 나라를 창건하기 위해 이 땅에 탄생하셨다.' 라는 진실입니다."

토니 추기경의 말을 듣고 있던 추기경들은 그가 지금까지의 기독교 역사와 교의를 결코 부정하지 않았다는 점과 가톨릭교회를 이끌고 지켜야 할 책임을 여전히 가지고 있다는 점을 다시 한 번 인식할 수 있었다. 차분한 분위기에서 토니 추기경의 이야기를 듣던 추기경들에게서 다음과 같은 이야기가 나왔다.

"그렇군요! 잘 생각해 보니 마틴 루터가 종교 개혁을 주장하고 파문되었을 때의 문제점의 대부분을 약 450년 후, 제2차 바티칸공의회에서 가톨릭교회는 받아 들였습니다. 달리 생각해 보면 그 당시 분열되지 않을 수도 있었는데 말입니다."

"제2차 바티칸공의회에서 결의된 다른 기독교 교파와의 교회일치 촉진 운동이나 유대교를 비롯한 타종교의 열린 태도도 정통적인 해석으로 이해하지 않았던 것을 보면 이번에도 그렇게 생각할 수 있지 않겠습니까?"

반대하는 사람들은 아직도 토니 추기경의 의견에 찬동도 납득도하지 않았다. 그러나 대부분의 추기경들 사이에서는 혼돈과 위기 속에서 미래의 희망을 찾기 위해 어려운 지금의 상황을 타개하자는 분위기가 생겨나고 있었다. 그러한 분위기 속에서 어느 정도 토니 추기경을 중심으로 뜻을 모이기 시작한 것이다.

그들에게 더욱 용기를 준 것은 다른 종교단체 대표자들로부터 팍스 1세의 회복을 기원하는 전문이 도착했던 것이다. 가짜 성명문이 나왔을 때 그러한 편지는 전혀 없었다. 이번 토니 추기경의 결단을 신과 예수가 인도하심을 그들도 느꼈던 것이다.

팍스 1세가 잠들어 있는 사이 기독교는 크게 변화하고 있었다. 팍스 1세는 목숨을 걸고 예수의 참된 심정을 사람들에게 알렸고 수제자 베드로도 할 수 없었던 일을 완수한 것으로 인해 새로운 기독교 문화와 세계가 다가옴을 느낄 수 있었다. 팍스 1세의 희생적인 사랑에 의하여 새로운 시대가 오기를 추기경들은 마음속으로 기도하였다.

† '신의 영광'이 드러나다

토니 추기경은 팍스 1세의 소망이 실현되도록 최선을 다하고 있었다. 그리고 김 신부와 스키레베쿠스 신부에 대한 오해도 풀려 그들을 대하는 태도도 상당히 호의적으로 변했다.

반대하는 사람들은 여전히 토니 추기경이 추기경들의 결정을 무시하고 성명을 발표했다는 이유를 들어, 팍스 1세의 진짜 성명문을 유효로 한 토니 추기경의 성명은 무효라고 주장하였다. 일부 보수적인 가톨릭 신자들도 그들과 동조하여 "교회 안에 사탄마귀가 침입했다." 라는 캠페인을 벌이기도 하였다.

그들은 이런 반대운동이 결코 자신들 만을 위한 행동이 아니며 어떠한 악의가 있어서도 아니라고 주장했다. 오히려 자신들의 그런 행동은 예수의 믿음과 사랑을 실천하기 위함이며, 정의로운 일을 하고 있다는 확신이 있다고 했다. 문제는 더욱 복잡해져만 갔고, 상황을 온전히 수습하는 일은 그리 간단한 일이 아니었다.

토니 추기경은 스튜어트 추기경과 협의한 뒤에 유능한 신학자들을 모아서 '심정의 계시'를 계속 신학적으로 연구하였고, 기독교의 전통적인 교의와 조화를 이룰 수 있는 방법을 모색토록 하였다.

그것은 예수의 십자가의 죽음과 부활의 가치를 떨어트리지 않고, 예수의 메시아로서의 정체성을 확립시키며 그 위에 예수의 목적인 '신의 나라의 건설'과 '심정의 계시'의 조화를 도모하는 혁신적인 시도였다. 이것으로 새로운 신학 논문이 나올 것임은 틀림이 없었다. 토니 추기경의 정책은 빈틈없이 진행되었다. 이것이 전 세계로 전해진다면 기독교의 다른 교파들과도 함께 협력을 제안할 수 있을 것이며 신과 예수와 모든 인류의 염원인 종교의 일치와 구체적인 세계평화 운동도 실현될 것이다.

그러나 반대하는 사람들은 여전히 저항을 계속하였으며 다음과 같이 주장하였다.

"만약 '심정의 계시'가 예수의 계시라고 한다면 성서에 예수가 기적을 일으켰고 많은 기적을 사람들에게 보인 것 같이, 반드시 어떠한 초자연적인 징표가 있었을 것입니다. 그러나 '심정의 계시'에서 기적 같은 것은 하나도 일어나지 않았습니다. 팍스 1세는 의식 불명의 상태가 계속되고 있어, 죽은 사람이나 다름없지 않습니까? 그가 그러한 비참한 상태에 빠지게 된 것은 신의 소망에 반항했기 때문에 벌어진 일입니다."

김 신부는 팍스 1세가 여전히 의식 불명의 상태에 있다는 것이 무엇을 의미하는지 계속해서 생각하고 있었다. 토니 추기경과 교황청 지도부도 그 현상을 어떻게 이해하고 해결해야 좋을지 고민하고 있었다. 김 신부는 팍스 1세의 의식 불명 상태가 하나의 큰 목표를 향하여 전진하고 있는 지금 모든 일을 방해하고 혼란을 가중시키고 있다고 생각했던 것이다.

여느 때처럼 김 신부는 친구 요한 스키레베쿠스 신부를 만나 이야기를 나누고 있었다.

"요한…. 이런 혼란스러운 상황을 어떻게 수습하면 좋을까…?"

"음…. 내가 보기에 수습은 빨리 되지 않을 것 같아. 성일에게 좋은 생각이라도 있나?"

"아니, 나도 잘 모르겠어. 하지만 뭔가가 남아 있는 것 같아. 아직도 끝나지 않았다고나 할까…."

"이미 토니 추기경도 '심정의 계시'를 받아들였고… 더욱이 가톨릭교회 전체가 그것을 받아들이는 방향으로 움직이기 시작했는데 우리가 더 이상 할 일이 있을까? 아, 역사적인 이 순간, 자네의 활약은 정말 대단했어."

"대단한 일을 했다고 생각한 적은 한 번도 없어! 그렇게 생각한다면 지금까지 해왔던 일의 가치가 상실되어버리는 것 같아서…. 그런데 왠지 이대로 일본으로 돌아가서는 안 될 것만 같은 생각이 자꾸 들어."

"그렇다면 나도 진지하게 생각해 보아야겠는데…. 네 직감은 '야노슈가고'의 건件에서도 그랬고, 진짜 성명문이 존재할 거라는 점도 놀랍게 적중시켰거든. 확실히 팍스 1세를 없애려 한 범인도 아직 잡히지 않았고 그 배후 세력에 대해서도 아무것도 알려지지 않았으니 말이야. 팍스 1세는 여전히 의식 불명의 상태에 있고…. 모든 일이 아직 깨끗하게 정리가 된 게 아니니까. 그렇다고 설마…. 자네가 그 범인을 붙잡기라도 하겠다는 말은 아니지?"

"그런 생각도 해봤지만 역시 그건 경찰에 맡겨 두는 편이 좋겠지."

"그렇다면 '마음에 걸린다.'는 말은 도대체 무슨 뜻이야?"

"예수가 팍스 1세에게 전한 '신의 영광이 드러난다' 말이 계속 걸려서…."

" '신의 영광'이란 '심정의 계시'를 교회의 지도부가 받아들이고 여러 종교와 종파 사람들이 팍스 1세의 회복을 위해 바티칸을 방문하여 기도한 것으로 충분히 드러난 것이 아닌가? 나는 그렇게 해석했는데 또 다른 뭔가가 있는 거야?"

"나도 처음에는 그렇게 생각했어. 그런데 '그것이 빗나간 생각이라면?' 하고 생각해 본거야."

"그래서?"

"성서 속에서 '신의 영광'은 예를 들어, 예수가 환자를 살리는 기적에서 나타나기도 했었지. 너도 알다시피 당시의 유대 사회에서 병이란 조상의 죄나 그 자신의 죄의 결과라 생각했어. 예수는 그러한 생각과는 달리 '신의 영광'이 드러나도록 "너의 믿음이 너를 살렸다"라고 말씀하셨던 거야. '심정의 계시'에 반대하는 사람들은 '팍스 1세는 예수의 십자가는 신의 바람이 아니라는 이단설을 믿고 교권을 이용하여 이단설을 퍼뜨렸기 때문에 그 벌로서 목숨이 위태로워졌다.' 라고 믿고들 있어. 그들의 사고방식은 예수 당시의 유대인들과 닮은 점이 많은 것 같지 않아?"

"그 말을 들으니 그런 것 같은데…. 잠깐! 그러면 '신의 영광이 드러난다' 는 말은 팍스 1세의 의식 불명의 상태와 관계가 있다는 말인가?"

"나는 그렇다고 봐. 팍스 1세의 용태가 '심정의 계시'와 연관되어 회복이라도 된다면…. 어쩌면 앞뒤가 맞는 것 같지 않아…. 지나친 생각일 수도 있겠지만 말이야."

"아무리 그래도 그건 좀 지나친 말 같은데? 그런 기대는 안 하는 것이 좋아. 그런 기적이 일어난다는 것은 현실적으로 불가능해."

"하지만…. 무엇인가 해보면 기적이 일어날 수도…."

"인간의 힘으로 기적을 일으키려는 거야?"

"그렇지는 않아! 예수도 기적을 일으키실 때 "너의 믿음이 너를 살렸다"라고 했잖아. 예수에 의하여 행해졌을 뿐 결코 일방적인 기적이 아니었던 거야. 다시 말해 인간의 신앙이 중요하다는 의미가 내포되어 있는 것 같은데…."

"팍스 1세는 스스로 어떻게 할 수가 없고…. 누군가가 대신 그 믿음을 가질 필요가 있다는 말인데…."

"그렇다고 볼 수 있지."

"그래, 이제야 조금 알 것 같네. '심정의 계시'를 퍼뜨릴 사명을 가진 자네가 그런 기적이 일어날 수 있도록, '신의 영광'이 드러나도록 무엇인가를 믿어야 한다는 말이지?"

"아, 아니야. 그런 말은…. 꼭 나에게 한정 된 것만이 아니라 '심정의 계시'를 예수의 계시라고 믿는 모든 사람들의 신앙을 하나로 묶을 필요가 있을 것 같아. 물론 너도 포함해서."

"나도 포함시켜서?"

"물론 그렇지. 왜? 싫은가?"

"아니, 그런 것이 아니라…. 어쩐지 책임이 무거울 것만 같아서. 하지만 네 말을 들으니 예수가 정말로 팍스 1세를 기적적으로 회복시킬 수 있을 것만 같은 생각이 드는데. 뭐 아니더라도 도전해 볼만한 가치는 있는 것 같아. 그런데 단지 믿는 사람들을 모은다고 해서 기적이 일어날까? 기도하는 정도라면 할 수 있겠지만…."

"구체적으로 무엇을 해야 좋을지…. 지금은 나도 잘 모르겠어. 그런데 믿음을 가지고 적극적으로 기도한다면, 아마도, 예수에 의한 무엇인가가 나타날 거야. 왜냐하면 예수에게 있어서 교황 팍스 1세는 하나밖에 없는 가장 소중하고 사랑스런 제자니까…말이야. 예수와 3년간 함께 동고동락 하며 지낸 수제자 베드로가 2000년간 기독교 역사에 있어서 아무도 이해하지 못한 '예수의 심정'을 제대로 이해한 사람이야. 그리고 목숨을 걸고 전 세계로 전하려고 노력한 교황을 예수가 의식 불명의 상태로 그냥 두겠어? 나는 결코 그렇게 생각하지 않아."

두 신부가 대화를 주고받은 며칠 후, 스키레베쿠스 신부로부터 김 신부에게 전화가 걸려왔다.

"성일! 나름대로 생각을 해봤는데, 오늘 시간 좀 낼 수 있겠나?" 스키레베쿠스 신부가, 의기양양하게 물었다.

"사실은 나도 할 이야기가 있어!"

"그래? 최근 이야기한 것과 관계가 있나?"

"응."

"그럼 전에 만난 카페에서 2시간 후. 어때?"

그렇게 만난 두 사람은 카페 라테를 주문하고 곧바로 이야기를 시작하였다.

"동시에 같이 말해 볼까?"

"그래, 좋아. 하나, 둘, 셋!"

"꿈!" "꿈이야!"

"그 꿈에 의미가 있었어!"

그렇게 서로 말하면서 두 사람은 마주보고 한껏 웃었다. 김 신부와 스튜어트 추기경이 경험한 똑같은 꿈속에서 바티칸의 팍스 1세의 병실에 테레사가 함께 있었다는 것이, 어쩌면, '신의 영광'이 드러난다는 예수의 말과 깊은 관련이 있을 것만 같았다.

"잠깐! 이번에는 내가 먼저 말하게 해줘."

스키레베쿠스 신부가 부탁했다.

"물론이지!"

"너와 스튜어트 추기경이 같은 꿈을 꾸었다는 것은 분명히 예사로운 꿈은 아니야. 그 꿈속에 의미가 있겠지. 그 꿈은 대략 두 가지 정도의 공통점을 가지고 있어. 하나는 팍스 1세가 의식을 되찾았다는 점과 두 번째는 팍스 1세의 병실에 테레사가 있었다는 점이야. 자네가 본 꿈에서는 팍스 1세가 테레사에게 감사의 말을 전했다고 했지? 그리고 빨간 장미 꽃잎! 빨간 장미 꽃잎이 무엇을 의미하는지는 아직 알 수는 없지만 그 꿈은 테레사에 의해 팍스 1세가 기적적으로 회복된다는 것을 암시하는 꿈이 아닐까라고 생각 되는데.”

“그래, 나도 그렇게 생각했어.” 그렇게 말한 김 신부는 스키레베쿠스 신부의 얼굴을 응시하며 말했다.

“문제는 지금 테레사는 일본 교토의 수도원에 있다는 거야. 그리고 그녀는 이런 꿈 이야기는 모르겠지.”

“그렇다면 그녀를 로마로 데려와야 하는데…. 상당히 어려울 수도 있어. 주교의 명령도 있어야 하고, 어지간한 일이 아니면, 일본의 수도원에서 수녀를 여기까지 오게 한다는 일은 쉬운 일이 아닌데. 약간은 무리를 해야 할 것 같군.”

“아마도 그녀는 그 꿈은 모를 거야. 그런 그녀가 팍스 1세를, 의사들도 손댈 수 없는 의식 불명의 상태의 환자를 구한다는 것은…. 그래, 있을 수 없는 일이지! …. 역시 무리인 것 같아.”

“그래도 그녀에게 그 이후 예수로부터의 새로운 계시가 있었는지 물어 볼 수는 있잖아. 우리들이 지금 생각하고 있는 일과 두 꿈에 대하여도 일단 이야기해 보는 것도 나쁘지 않을 것 같은 생각이 드는데.”

“그러면 내일 일본에 전화를 해 봐야겠군.”

† 국제 전화

로마 시간 오전 11시, 일본과의 시차는 7시간. 교토는 오후 6시로 정확히 수도원의 저녁 식사 시간이었다.

김 신부는 우선 하야타 주교에게 연락하여 사정을 설명하였다. 주교는 김 신부를 신뢰하고 있었고 수도원장 호스티아에게 연락해 주겠다고 하였다. 그는 다시 호스티아에게 전화를 걸어, 테레사와 이야기해도 되는지를 허락을 받았다.

김 신부는 주교에게 감사의 말을 전하지 못했지만 언제나 감사한 마음을 가지고 있었다. 그러나 하야타 주교의 입장에서 본다면 김 신부는 교구의 자랑이었다.

토니 추기경이 교황 팍스 1세의 진짜 성명문을 낭독했을 때, 하야타 주교는 주교관에 있는 신부, 수녀들과 함께 텔레비전을 보고 있었다. 테레사의 이름이 그 안에 나오리라고는 상상도 못했기 때문에 그곳에 모인 모든 사람들은 정말 놀랐다. 김 신부의 이름은 나오지 않았지만 그가 교황의 성명문을 낭독하게 되기까지 배후에서 큰 활동을 하고 있음을 알 수 있었다.

'예수의 성심을 위로하는 선교회'의 수도원에서도 같은 상황이었다. 가장 놀란 사람은 테레사 자신이었다.

로마 쪽의 사정을 모르고 전화를 들었던 호스티아는 이전보다 더욱 애정이 넘치는 목소리로 친절하게 바꾸어 주었다.

"여보세요? 김입니다. 테레사입니까?"

"예! 안녕하세요!"

수화기 속에서 테레사의 맑은 목소리가 들려왔다. 마지막으로 만났을 때와 변함없는 분위기의 목소리였다.

"사실 이곳에 어떤 일이 있어 상의를 할 것이 있어 전화를 드렸습니다. 잠깐이면 되는데, 괜찮겠습니까?"

"네! 건강한 신부님 목소리를 들으니 안심이 되네요. 하야타 주교님이 말씀하시길 김 신부께서 어려운 일을 맡아 고생하고 계신 다기에 약간 걱정하고 있었습니다. 이번에 토니 추기경님이 역사적인 성명문 발표를 하기까지 김 신부님의 역할이 크셨다고요! 정말 고생 많이 하셨습니다. 그런데 이렇게 전화까지 주시니 정말로 감사합니다."

"아닙니다. 별 말씀을. 수녀님이 열심히 기도해주신 덕분에 제가 얼마나 위로와 격려가 되었는지 모릅니다. 정말로 감사합니다."

김 신부는 그렇게 말한 뒤, 파레-르-모니알 방문과 로마에서의 생활 등, 일본을 떠난 뒤에 지금까지 있었던 일들을 요약하여 설명하였다. 테레사는 많은 말을 하진 않았지만 그녀의 떨리는 목소리로부터, 비록 그녀에게 이탈리아에서 체포 구금당한 이야기를 하지 않았지만, 그 일을 걱정하는 느낌이 전해지는 듯 해 김 신부는 너무나 기뻤다. 그리곤 왜 갑자기 전화를 하게 되었는지 이야기하기 시작했다.

예수의 소망과 바람을 이루기 위해 아직 무엇인가 해야 할 일이 남아있다는 말과, 이대로 일본으로 돌아가서는 안 될 것 같다는 말, 더욱이 '신의 영광'을 드러내기 위한 예수의 말씀에 중요한 의미가 있다는 말과, 스키레베쿠스 신부와 주고받은 대화 등에 대하여 이야기를 하였다. 그리고 마지막으로 두 사람이 겨우 내린 결론에 대하여 이야기를 하였다. 그녀가 진지하게 듣고 있다는 느낌이 수화기를 통해 전해져 왔다.

교황 팍스 1세의 건강회복에 대해서는 그녀도 김 신부나 스키레베쿠스 신부처럼 그대로 있을 수 없어, 그녀뿐 아니라 일본 수도원 전체가 계속해서 기도와 정성을 드리고 있던 중이었다.

두 남자가 본 꿈의 해석에 의해 그녀가 팍스 1세의 회복을 위해 바티칸으로 가야 한다는 제안에 테레사는 대단히 놀란 동시에 망설임이 일었다.

그 제안에 대하여 망설이는 것이 그녀는 내성적인 성격 때문인지, 아니면 김 신부의 해석에 동의할 수 없다는 것인지, 전화만으로는 알 수가 없었다. 테레사는 그 후 예수의 계시는 받지 않았다고 말했다.

"이번 일에 연관하여 혹시 기도 중에 무엇인가 느껴지는 것이 있으면 바로 연락을 주십시오. 아직 당신이 동의 하지는 않았지만, 급한 상황입니다. 이쪽에서는 스튜어트 추기경을 통해서 토니 추기경에게 당신을 바티칸으로 초청하도록 설득해 보겠습니다. 어려운 일이지만, 가능성이 없는 일은 아닙니다."

"왜 제가 교황님을 만나야 하나요?"

그녀는 내키지 않았지만 무엇인가를 느꼈는지 그렇게 물었다.

"…알겠습니다. 예수님이 바라시는 소망이 이루어지도록 기도하겠습니다."

토니 추기경이 낭독한 팍스 1세의 진짜 성명문 안에 테레사의 이름이 있었던 것은 그녀의 마음을 어지럽게 하였다. 더욱이 발표 이후 호스티아와 다른 수녀들의 그녀에 대한 태도가 바뀐 것이다. 그녀는 그것이 좋지 않았다.

그녀는 예수의 심정을 전하기 위해 사람들 앞에서 적극적인 행동을 하진 않았지만 토니 추기경의 역사적인 성명문의 발표이후 그녀의 마음은 평온할 수가 없었다. 항상 자신의 성격을 억제했던 그녀는 많은 사람들에게 주목받는 일에 서툴렀다. 이번 팍스 1세의 성명문에 테레사의 이름이 포함되어 있었고 그것이 전 세계에 알려진 것에 그녀는 평상심을 잃어버렸던 것이다.

교황이 의식 불명으로 쓰러진 후에 그녀는 회복을 위한 기도를 열심히 드렸다. 자신이 할 수 있는 일이라면 어떤 일을 해도 좋지만, 로마까지 가서 교황 팍스 1세의 병을 고친다는 일은 감히 엄두도 나지 않는 일이었다.

그러나 김 신부와의 통화 이후, 예수의 마음을 달랠 수만 있다면, 그녀에게 어떠한 시련이 있다 해도 하겠다는 결심에 변함이 생긴 것도 아니었다.

† 초청하기 위해

다음날 아침, 김 신부와 스키레베쿠스 신부는 신앙교리성의 스튜어트 추기경의 집무실을 방문하였다.

"추기경님! 잠깐 시간이 있으시다면 드릴 말씀이 있습니다."

스키레베쿠스 신부가 말을 꺼냈다.

"김 신부가 유치장에 있을 때, 당신이 본 꿈을 기억하고 계십니까?"

"물론 기억하고 있지요. 굉장히 인상적인 꿈이었으니까."

"오늘 시간을 내주시기를 부탁 드렸던 것은 사실 그 꿈에 관하여 말씀 드릴 것이 있기 때문입니다."

"그래요, 어떤 일입니까?" 스튜어트 추기경이 깊은 흥미를 느끼며 물었다.

"그날, 그 꿈을 추기경으로부터 들은 이야기를 유치장에 있는 김 신부에게 그래도 전했을 때, 그도 같은 꿈을 꾸었다라고 했습니다."

"같은 꿈! ……. 교황과 테레사가 만난 꿈 말입니까?"

"예! 그렇습니다." 김 신부가 대답했다.

그리고 김 신부는 그가 본 꿈에 대하여 이야기 하였다. 그리고 두 꿈은 단순한 꿈이 아니라 '심정의 계시'에 영향을 미치는 중요한 의미를 가지고 있으며 어쩌면 팍스 1세의 의식을 되찾을 수 있는 '예수의 소망'으로 그들은 해석하고 있다고 전했다. 추기경도 수긍하며 열심히 듣고 있었다.

"그래요, 내가 어떻게 도와주면 됩니까?"

"토니 추기경에게 부탁드려, 테레사를 정식으로 로마에 초청해 주셨으면 합니다. 팍스 1세의 의식을 되찾기 위한 가능성에 도전해 보고 싶습니다."

"그 정도라면 어렵지 않습니다만…. 한 가지 마음에 걸리는 것은 테레사가 팍스 1세의 의식을 회복시킬 수 있는 방법을 두 분께서는 알고 있다는 겁니까? 만일 그녀가 예수로부터 새로운 계시를 받아서 교황을 회복시킨다는 확신만 있다면, 나도 토니 추기경에게 말하기 쉽고, 그도 받아들이기 쉬울 것 같습니다."

"테레사에게 물어 봤습니다만 사실 그녀는 이번 일에 그다지 적극적이지 않습니다. 또 그 이후, 예수로부터 새로운 계시는 받지 않았다고 합니다."

"그래요? 그렇다면 조금 어려울 것 같은데…. 당신들의 해석만으로 그녀를 로마에 초청해야 한다고 토니 추기경에 진언하는 건 설득력이 부족하지 않을까요?"

"우리들도 그렇게 생각합니다. 그러면 이 해석은 우리들만으로 한정하고, 예수에게 '심정의 계시'를 받은 수녀라는 명목으로 초청할 수는 없겠습니까?"

"그게 낫겠군요. 교황의 병이 호전되는 일로 '신의 영광'이 드러난다는 해석을 제외하고 순수하게 '심정의 계시'를 받은 수녀를 초청하는 쪽으로 생각해 봅시다. 그것만으로도 의미는 충분히 있으니까요. 그래야 테레사의 부담도 줄일 수 있겠지요. 그렇게 이해해도 괜찮나요?"

"물론 괜찮습니다! 추기경님! 협조해 주셔서 진심으로 감사합니다."

두 사람은 스튜어트 추기경의 배려에 머리 숙여 감사의 마음을 전하고 그의 집무실을 나왔다.

"테레사가 로마에 온다면 새로운 희망의 길이 열릴 수도 있어!"

두 사람은 긍정적으로 생각을 하였다.

† 로마에서의 재회

테레사는 로마의 교황 팍스 1세를 만나기 위해 오사카(大阪) 간사이 국제 공항에서 비행기를 타고 날아올랐다. 그러나 그녀는 지금 기내에 있는 자신이 이상하게 느껴졌다. 바티칸에서 교황의 회복을 위한 기도를 드릴 수 있는 이 은혜가 머리로는 이해되지만 막상 실감은 나지 않았다.

그녀가 호스티아를 통해 전달받은 초청장은 교황대리인 토니 추기경이 쓴 정식 양식 문서로, 다음과 같이 쓰여 있었다.

초청장

목숨을 걸고 '심정의 계시'를 전 인류와 세계평화를 위해 그것을 전하려 노력하다 의식 불명의 상태에 빠지신 교황 팍스 1세를, 예수로부터 '심정의 계시'를 직접 받은 테레사 우에노 수녀님이 직접 방문 하는 일은 교황님에게 있어서도, 테레사 우에노 수녀님께도 매우 기쁜 일이 될 것으로 사료됩니다.

따라서 교황대리인 나 '파오 토니'는 테레사 우에노 수녀님에게 교황 팍스 1세를 위해 바티칸에서 직접 기도해 주기를 바라고 이에 정식으로 초청하는 바입니다.

기간은 2주일, 왕복 여비와 숙박비용은 바티칸이 부담한다고 쓰여 있었다. 그녀는 황공해 하며 초청을 받아들이기로 했다.

그러나 하야타 주교를 통해 이 초청을 다른 사람들에게 밝히지 않기를 바란다는 말만 바티칸에 전했다. 그녀의 바람은 받아들여졌고 불안한 마음을 감출 수는 없었지만 예수에게 모든 일을 맡기고 믿음으로 나아 갈 수밖에 없었다.

로마 체류 중에는 '예수의 성심을 위로하는 선교회'의 본부수도원에 숙박하게 되었다. 공항에는 선교회에 유일한 일본인 수녀가 마중 나오기로 되어있었다. 테레사는 이탈리아어도, 영어도 할 수 없었기 때문이다.

비행기 안에서 테레사는 이제까지 예수에 의하여 이끌려 왔던 자신의 인생을 로마에 도착할 때까지 회상하였다. 오늘날 세계 각국의 상황을 보면 아직도 매일같이 전쟁과 살육, 빈곤과 질병으로 많은 사람들의 생명 사라져 가는 슬픈 사건들이 급증하고 있다. 인류는 어느 시대를 불문하고 행복을 염원하며 평화로운 세상을 추구했지만 현대 과학과 물질문명이 고도로 발달된 오늘날에도 희망에 찬 평화와 행복의 세계를 이루지 못했다. 아직도 고통과 신음 속에서 살아가는 많은 민족과 나라들이 존재하는 것이다.

많은 사람들은 미래의 희망의 세계를 바라보지 못하고 불안한 현실문제에 빠져, 행복이나 평화의 세계는 환상일 뿐, 그런 세계를 건설한다는 것은 불가능하다고 생각하기도 한다. 테레사에게도 이 세상의 현실과 미래가 희망으로 느껴지지 않았던 것이다. 그러나 예수에 의하여 이끌려왔던 지금까지의 과거를 뒤돌아보며 언젠가는 행복한 세상이 올 것이라고 막연히 믿었던 자신을 떠올렸다.

테레사는 예수의 심정을 증명하기 위해 많은 고생을 한 김 신부의 활동을 하야타 주교를 통하여 듣고 있었다. 유치장에 들어갔다는 사실을 알았을 때는 자신 때문이라고 생각되어 고통스럽게 자학하기도 하였다. 그리고 김 신부를 지켜주도록, 얼마나 기도를 드렸는지 모른다.

김 신부는 체포되어 유치장에 구속되었던 일에 대하여 그녀에게 아무런 말도 하지 않았다. 그의 헌신적인 활동과, 스키레베쿠스 신부의 협력, 무엇보다도 교황 팍스 1세의 절대적인 예수의 사랑을 생각하면 가슴이 뜨거워졌다.

자신과 같이 예수의 심정을 이해하려고 노력하고, 진정으로 예수를 사랑하는 사람들은 역사 속에 많이 있었다. 그 사람들의 노력과 협력에 의하여 이제까지 이해된 적이 없었던 예수의 슬픔과 심정이 조금씩 밝혀지는 것 같았다.

예수의 슬픈 심정을 위로하는 일은, 인류가 걸어온 길 위에 서 있던 수많은 사람들의 슬픈 영혼을 위로하는 일이며 인류의 행복과 미래를 위해 반드시 풀어야 할 과제라고 그녀는 믿고 있었다.

로마의 레오나르도다빈치Leonardo da Vinci공항에서 테레사의 도착을 기다리고 있었던 김 신부의 머릿속에는 다양한 과거의 장면들이 떠올랐다. 원래 테레사를 마중하기로 한 로마의 '예수의 성심을 위로하는 선교회'의 일본인 수녀가 갑자기 병이 들어 스튜어트 추기경으로부터 김 신부에게 직접 전화가 걸려왔다.

부탁을 받은 김 신부는 스키레베쿠스 신부와 함께 테레사를 마중하기로 했다. 지금까지 '심정의 계시'를 증명하기 위해 여러모로 도와준 친구를 테레사에게 하루라도 빨리 소개하는 일은 그에게 있어서 중요한 일이었다. 다른 한편으로는 경찰에게 두 사람의 과거의 관계에 대하여 진술한 사실도 있는 상황에서 두 사람만 따로 만나는 일은 오해를 불러올 수도 있다는 망설임도 있었다.

우에노 고코로를 내버려두고 교토의 가와라마치에 "신이시여!" 라고 외치며 뛰어 갔을 때의 자신의 모습과 신부가 되는 길을 선택하여 그로 인하여 고생했던 일, 그녀와의 재회와 '심정의 계시'의 만남, 미나미다 신부로부터 들었던 아버지의 폐암 수술의 장면과 아버지의 꿈, 파레-르-모니알을 방문했던 일, 대책위원회에서의 보고와 논의, 체포와 석방…. 등 다양한 기억들이 그의 머릿속에서 혼란스럽게 맴돌고 있었다.

'교토의 수도원 작은 응접실에서 재회했을 때, 이런 날이 오리라고 누가 상상이라도 했을까? 테레사는 2000년간 아무도 이해할 수 없었던 예수의 진정한 심정을 알리기를 원했고, 다양한 갈등을 넘어 예수의 심정을 이해한 것도 그녀였다. 그 모든 일은 그녀와 예수의 만남으로부터 시작되었던 것이다. 거슬러 올라가면 테레사의 어린 시절, 우에노 코코로가 외톨이로 고독한 한때를 보호 시설에서 보냈던 시절부터였다. 나무로 된 작은 지구 모양의 공에 박혀있던 십자가를 뽑는 일을 도와주기를 어린 예수는 원했다. 어린 예수가 원하는 대로 응한 그녀는 함께 십자가를 뽑았다. 그리고 다음 날도, 어린 예수의 부탁으로 그가 업고 있던 십자가를 떼어 주었다. 그때 그녀가 들었던 십자가의 무거움에 너무나 놀랐고 작은 어린 아이가 들기에는 너무 무거운 십자가를 매고 있어야 하는 예수를 너무나 불쌍하게 생각했던 것이다.

그 어린 예수와 테레사와의 만남이 최종적으로 로마교황 팍스 1세에

게까지 영향을 주었고, 가톨릭교회와 전 세계에 새로운 시대의 개막을 알리게 되었던 것이다.'

그렇게 생각하던 김 신부는 눈으로 보이지 않는 예수와 테레사의 심정의 접촉은 무엇으로도 바꿀 수 없는 귀중한 것이라고 생각하였다.

"예수라면, 일본의 한 수녀를, 어떤 기분으로 맞이할까?"

그 질문에 갑자기 김 신부는 예수의 애처로운 심정이 전해오는 느낌이 들었다.

약간의 기다림 끝에 드디어 슈트케이스를 끌며 테레사가 불안한 표정으로 출구 앞에 모습을 드러냈다. 두 손을 흔들고 있는 김 신부를 알아 본 그녀는 놀라며 기쁘게 손을 흔들었다.

김 신부는 순간 영화관에서 혼자 내버려두고 가버리다 다시 뒤돌아본 자신에게 억지웃음을 지으며 작은 손을 흔들고 서있었던 그녀의 모습을 돌연 떠올렸다.

"그녀가 맞아?"

스키레베쿠스 신부의 질문에 제 정신이 든 김 신부는 테레사에게 자기가 대신 마중 나온 사정을 설명하고 스키레베쿠스 신부를 소개하였다. 그리고 셋은 '예수의 성심을 위로하는 선교회'의 본부수도원을 향하였다.

수도원에 도착해 김 신부는 한 수녀가 테레사에게 하는 말을 통역해 주었다. 서로 오랜만에 만난 그들에겐 할 이야기가 많았지만 그 날은 앞으로의 일정을 소개하는 것만으로 만족하고 헤어졌다. 다음날, 바티칸에서 토니 추기경과의 약속은 오후 4시였으며 그때까지는 로마시내를 구경하기로 하였다.

다음 날, 테레사가 머무는 수도원에서 다시 만난 세 명은 콜로세움과 포로로마노 등을 둘러보았다. 테레사에게는 모두가 사진으로만 봤던 웅장한 건물과 풍경들이었다.

레스토랑에서 점심을 하면서 이런 저런 이야기를 하고 있을 때, 테레사가 갑자기 진지한 어조로 말을 꺼냈다.

"김 신부님! 그 때의 꿈 이야기를 한 번 더 해 주실 수 있겠습니까?"

두 신부는 깜짝 놀라 서로 마주보았다. 그들은 테레사가 꿈에 대해 그다지 말하고 싶지 않을 것이라고 생각했기 때문이다.

"그 꿈에 대해 별로 듣고 싶지 않았던 것 아닌가요?"

"예, 그건 지금도 그렇지만…. 그러나 역시 마음에 걸려서…."

"그렇다면 얼마든지 해드려야죠." 그렇게 말한 김 신부는 한 번 더 자신이 꾼 꿈과, 스튜어트 추기경이 보았다는 꿈에 대해 말하기 시작하였다.

"예…? 빨간 장미 꽃잎이라고요?"

김 신부가 본 꿈에 빨간 장미 꽃잎이 나타났다는 말에 테레사가 돌연 놀랐던 것이다. "전화상으로는 듣지 못했는데요?"

"그러고 보니 전화 통화할 때는 장미꽃은 말하지 않았어요. 그런데 빨간 장미가 무슨 의미라도 있습니까?"

"아니에요, 그냥 기분 탓인가 봐요…."

두 사람은 그녀가 무엇인가 고민하고 있다는 것을 알아차렸다. 갑자기 무언가 골똘히 생각하며 그녀의 얼굴이 진지한 표정으로 굳어졌기 때문이었다.

† 눈물의 꽃잎

점심 식사 후, 세 명은 유명한 건물들을 지나 바티칸을 향하였다. 토니 추기경과의 약속 시간까지는 아직 여유가 있었지만 산 피에트로 대성당을 안내하기 위해 조금 빨리 출발하였다. 광장에는 다양한 나라와 인종, 다른 종교 사람들과 크리스천들이 섞여 팍스 1세의 회복을 기원하는 있었고, 그 모습은 신비스럽고 아름다운 광경이었다.

일행은 산 피에트로 대성당을 둘러보고 나서 스튜어트 추기경과 대성당 앞에서 만나 토니 추기경이 교황대리로서 전 세계의 요직에 있는 사람들을 접대하는 교황의 집무실로 향하였다. 김 신부가 팍스 1세와 만난 그 집무실이었다. 암살에 사용되었던 입구의 십자가상은 보이지 않았다. 교황 팍스 1세가 초청해 준 그날이 생각났다.

토니 추기경은 스튜어트 추기경에게 소개받은 세 명을 따뜻하게 미소로 맞이해 주었다.

"여러분들은 '심정의 계시'를 믿고, 어려운 상황에서도 최선을 다해 주었습니다. 교황 팍스 1세를 대신하여 진심으로 감사드립니다." 그는 테레사와 두 사람의 신부에게 감사의 말을 전했다. 테레사에게는 아득히 먼 일본에서 팍스 1세를 위해 문안하여 준 것에 대하여 특히 정중하게 예를 갖추었다.

"토니 추기경님이야말로 어려운 입장에서도 진짜 성명문의 유효성을 전 세계를 향하여 선포해 주셨습니다. 진심으로 감사드립니다."

테레사로부터 그런 이야기를 들은 토니 추기경은 양손을 살짝 들어 기쁜 마음을 표현했다. 김 신부와 스키레베쿠스 신부도 그녀와 같은 마음인 것을 전하였다. 각각 다른 곳에서 예수의 심정을 간구하며 걸었던 길이 결국엔 서로 연결되어 있었다.

잠시 동안 친근한 대화가 오고 갔다.

"자! 그러면 교황님이 계신 곳으로 안내하겠습니다."

토니 추기경이 그렇게 말하자 모두 팍스 1세의 병실로 이동했다. 의료기기에 둘러싸여 몸 여러 군데에 몇 개나 되는 관을 붙인 팍스 1세는 살아있는 시체와 같이 여윈 모습으로 누워 있었다.

예수의 상처받은 마음을 달래기 위해 목숨을 바친 그의 숭고한 행위의 결과라고 생각하니, 세 사람은 슬픈 마음이 더욱 아파왔다. 병실에는 교황의 담당 의사와 간호사 수녀들이 있었다.

테레사는 의식 불명의 팍스 1세의 침대 옆에 가까이 다가가 눈을 감고 조용히 기도하기 시작하였다. 다른 사람들도 함께 그녀를 따라 기도를 했다. 그들이 눈을 뜨고 나서도 테레사는 여전히 기도하고 있었다. 그 기도하는 모습과 분위기는 팍스 1세를 깊이 사랑하고 존경하는 모습으로 비춰졌다.

잠시 후, 조금 긴장했던 그녀의 얼굴에 온화한 미소가 보였다.

그녀의 눈에서 한 줄기 눈물이 흘러 떨어졌다. 그것은 슬픔의 눈물이 아니었다. 감정이 얼굴에 드러난 것도 아니고, 오열도 들리지 않는 평온하고 조용한 눈물이었다. 주변 사람들은 테레사가 누군가와 마음과 마음으로 대화하고 있는 인상을 받았다.

기도를 마친 테레사의 눈빛은 수정처럼 끝없이 맑았다. 어딘가 모르게 그녀 자신이 아닌, 평소의 내성적이고 수줍은 그녀와는 다른, 너무나도 늠름하고 아름다운 모습이었다.

“저는 이곳에 들어올 때까지도 매우 불안했어요. 그 불안은 김 신부님의 전화를 받았을 때부터 시작되었죠. 전화로 김 신부님은 “무엇인가 아직 해야 할 일이 남아있다”고 저에게 이야기를 했어요. 그 후 스튜어트 추기경님과 김 신부님이 같은 날, 같은 꿈을 꾸었다는 이야기를 들었어요. 그 말을 듣는 그 순간, 아직도 해야 할일이 남아 있다는 김 신부님의 생각은, 저의 생각이 되어 버렸어요. 의식 불명에 빠져있는 교황님이 회복될 수 있도록 내가 무엇을 할 수 있을까? 이렇게 부족한 내가 어떻게 그런 일을 할 수 있을까에 대해 많은 고민을 했어요. 무엇을 해야 할지 예수님에게 간절히 여쭈어 보아도 응답은 돌아오지 않았어요. 그런데 조금 전 김 신부님과 스키레베쿠스 신부님과 함께 점심을 했을 때 꿈속에서 ‘빨간 장미 꽃잎이 있었다.’ 라는 이야기를 들었어요. 그 이야기를 듣고 희망이 느껴졌어요.

그리고 지금! 기도 중에 예수님과의 만남을 통해 그 희망은 확신으로 변했죠!”

그렇게 말한 그녀는 목에 걸고 있던 목걸이를 풀었다.

“저는 예수님으로부터 ‘심정의 계시’를 받기 전까지 십자가 목걸이를 걸고 다녔죠. 그러나 그 이후, 십자가를 떼고 이 목걸이를 걸었죠. 이 목걸이는 저에게 있어서 아주 특별하고 소중한 것입니다. 이것이 저와 예수님과의 만남의 징표이기 때문이죠."

그녀는 목걸이 끝에 붙어있는 장식 케이스를 열어 모두에게 보여 주었다. 모두 몸을 기울여 그 목걸이의 작은 케이스 안을 보았다.

"장미 꽃잎!"

스키레베쿠스 신부가 먼저 외쳤다. 다른 사람들도 놀라서 얼굴을 서로 마주 보았다. 목걸이 끝에 달려있는 케이스 안에 작은 빨간 장미 꽃잎 하나가 들어있었던 것이다.

"제가 '예수님의 십자가의 죽음이 신의 바람이 아니었다.' 라는 것을 처음으로 깨달았던 날의 일이었죠. 저는 이제까지 그런 진실을 아는 사람이 한 사람 없이 2000년간 오해 받은 예수님의매인 심정을 생각하며 울고 있었어요. 그때까지 예수님의 마음을 잘 이해한다고 생각했던 저의 오만함이 산산이 부서지기 시작했죠. 저는 황송하고 부끄러운 마음에 얼굴을 들 수 없었어요. 그 때에 예수님이 눈물을 흘리셨고, 그 눈물이 저의 이마에 닿았어요."

"그 이야기는 김 신부의 보고를 통해서 들어서, 기억하고 있어요." 스튜어트 추기경이 말하였다.

"김 신부님에게는 전부 이야기하지 않았습니다. 그 때 저의 이마에 닿은 눈물이 아래에 피어있던 한 송이 장미꽃에 떨어진 것입니다."

"그 장미의 꽃잎이군요."

"예 그렇습니다. '예수님의 눈물'이 떨어진 '장미 꽃잎'입니다."

모든 사람들은 너무나 소중한 목걸이의 작은 장미 꽃잎을 응시하며 숨을 들이켜 쉬었다. 이미 상당한 기간이 경과했는데도, 그 꽃잎은 방금 떨어진 꽃잎처럼 신선한 색조를 그대로 유지하고 있었다.

"오늘 점심 때, 김 신부님의 꿈속에 나타난 '빨간 장미 꽃잎'은 이것이라고 추측은 했지만 확신은 없었죠. 그런데 여기서 여러분들과 함께 기도를 드렸을 때에 '그렇다'라는 의미가 분명히 느껴졌습니다."

"예수님께서 그렇게 알려주셨습니까?"

"그렇지는 않지만 그런 마음이 느껴진 겁니다. 그리고 희망의 빛이 보였죠. 저의 마음에 지금 느껴지고 있는 생각을 추기경님께 부탁해도 되겠습니까?"

"물론이죠!" 토니 추기경이 대답하였다.

"지금 산 피에트로 광장에 있는 모든 사람들과 함께 잠시 교황 팍스 1세의 회복을 위한 특별 기도를 드리는 시간을 갖고 싶습니다. '마음을 하나로 하여 기도해 주십시오.' 라고 방송해 주실 수 있겠습니까?"

그녀의 의연한 태도에 김 신부는 통역하기가 조금 망설여졌지만 토니 추기경은 스튜어트 추기경에게 그녀의 말에 따라 그대로 하도록 배려하였다. 잠시 후 테레사가 말한 메시지가 스튜어트 추기경의 목소리로 이탈리아어와 영어, 프랑스어 그리고 스페인어, 독일어로 두 번씩 되풀이하여 장내에 방송되었다.

광장에 있던 사람들은 갑자기 방송이 흘러나오자 잠시 망설였지만 무엇인가 중요한 의미가 있을 것 같아 각자 열심히 기도하기 시작하였다. 그들 중에는 눈물을 흘리며 간절히 기도하는 사람들도 있었다. 방송의 의미를 모르는 사람들도 있었지만 주변 사람들의 상황을 보고서 그대로 따라 하였다.

스튜어트 추기경이 방송을 마치고 다시 돌아 왔을 때 테레사는 방에 있는 사람들에게 다음과 같이 말하였다.

"여러분의 손을 교황님의 몸에 대고, 회복을 위한 기도를 해 주십시오. 예수님이 진심으로 교황님을 사랑하고, 그의 회복을 바라고 계시는 것을 믿어 주십시오."

테레사는 목걸이에서 장미 꽃잎을 꺼내 팍스 1세의 입술 위에 올려 두었다. 그리곤 그녀의 손을 교황의 이마 위에 두고, 모두가 겨우 알아들을 수 있을 만큼의 작은 목소리로 기도하기 시작하였다. 김 신부는 그 기도를 통역하였다.

"그리운 예수님! 당신께서 얼마나 팍스 1세 교황을 사랑하시는지 우리들은 잘 알고 있습니다. 2000년간 아무도 이해해 주지 못했던 당신의 심정을 이해하였고, 당신의 슬픔과 고독한 심정을 위로해 드리기 위해 목숨을 바치려 하였습니다.

신이시여! 예수님의 죽음을 신이 원하지 않았던 것처럼, 팍스 1세 교황의 죽음도 당신이 바라지 않음을 저희들은 잘 알고 있습니다. 사랑하는 예수님! 교황이 당신의 말을 믿었던 것처럼, 우리들도 당신의 말을 믿습니다. 지금이야말로 "신의 영광"이 드러날 때라고 우리들은 믿습니다. 주님의 사랑의 권능으로, 교황님을 잠으로부터 깨워 주십시오. 간절히 바라옵고, 원하옵니다. 그리하여, 신의 영광이 이 지상에 드러나기를…"

그 후 그녀는 침묵으로 계속해서 기도를 드렸다. 잠시 후 그녀의 얼굴이 고조되기 시작하였다. 그녀가 예수와의 깊은 영적인 교감을 통하여 대화하고 있음을 누구나 알 수 있었다. 그들은 눈이 크게 뜨고 주시하였고 그 광경에 마음이 움직이고 있었다.

지금까지 성인들의 이야기를 책에서 읽은 적은 있었지만 성인들이 체험했다는 지복직관(至福直觀 : 하느님을 직접 뵙는 복된 상태)이라는, 신과의 친밀한 만남의 체험은 바로 이런 느낌일 것이라 생각하였다.

드디어 그들은 어디선가 불어오는 향기로운 꽃향기를 느끼기 시작하였다. 그것은 달콤한 장미꽃의 향기였다.

그 때 교황 팍스 1세의 입술 위에 두었던 장미 꽃잎이 놀랍게도 흔들리고 있었다. 지금까지 전혀 움직이지 않았던 의료기의 바늘도 서서히 움직이기 시작하였다. 교황의 눈꺼풀이 작게 떨리는 순간…. 드디어 놀랍게도 천천히 교황의 눈꺼풀이 움직이기 시작하였다.

너무나도 놀라운 상황에 모두가 말을 잃어버렸지만, 가장 놀랐던 사람은 '교황의 회복은 거의 불가능하다'라고 진단을 내렸던 교황의 담당의사였다.

"스튜어트 추기경님! 광장에 있는 사람들에게 '신께서 여러분들의 기도의 음성을 들어주셔서 팍스 1세교황은 조금씩 회복을 보이고 계십니다. 그리고 예수님의 가르침대로 신의 영광이 드러나셨습니다.' 라고 방송해 주십시오. 또 감사의 말도 함께 전해 주셨으면 좋겠습니다."

스튜어트 추기경은 테레사의 말을 듣고 기쁨에 넘쳐 서두르기 시작하였다. 언제나 냉정했던 스튜어트 추기경도 감동으로 침착성을 잃은 듯, 조금 높은 톤의 목소리가 산 피에트로 광장에 울려 퍼졌다. 일순 침묵이 흐른 뒤, 큰 박수와 환호성으로 광장은 축제처럼 들끓었다. 가톨릭도, 프로테스탄트도, 불교도, 이슬람도 상관없이 서로가 서로를 끌어 안고 신에게 찬미하며 경사스럽고 기적적인 사건을 축하했다. 교황선출이 결정된 때에 울리는 종소리가 울려 퍼졌다. 날은 기울기 시작했지만 사람들은 광장을 떠나지 않았다. 모든 사람들의 얼굴에 기쁨과 행복의 미소가 석양 빛에 물들어 있었다.

사람들은 이런 일을 기적이라고 부르는 것일까? 기적이라고 한다면 그것은 예수와 고코로의 만남이 지금 이 순간의 기적을 낳은 것이라고 김 신부는 생각하였다. 테레사가 예수의 심정을 이해하는 순간, 예수의 마음은 움직여 눈물을 흘렸다.

그 한 방울의 눈물에는 예수의 무한한 사랑이 응축되어 있었다. 그리고 이 작은 장미꽃잎에 예수의 심정이 사무쳐 있었다. 그 예수의 사랑과 심정이 눈물이 되어, 사람의 육안으로는 보이지 않지만, 사람의 모든 죄를 용서하고, 싸움과 미움, 시기와 질투를 제거하며, 고독과 슬픔, 괴로움과 질병을 극복하게 하여 기쁨과 사랑과 평화와 행복을 열어주는 희망이 되었던 것이다.

에필로그

일주일이 채 지나지도 않아 팍스 1세는 급속히 회복되었다. 유도 식사에서 가벼운 음식도 잘 삼킬 수 있게 되었다. 다른 사람의 도움을 빌리지 않고도 스스로 조금씩 걸음을 옮길 수 있게 되자 퇴원해 자신의 집무실로 돌아올 수 있게 되었다.

집무실로 되돌아온 첫날 오후였다. 그의 식사를 언제나 준비했던 안젤라 롯티 수녀가 오랜만에 서재에서 책을 찾고 있던 교황을 보고 돌연 그 앞에 쓰러져 울기 시작했다.

"괜찮아요? 안젤라? 무슨 슬픈 일이라도 있었습니까?"

팍스 1세가 그녀에게 물었다.

"교황님!… 용서해 주십시오!… 제가… 한 짓입니다."

팍스 1세는 그녀가 무슨 말을 하고 있는지 이해할 수 없었다.

"십자가 예수 상 발에… 독을 칠한 것은 바로… 저입니다!"

팍스 1세는 그녀의 말을 믿을 수가 없어 한 순간 말이 나오지 않았다. 안젤라는 오열하며 지금까지 있었던 일을 털어놓았다.

"사실… 갓시니 추기경은 저의 외숙부로서, 제 이름을 지어준 사람이기도 합니다. 갓시니 추기경이 '교황님은 십자가혐오 신드롬이라는 이단에 빠져있다. 가톨릭교회를 지키기 위해서는 이 방법 밖에 다른 길이 없다.' 라고 하셨습니다. …처음에는 전혀 믿을 수 없었습니다만… 그런데 추기경의 이야기를 계속 듣고 보니 교황님이 지금까지 하시던 십자가에 입맞춤을 하지 않으셨고, 십자가를 보시고 기분 나빠하는 모습을 자주 보게 되었습니다. 그래서 갓시니 추기경의 말이 정말인 것처럼 느껴졌습니다. …교황님! …제가, 그 무서운 죄를 저지른 것입니다. 저는 이제부터 어떻게 하면 좋습니까?"

그녀는 다시 쓰러져 하염없이 울기 시작하였다. 한참 동안 그녀는 흥분으로 눈물을 멈출 수가 없었다.

그런 그녀에게 팍스 1세는 옆으로 다가가 그녀의 어깨에 손을 얹고 자상한 목소리로 위로의 말을 전하였다.

"안젤라, 안심하세요! 아무도 당신을 심판할 사람은 없어요. 나 역시 비난하지 않을 것입니다. 이제 그만 울음을 그치세요."

그녀는 믿을 수 없다는 표정으로 교황을 올려 보았다. 교황의 눈은 상냥하게 미소를 짓고 있었다. 그녀는 그 말이 교황의 거짓 없는 진실한 마음이라는 것을 알고, 한층 더 큰 목소리로 울기 시작하였다. 팍스 1세는 한참 동안 울고 있는 그녀를 그대로 지켜보고 있었다.

"이전 그대로 나를 위해 시중들어 주세요."

그녀는 울음을 그치고 자신의 귀를 의심하였다. 그러나 교황은 변함없이 온화한 목소리로 그녀에게 부탁하였다.

그녀는 마음속으로 '이 음성이… 정말 내가 죽이려고 했던 사람의 음성인가?' 라고 생각했을 때 교황이 다시 조용히 물었다.

"나에게 시중드는 일이 싫은가요?"

"천만에요. 전혀 그렇지 않습니다…. 이렇게 되리라고는 꿈에도 상상을 못했습니다…. 기꺼이! 기꺼이! 시중을 들겠습니다…. 교황님! …진정으로! 진정으로 감사드립니다."

“갓시니 추기경에게도 나의 생각을 전해주세요. 그리고 나에게 다시 맛있는 특제 스파게티를 만들어 주세요.”

교황은 그렇게 말하고 자신의 침실로 돌아갔다. 교황의 뒷모습이 사라지고 나서도 안젤라는 그 자리에서 계속 멍하니 서 있었다.

며칠 후, 제로니 경감으로부터 김 신부에게 부디 만나주기를 청하는 연락이 왔다. 김 신부는 왜 갑자기 경감이 만나고 싶은지 이유를 몰랐지만 어쨌든 만나기로 하였다.

“그 때는 정말 실례를 범했습니다.”

경감은 그를 범인으로 의심했던 일을 미안해하며 그렇게 사과하였다.

“진범은 붙잡지 못하고…. 정말로 죄송했습니다. 사실 저는 요전에 퇴직하여 지금은 경감이 아닙니다. 그러므로 오늘은 경감으로서가 아니라, 한 시민으로, ‘프랑코 제로니’로서 만나 주셨으면 좋겠습니다.”

김 신부가 보기에 제로니 경감은 상당히 젊게 보였지만, 실제로는 이미 퇴직 연령에 달했다는 말에 약간 놀랐다.

“그 때 일은 신경 쓰지 마세요. 당신은 경찰로서 임무를 충실히 행했을 뿐이니까요. …정말로 퇴직하신 겁니까? 그럴 나이로는 보이지 않는데, 조금 놀랐습니다. 이 나라를 위해 오랫동안 수고하셨군요…. 그래서 하실 말씀이란 게 뭐죠?”

“김 신부님께 한 가지 부탁드리고 싶은 일이 있습니다.”

“내가 할 수 있는 일이라면, 기꺼이 돕겠습니다.”

“교황 파스 1세를 개인적으로 뵙고 싶습니다. 그 중개역을 맡아주실 수 있겠습니까? 지금의 당신이라면 그 정도는 충분히 해주실 수 있다고 생각 듭니다만."

"어떠한 용건으로 만나 뵙고 싶습니까?"

"유감스럽지만 저의 개인적인 문제라서 자세한 이야기는 교황님을 만나고 나서 말씀드릴 수밖에 없습니다."

"알겠습니다. 교황님은 아직 완전히 회복되지 않으셨으니 가능할지 확실히 모르겠습니다. 하지만 일단 부탁은 드려보겠습니다."

그렇게 말한 뒤 김 신부는 그 자리에서 스튜어트 추기경의 휴대전화로 연락하여 사정을 설명하였다.

스튜어트 추기경으로부터 잠시 후 연락이 다시 왔고, 약간의 시간만 허용된다는 말과 함께, 2시간 후에 만나기로 하였다. 그 신속한 반응에 제로니 뿐만 아니라 김 신부도 놀랐다.

제로니는 팍스 1세 교황 암살 미수사건의 진범이 누구인지를 이미 알고 있는 듯하였다. 그러나 그것을 아직 아무에게도 이야기 하지 않고 있었다. 그는 교황을 만나 직접 확인하고 싶었던 것이다. 경찰 상부에 이야기하는 일은 그 뒤에도 늦지 않다고 그는 생각했던 것이다.

그러나 이미 퇴직을 하고 사건의 담당자가 아닌 입장에서, 한 시민으로서, 교황과 직접 만나는 일은 매우 어려운 일이었다. 그래서 김 신부에게 부탁한 것이다.

교황과 직접 만나는 일은 한 시민으로서 대단히 영광스러운 일이었다. 그러나 그는 결코 그런 명예심 때문에 교황을 만나고 싶었던 것이 아니었다. 교황이 범인에 대해 어떤 반응을 보일지, 무슨 일이 있어도 알고 싶었던 것이다. 범인의 이름을 직접 들었을 때 교황은 자신을 죽이려 한 범인에 대한 진정한 마음을 숨길 수는 없을 것이라고 그는 생각했던 것이다. 그리고 교황이 숨기려 한들, 그에게는 그것을 읽어낼 자신이 있었다. 그는 김 신부를 심문한 뒤로 세상을 시끄럽게 했던 '심정의 계시'에 적지 않은 흥미를 가지기 시작했던 것이다. '심정의 계시'에 목숨을 건 교황이 어떠한 사람인지 직접 보고 싶었던 것도, 그가 교황을 만나고 싶어 하는 이유 중에 하나였다.

"팍스 1세 교황님! 저는 한 가지 중요한 말을 교황님께 전하기 위해 여기에 왔습니다."

인사가 끝나자 제로니는 조금 점잔을 뺀 어조로 천천히 말하기 시작하였다.

"도메니코 갓시니 추기경과 안젤라 롯티 수녀님 말씀입니까?"

팍스 1세의 첫 마디에, 교황을 놀라게 하려고 생각했던 제로니가 오히려 당황하였다.

"어, 어째서…. 암살 미수 사건의 실행범과 주모자의 이름을 모두 알고 계신 겁니까?"

"예수님께서 가르쳐 주셨다고 한다면, 당신은 믿겠습니까?"

익살스런 미소를 지으며 교황이 말했다. 제로니는 이 사건의 특수성을 고려했을 때나 수사를 진행하면서 겪은 경험상 교황의 말이 사실일 가능성도 있을 것이라고 생각했지만, 그것도 사실 분명치 않아 대답하기를 주저했다. 교황도 왜 그것을 알고 있는지에 대해 더 이상 말하지 않았다. 그런데 교황의 다음 말에 제로니는 더욱 놀랐다.

"제로니 씨! 퇴직한 당신에게는 이미 경찰관으로서의 의무는 없다고 생각합니다. 한 시민으로서의 당신에게 부탁합니다. 당신이 담당했던 암살 미수사건에 대해 모든 일을 나에게 맡겨 주실 수는 없겠습니까?"

"잠깐! 왜? 그들을 고발하지 않는 것입니까?"

"그들을 고발하거나, 심판할 마음은 전혀 없습니다. 그들이 체포되어 형을 받는 일도 원하지 않습니다."

"교… 교황님! 그들은 당신을 살해하려 했어요!"

제로니는 교황의 본의를 알 수가 없었다. 바티칸의 치부가 공개되는 것을 두려워 은폐를 꾀하려는 것처럼 비춰지기도 하였다. 그렇게 생각해야 교황의 비상식적인 대응을 납득할 수 있을 것 같았기 때문이다.

"제로니 씨! 나는 결코 가톨릭교회의 어두운 부분을 숨기기 위해 이렇게 부탁하는 것이 아닙니다. 안심하세요!"

제로니는 속마음이 들킨 부끄러운 마음에 얼굴이 붉어지며 난처함에 머리를 긁적댔다.

"제로니 씨, 재판이나 형벌의 목적은 무엇입니까?"

"지은 죄를 회개하고, 두 번 다시 죄를 범하지 않도록 개심(改心)하기 위해서라고 생각합니다."

"나도 그렇게 생각해요. 그렇기 때문에 그들에게는 이런 방식이 제일 큰 심판이며, 벌이 되는 것입니다. 물론 범죄의 종류나, 범인들의 개별적인 상황에 따라 여러 가지 형벌이 있다고 생각합니다. 그러나 이번의 경우, 나는 이렇게 결정하는 것이 제일 좋은 방법이라고 생각합니다. 나는 죽지도 않았고 그들을 고소할 마음도 전혀 없습니다. 예수님도 그렇게 하기를 원하실 겁니다."

"그렇게 말씀하셔도 저는 납득이… 잘…."

"나는 그들이 사람들을 위해 시중드는 일을 계속 하게 하는 것이 자신이 범한 죄를 회개하고, 두 번 다시 그런 죄를 범하지 않게 할 형벌이라고 믿습니다. 그들을 체포, 기소하여 유죄 판결을 내려서 실형을 줘야만 그들이 변할 것이라고 생각합니까? 그들은 내가 예수에 의하여 다시 살아난 것으로 자신들의 죄를 이미 회개하고 있습니다."

"그러나 국가의 법은…!"

그렇게 말은 했지만 머릿속으로는 다른 생각을 하고 있었다.

'교황에게 직접 만나서 확인하고 싶었던 것은, 어쩌면 이것이었을지도 모른다. 이것이야말로 내가 묻고 싶었던 질문이 아니었던가!'

팍스 1세가 자신을 죽이려 한 사람들을 마음속으로부터 용서하고 있음은 의심할 수가 없었다. 제로니는 그 용서를 직접 확인하고 가톨릭 교회에 대해 지금까지 가지고 있었던 불신과 회의로 굳어졌던 마음에 균열이 생기기 시작함을 느꼈다.

원래 그는 신앙이 깊은 가톨릭 신자였다. 그러나 경찰관이 되면서 다양한 범죄를 다루다 보니, 교회와 사회의 뒷면을 알게 되고 그 뒤로는 그의 종교관마저 바뀌었던 것이다.

교회와 관계된 범죄도 적지 않았고 교회의 보기 흉한 부분들도 보이기 시작한 것이다. 서서히 교회에 대한 존경을 잃었고, 조금씩 교회로부터 발길이 멀어져 갔던 것이다. 그렇지만 그가 완전히 신의 존재까지 부정한 것은 아니었다. 그 자신 안에는 신과 예수에 대한 신앙이 있었다. 그러나 교회가 가르치는 신이나 예수와는 어딘지 인상이 다르다는 생각이 들었다.

그는 신학적인 부분은 자세히 몰랐지만, 그래도 예수는 메시아라고 믿고 있었다. 그러나 예수의 십자가의 죽음과 부활에 의한, 예수가 말한 '신의 나라'의 도래는 좀처럼 믿을 수가 없었다.

모든 구원의 섭리는 2000년 전의 예수의 죽음과 부활에 의하여 완결되었고, 그 후 주의 재림과 최후의 심판만이 남아 있다는 교회의 가르침은 아무리 설명을 들어도 납득을 할 수 없었다.

그런데 이번 김 신부의 조사를 계기로 하여, 자신의 마음속에 상당히 오랫동안 묻혀 있었던 신앙이 자극을 받아 새롭게 느껴진 것이다. 그가 흥미를 가진 것은 '심정의 계시'로, '예수의 십자가의 의한 부활은 최고의 구원이다'라는 설명을 이해는 하였지만 그 구원과 예수의 소망인 '신의 나라'와는 차이가 있다고 생각했던 것이다.

그의 생각엔 '신의 나라'는 아직 지상에 실현되지 않았기 때문에 교회 스스로가 '신의 나라'와의 관계를 어려운 표현으로 장식하는 듯이 느껴졌으며 적어도 그의 눈에 비춰지는 지금의 교회는 이상적인 나라와 거리가 있어 진정으로 분골쇄신하지 않는다면 교회는 더 이상 성장할 수 없다고 생각했던 것이다.

그러므로 '심정의 계시'는 그의 신앙에 자극이 되었으며 교회에 대한 새로운 희망까지 느끼게 한 것이다. 예수의 십자가가 최종의 목적이 아니었다는 말은 예수의 가치나 기독교의 가치를 부정하는 것이 아니라, 그에게 새로운 희망을 느끼게 해 주었던 것이다. 만약 예수의 십자가에 의한 부활의 구원이 인류에게 주어진 마지막 구원이라고 한다면, 현재 인류가 직면한 현실적인 고통과 세계 각지의 어려운 문제들을 과거에 '구원했다' 는 말은 어불성설이기 때문이었다.

그러나 예수의 십자가는 신의 소망이나 바람이 아니라 신의 뜻은 이 지상에 '신의 나라'를 건설하려는 이상이었다고 한다면, 신에 의한 구원의 구체적인 계획이 어떤 형태로 행해질 것인지는 아직 알 수는 없겠지만, 언젠가는 반드시 이루어질 것이라는 희망이 있는 것이라고 그는 느끼기 시작한 것이다.

"완전한 구원이 아직 실현되지 않았는데도 그 구원이 이미 끝났다고 믿었던 지금의 기독교에 딜레마가 있었기 때문이 아닙니까?"

제로니는 그런 갑작스런 자신의 생각들을 말로 표현했지만, '심정의 계시'를 바탕으로 겨우 이해된 생각들을 교황에게 전할 수 있었다.

"정말 그것은 재미있는 견해인데요. 제로니! 어쩌면 당신은 나보다도 예수님의 심정을 더 잘 알고 계실지 모르겠네요."

"죄송합니다. 그런 말이 아니었는데…. 그런 일은 절대로 없을 것입니다."

그렇게 말하면서도 그는 교황의 범인을 고발하지 않겠다는 제안을 받아들이는 쪽으로 확고히 결심했던 것이다.

교황 팍스 1세가 의식 불명의 상태로부터 기적적으로 회복된 일은 즉시 전 세계에 전해졌다. 테레사가 그녀의 이름을 절대로 밝히지 않기를 간절히 원했기 때문에, 팍스 1세는 자신의 의사와는 관계없이 그녀의 소망을 받아들이겠다는 약속을 하였다. 그는 테레사의 의향을 그대로 받아들였으며 그 자리에 함께 했던 사람들에게도, 그녀에 대해 입 밖에 내지 않도록 부탁하였다. 대중들에게는 '예수의 능력이 실제로 나타났으며, 많은 사람들이 기도에 동참해 주었기 때문에 기적적으로 회복되었다.'라는 성명을 교황대리인 토니 추기경의 이름으로 발표하였다.

그러나 담당 전문의들의 대부분은 있을 수 없는 일이 벌어진 상황에 대해, 단지 기도나 신의 은총에 의하여 교황이 회복했다는 말만으로는 일반 대중들이 납득할 수 없을 것이며 다양한 억측이 어지럽게 나올 것은 어쩔 수 없는 일이라는 표정을 지었다.

테레사는 교황으로부터 감사의 답례로 '무엇인가 소망이 있다면 반드시 들어 주고 싶다.' 라고 하여, 성 프란치스코의 연고지인 아시시Assisi의 방문을 요청하였다. 교황은 곧바로 김 신부와 스키레베쿠스 신부 두 사람과 함께, 세 명이 바티칸의 공용차로 아시시의 수도원을 방문할 것을 허락하였다.

가톨릭 신자뿐만 아니라 많은 사람들이 팍스 1세의 기적적인 회복을 큰 기쁨의 소식으로 받아들였다. 세계 각지에서는 아직도 크고 작은 내전과 범죄 등으로 어둡고 슬픈 소식에 지쳐있는 중에 오랜만에 반가운 뉴스를 접한 사람들의 마음은 한결 포근하게 느껴졌다.

팍스 1세의 기적적인 건강 회복을 공개적으로 비판하는 사람은 거의 없었지만, 의심의 눈으로 보는 사람들은 여전히 있었다. 그들 중에는 이번 기적을 "악마가 깨어났다."라고 외치는 사람들도 있었다.

교황이 기적적으로 눈을 뜬 후로 10일째 되는 아침, 쓰러진 이후 처음으로 산 피에트로 광장이 보이는 베란다에 서서, 그곳에 모인 사람들과 전 세계의 사람들을 향하여 건강한 모습을 드러내 보였다. 김 신부도, 스키레베쿠스 신부도, 테레사도, 아시시로부터 돌아와 광장으로 급히 달려왔다.

“내가 여기에 지금 다시 설 수 있었던 것은, 신의 은총과 여러분들의 사랑과 기도 때문입니다. 진심으로 감사드립니다. 앞으로도 나와 보편적인 교회가, 신과 사람들을 위해 남은 삶을 실천할 수 있도록 계속해서 기도해 주십시오. 교파나 종교를 넘어 화합하는 일이 얼마나 위대하고 절실한 ‘신의 섭리’인지를 이번 일을 통해 신께서는 나에게 가르쳐 주셨습니다.”

그렇게 선포하고 미소로 손을 흔드는 교황 팍스 1세를 바라보며, 광장에 몰려든 사람들의 우레와 같은 박수와 함성이 상당히 길게 울려 퍼졌다. 전 세계의 사람들도 텔레비전을 통하여 광장에 있는 사람들과 같은 공감을 느꼈다. 교황은 계속해서 말을 이어갔다.

“여러분! 이번 일을 잊지 말아 주십시오. 내가 회복될 수 있었던 것은, 신의 자비와 여러분들의 사랑의 힘이라고 믿으며, 함께 기도해 주신 분들께 진심으로 감사드립니다. 그리고 하나 더 있다면 그것은 ‘예수의 심정’을 갈구하는 마음에 의하여 회복된 일입니다. 사실 나의 병이 기적적으로 좋아진 일은 중요한 것이 아닙니다. 그보다 예수의 심정을 갈구하는 마음이 더 중요하다고 생각합니다. 예수 시대처럼 지금의 시대에도 어려운 일일지는 모르지만 우리들은 반드시 신과 예수의 심정을 갈구하는 신앙의 본질로 돌아가야 합니다.

그렇게만 된다면, 우리 모두에게, 기적 같은 일들이 일어나 질병으로부터 치유되고, 만민에게 신의 은총이 함께 할 것입니다. 여러분, 예수의 심정을 그리워하고 갈구해 보십시오. 그렇게 하면 예수는 여러분들과 반드시 함께하실 것입니다. 그것이야말로 인류를 평화와 행복의 세계로 이끌어 가시려는 예수의 소망과 사랑입니다. 다시 한 번 여러분들의 기도와 정성, 진심으로 감사드립니다. 여러분들의 가정과 나라와 종교 위에 신의 축복과 은총이 충만하기를 기원합니다!"

교황은 예전처럼 성호를 그어 축복 하지 않았다. 많은 크리스천들에게 친숙하지 않는 모습이었기에 기이하기도 하고, 부자연스럽게도 비춰졌다. 그러나 그의 그런 행위로부터 타 종교를 배려하려는 기독교의 성숙한 문화와 새로운 시대의 문이 이미 열리기 시작한 것을 느끼고 이해하는 사람들도 적지 않게 많았다.

그 다음날, 바티칸에서 새로운 인사가 발표되었다. 지금까지 '교황청 종교간 대화 평의회'의 대표를 맡고 있었던 추기경이 병이 깊어져 그 직무를 계속할 수 없게 돼, 새로운 책임자를 임명해야 할 필요성이 있었던 것이다. 이번에 통과시켜야 할 평의회는 대단히 크게 열리는 회의여서 그 책임자가 누가 되느냐가 다른 종교 지도자들과 매스컴을 포함한 많은 사람들의 관심의 대상이었다.

그런데 팍스 1세의 인선에 사람들은 일제히 놀람과 실망의 소리를 낸 것이다. 임명된 사람은 다름 아닌 사람들이 그 직무에 가장 부적임자라고 생각했던 보수파의 도메니코 갓시니 추기경이었기 때문이다.

갓시니 추기경도 사람들의 놀람과 실망의 소리를 직접 듣고 있었다.

그 소리를 들으면서 그 자신이 신과 예수의 심정에 얼마나 많은 상처를 입혔고 슬프게 했는가를 마음속 깊이 회개하며, 그 아픔을 인내하고 고통을 감당해야 했던 것이다. 그 순간 그는 이상한 감각에 휩싸였다. 그때까지 느껴본 적이 없었던 산뜻한 기분이 마음속 깊은 곳에서 조용히 끓어오르는 것을 알아차렸던 것이다.

그것은 그가 예상도 할 수 없었던 일로, 그의 가슴 속에서, 3일 전의 일이 선명하게 되살아났다.

"갓시니 추기경! 당신이 '종교간 대화 평의회'의 책임자가 되어 주었으면 좋겠는데 받아주실 수 있겠어요?"

교황 팍스 1세가 새로운 인사명령에 대해 미리 그에게 타진했을 때 그는 놀라며 자신의 귀를 의심하였다. 평의회는 팍스 1세가 일생 동안, 자신의 의지와 열정을 투입했던 분야였고, 가톨릭교회와 미래의 평화세계를 좌지우지할지 모르는 가장 중요한 책임을 그를 죽이려 한 장본인에게 맡기려는 순간이었기 때문이었다.

"저에게 그럴만한 자격은 없습니다. 지금 추기경직도 은퇴하려고 생각하던 참입니다."

"갓시니 추기경! 이것은 나의 바람이 아니라 예수의 바람입니다. '심정의 계시'의 의미와 가치를 가장 깊게 이해하고 있는 사람은 바로, 당신입니다."

갓시니 추기경은 교황으로부터 직접 그런 이야기를 들었지만 그 의미를 이해하지 못하고 망설였다. 그러나 지금, 교황과의 대화를 다시 떠올리면서, 그의 말 속에서 예수의 진정한 마음을 느낄 수가 있었다.

형언할 수 없는 따뜻함과 산뜻한 느낌이, 가슴속 깊은 곳에서 용솟

음치고 있었다. 그것은 드디어 그의 온몸으로 전달되어, 눈물과 함께 밖으로 쏟아져 나오는 느낌이었다.

“이럴 수가! 내가, 예수의 진정한 심정과 사랑 안에, 이제까지 함께 있었다니…!”

그는 그렇게 자신을 새롭게 깨우치며, 무엇인가 찾기 위해 오른손을 가슴 속에 넣었다. 그것은 테레사가, 팍스 1세에게 마지막 인사를 드린 후에 바친 목걸이로, 팍스 1세가 다시 갓시니 추기경의 목에 걸어준 것이었다. 거기에는, ‘예수의 눈물’로 팍스 1세를 살린 장미 꽃잎이 그 신선한 빛을 잃지 않은 채 들어 있었다. 그는 그 목걸이를 움켜쥐고, 석양이 넘어가는 것도 잊은 채, 오랫동안 꽉 쥐고 서있었다.

서평

기독교 본질에 가편加鞭한 문학적 통찰

피터 사비에르 <장미, 십자가, 눈물 원제_예수의 눈물>

운상 최춘식

들어가는 말

문학이란, 대체 무엇인가? 새삼스레 이처럼 닳고 빛바랜 의문을 콧등에 올려보는 소이는 무엇인가? 얼핏 아롱거리며 떠오르는 담론은 이른바 "순수문학純粹文學론이다. 개념문자 그대로 어떠한 주의나 사상을 전하는 따위를 떠나서 오로지, '예술로서의 문학, 그 자체를 위한 문학이다. 이는 실상 프랑스의 시인 발레리가 처음 주장한 순수시純粹詩론으로, 여러 가지 산문적인 요소가 들어 있지 않고 순수하게 정서를 자극하는 것으로만 이루어진 시론에서 그 효시를 본 셈이다. 오로지 예술로서 문학, 그 자체를 위한 문학이라면 도대체 그것이 어디에 유용하며 무슨 가치가 있는가?

서양에서 문학이란 라틴어에서 문자 'Letter' 를 뜻하는 'Litere' 에서 유래한다고 보았다. 창작문학 외에도 문자로 기록된 모든 글을 포함하여, 넓은 의미의 문학까지를 포함하고 있다. 중국선교의 아버지라 했던 1870년대 허드슨Hudson은 문학이란 근본적으로 언어를 매체로 한 인생의 표현이라 정의하였고, 영국인으로 문학의 근대적 연구를 남긴 모울튼R.G..Moulton도 역사 철학, 웅변까지 문학으로 포함시키고 있다. 영국 시인이며 문학 비평가이던 아놀드

Arnold(1822-1888)는 문학이란 거대한 말이며 그것은 문자로 기록되거나, 책으로 인쇄된 모든 것이라고 단언하였다. 한마디로 문학이란 언어예술이다. 이러는 건, 단순한 호사 취미가 아니다.

논어의 선진先進편에는, '시서예악詩書禮樂''에 대한 학식을 갖추어져 있을 뿐만 아니라, 그걸 언어로써 표현할 수 있는 것을 문학이라 정의하였다.

우리 민족의 사표이신, 다산 정약용 선생의 실학사상을 근거로 하는 그 거창한 문화적 유산의 시론은 무엇인가? 참된 시는 단지 말 재주나 손끝의 기교에서 나오는 것이 아니라 자기의 내면세계에 많은 온축蘊蓄이 있은 다음에 나온다 하였다. 한 마디로 다산의 시는 자기 수양과 인격의 소산이라고 본 것이다. 그는 시가 자기 독백이나 감정의 분식이 되어서는 안 되고, 민중의 고통과 시대의 아픔을 같이 나누는 애국, 연민憐憫의 사상을 담아야 한다고 생각했다. 다산은 '임금을 사랑하고 나라를 걱정하지 않는 것은 시가 아니며, 어지러운 세상을 아파하고 퇴폐한 습속을 통분히 여기지 않는 것은 시가 아니며, 진실을 찬미하고 허위를 풍자하며 선을 드러내고 악을 징계하는 뜻이 없는 것은 시가 아니다.' 했다. 폐가망신의 비운 속에서 현대까지도 귀감으로 삼는 목민심서를 비롯하여 무려 500여권의 저서를 남긴 학문과 과학적 선구자 다산! 이른바 순수 문학에서 권선징악勸善懲惡의 문학이란 하열의 예술 작품이라 평하는 고담준론과는 거리가 멀었던 셈이다.

이제 본론이 거론되어야 할 시점이라. 일본 출신의 작가 피터 샤비에르의 이번 소설은 과연 어떤 부류의 작품이란 말인가? 잡담 제하고, 일견 작품 서론에 해당하는 프롤로그에서 두어 장면을 살펴보련다.

정원에 세워진 큰 십자가 예수 상像이 사라져버린 것이다. <중략> 데이빗의 팔과 옷에 묻어있는 톱밥들, 손에 든 라이터, 타다 남은 신문지, 손가락에 그을린 자국들이 지금의 상황을 하나하나 알려주는 듯하였다. 데이빗의 말대로 십자가 예수 상을 쓰러뜨려 태운 것은 제 3자의 범행이 아니고 데이빗이었던 것이다. 존과 메리에게 데이빗은 아직 어린 아들이었지만 도나휴 가의 상징에 대한 파괴를 목격한 순간의 감정은 놀람에서 분노로 바뀌기에 충분한 것이었다. (p. 7~8)

장황한 인용이 되었다. 허나 이는 작품 전체를 관통하면서 핵심을 파악하는 중요한 전제이므로 피할 수 없는 난관이다. 이어지는 1장, 위기, 2장 원점, 3장 오해, 에서 예고된 대로 계속하여 전 세계적으로 가혹한 십자가상의 훼상과 끌어내리기, 십자가 혐오 신드롬에 대한 리포터와 같은 작품인 터이다. 기독교 2000년 역사에서 가장 상징적이요, 십자가에서 인류의 대속 제물로서 죽으시고 부활하신 예수의 십자가를 훼상하며 그 당위성을 주장하려는 이 작품의 설정이야 말로 괴이한 문학적 의도라고 하지 않을 수 없다. 기독교와 천주교가 딴 살림을 꾸리게 된 16세기 프로테스탄트의 역사 이후로도 이토록 거창한 반란이란 없었다. 물론 20세기 후반에 들어서 유럽으로부터 시작된 안티 예수 그리스도의 문화적 작업, 예수 부수기에 기치를 들고 일어선 불순한 작품들을 간과하지 못한다. 그 상징적인 작품, 포르투갈의 작가 조세 사라마고의 〈예수의 제2복음〉은 유럽 문학상에 추천되었으나, 로마 교황청을 비롯하여 신성 모독이라는 항의와 말썽을 일으키며 유럽 문단과 종교계의 반발로 좌절되었다가 우려곡절 끝에, 1998년도 노벨 문학상이라는 영광을 누렸고, 이후 예수의 미스터리를 추적한다는 댄 브라운의 〈다빈치 코드〉는 세계적 베스트셀러가 되었으며, 영국의 철학자인 티모시 프리크와 피터 캔디라는 고대 문명 연구가가 공동 집필한 〈예수는 신화다〉는 그리스도교의 신앙과 교리 의식은 상당 부분이 이집트와 지중해 연안을 중심으로 널리 퍼져 있던 샤머니즘의 전통과 그 집단에 전래되어온 신화를 모아 만든 것이 구약의 세계라는 주장도 있다. 물론 그들의 어리석은 주장에 불과하지만, 또한 〈예수는 결혼했다〉에서 그 아내는 창기였던 막달라 마리아다. 라는 유의 문학 작품이라는 이름의 안티 문화가 전 세계를 휩쓸며 세상을 혼란으로 몰아가는 실상을 어찌하랴?

이러한 불경의 시대에 느닷없이, 〈예수의 눈물〉이라는 그럴싸한 명제로 그 시작부터 기독교의 상징처럼 여겨진 십자가상의 혐오 신드롬 증상이라니, 또한 이후에 지엄하신, 천주교 교황 세 분과 추기경 일곱 분과 수녀 신부들이 국경을 넘나들며 등장하여 끈질기게 닦달하고 곱씹어서 귀에서 종유석이라도 자랄 듯 곱새겨지는 신학적, 철학적, 성경적, 문학적 통찰이라니 참으로 순수 문학과는 반만년 성경역사 만큼이나 먼 거리의 작품이라고 하지 않을 수 없다. 이것을 단순히 문학예술만을 위한 순수문학이나, 그저 불순문학의 이름으로 읽어내야 한다는 말인가? 쿤데라의 작품 〈참을 수 없는 존재의 가벼움〉이란 바로 이러한 경우의 탄식이 아니라 할 터인가? 문학이라는 이름으로, 존재의 지겨움이라면 어떠할까?

1 . 기독교 천주교의 본질은 무엇인가

번역 작품 〈장미, 십자가, 눈물 원제_예수의 눈물〉을 읽고 난 첫 감동의 발설發說은 '기독교의 본질에 가편한 문학적 통찰'이었다. 따라서 기독교 본질에 대한 고찰은 피할 수 없는 과제이다. 기독교란 한 마디로 십자가의 대속제물로서, 인류의 메시아 예수 그리스도를 믿고 배우며, 부활 신앙으로 완성을 추구하는 전 인류의 1/3이 추종하는 거대종교임을 부정할 자 없으리라. 인류 역사에서 가장 흉악하게 집행되어진 살인도구 십자가가, 예수의 처형 십자가로 인하여 거룩한 성구聖句로 자리 매겨진 셈이다. 예수 자신이 성경 요한복음을 통하여 "나는 길이요 진리요, 생명이니 나로 말미암지 않고는 아버지께 올 자가 없느니라." 고 단언하였다. 그 아버지란, 창조의 신이신 하나님이다.

한편 같은 사도 바울은, 빌립보 서신에서 기록하였다.

"내가 여러 번 너희에게 말하였거니와 이제도 눈물을 흘리며 말하노니 여러 사람들이 그리스도 십자가의, 원수로 행하는 도다. 그들이 마침은 멸망이요 그들의 신은 배요 그 영광은 그들의 부끄러움에 있고 땅의 일을 생각하는 자라 그러나 우리의 시민권은 하늘에 있는지라. 거기로부터 구원하는 자 곧 주 예수 그리스도를 기다리노니, 그는 만물을 자기에게 복종하게 하실 수 있는 자의 역사로 우리의 낮은 몸을 자기 영광의 몸 형체와 같이 변하게 하시리라."(빌립보 3장 20-21절)

십자가의 도를 믿고 신봉하는 자칭 예수 그리스도의 제자들이, 실상 십자가의 원수로 행한다하는 이 바울 사도의 절통은 실천實踐신학에서 통절하게 다루는 문제인 것이다. 본문에서 애절하게 설교하기를, "우리의 시민권이 하늘에 있음을 망각하고, 그저 세상 것들만 추구하는, 십자가의 깊은 뜻과 그 위에서 운명의 순간, 다 이루었다." 선포하고 완성된 신의 처창한 사랑을 실제로는 도외시하는 세속주의, 기복신앙을 질책하며 통고痛苦하는 구절이다.

이것은 2000년 기독교 역사가 한 목소리로 주장하는 진리인 것이다. 아니 기독교 이전의 구약시대와 모세 5경만을 정경으로 주장하는 유태교에서도 다름 아니다. 창세기 3장 15절의, "여자의 후손이 뱀의 머리를 상하게 할 것이며, 뱀은 그 발꿈치를 상하게 할 것이라." 하여 고난 받을 메시아 상을 지시한 것이다. 또한 예수 탄생 700년 전에 탄생한 선지자 이사야서는 더욱 분명하게 부르짖고 있다. "그는 실로 우리의 질고를 지고 우리의 슬픔을 당하였거늘 우리는 생각하기를 그는 징벌을 받아서 하나님께 맞으며 고난을 당한다 하였노라. 그가 찔림은 우리의 허물을 인함이요 그가 상함은 우리의 죄악을 인함이라. 그가 징계를 받으므로 우리가 평화를 누리고 그가 채찍에 맞음으로 우리는 나음을 입었도다. 우리는 다 양 같아서 그릇 행하여 각기 제 길로 갔거늘 여호와께서 우리 죄악을 그에게 담당시키셨도다."(이사야 53장 4-6 절 중략)

시기한 형제들에게 팔리고, 감옥을 살고 역경 끝에 이방인 이집트의 메시아가 되었던 요셉의 생애나, 고난 문학의 최고봉이라 일컫는 욥의 생애나, 눈물의 선지자 예레미야의 생애나 수많은 선지자들의 인생실록이 그를 증언하고 있다.

또한 "각각 제 십자가를 지고 나를 따르라!" 하고 이 십자가를 부정하고 이 십자가상을 훼상하는 신학은 애시 당초에 있을 수 없고, 기독교 신약 성경 가운데 무려 13권의 집필자로서 기독교 신학의 근간을 세운 사도 바울은 이 십자가를 부정하거나 훼상한다면, 그것이 문학이거나 철학이거나 그 어떤 세상의 초등학문도 저주의 대상이라 하였다. 사람에게서 난 것도 아니요 사람으로 말미암은 것도 아니요, 오직 예수 그리스도와 그를 죽은 자 가운데서 살리신 하나님 아버지로 말미암아 사도된 바울은, 우리가 전에 말하였거니와 내가 지금 다시 말하노니 만일 누구든지 너희가 받은 것 외에 다른 복음을 전하면 저주를 받을 지어다. 인류 역사에 새로운 장의 핵심을 이루었다는 16세기의 마르틴 루터로부터 기치를 세운 종교개혁이란 바로 이런 성경으로 돌아가자는 환원還元 운동이었던 것이다. 정의의 사도로서 젊은 신부였던 그가 95개 조항의 그릇된 종교적 실상을 혁파하려는 애끓는 충정衷情은, 입이 닳도록 피가 터지도록 주창하기를, 성경으로 돌아가자 - BACK TO THE BIBLE! 타락하고 부란腐爛상이 질펀한 중세 교회를 향하여 피 눈물로 부르짖었다. "십자가 예수를 바라보자. 십자가 예수를 깊이 생각하자."

우리는 이제 그 별로 영양가도 없는 지루한 신학 이야기나 기독교 설교 조를 떠나서 불순 문학으로 귀가하려 한다. 왜냐하면 순수보다는 불순하고 무언가 퀴퀴하고 우중충한 사건들에 관심과 흥미가 진진해지는 실상이 자고로 문학이라 하는 소위 '이바구' 본질이 아닌가? 재미있어야 한다. 뭔가 끌리고, 번뜩거리는 눈독이 빠져들고, 독서삼매경으로 매료됨 없으므로, 오늘날 인문학이 죽어간다. 문학이 시가 죽어간다. 서사敍事 종말이 점점 다가오고 있다. 독자로부터 외면당한 채 읽히지 않는 문자로 전락하고 있는 정통 소설의 현실은 암울하다. 이미지의 절대적인 힘 앞에 서사는 비극적 최후를 맞이하게 된다. 하고 한국의 평론가 김석준은 그의 소설 평론 서두에서 울먹이고 있다.(문학의식 98호 P275)

과연 문학은 죽어 가고, 인문학은 그 종언의 때를 거침없이 달리고 있다는 조문에 속수무책이란 말인가? 여기에 평자는, 러시아의 레프 톨스토이 〈부활〉과 같은 작품을 소개한다. 나는 예술 지상주의至上主義자이며 문학으로써 성(聖)스러움을 실현하고자 한다. 이는 유서 깊은 일본의 문예지 〈신조〉에서 자신의 문학론을 밝히고 당당하게 장편 소설을 들고 나선 당시 23세의 교토 대학 법학부 대학생으로 〈일식日蝕〉의 작가 히라노 게이치로의 포효다. 첫 작품인 〈일식〉은 발표와 동시에 일본의 유수한 문학상 아쿠타가와 신인상을 수상하면서 일본 열도에 히라노 열풍을 일으켰다.

이후 작가 히라노 게이치로는 〈일식〉에서 보여준 대로 이교 철학에 위기를 느낀 15세기의 젊은 수도사가 신학과 철학의 총합을 목적으로 하는 이상, 이단 철학과의 접촉은 피할 수 없는 일이리라. 하며 16세기 초반에 스콜라 철학은 변질되어가고, 토마스 아퀴나스의 이론이 점점 배척되어 가는 때, 새로이 플라톤 이론을 신학에 도입하고자 하는 흐름이 득세하는 가운데 젊은 수도사인 주인공은 여전히 토마스 이론을 신봉하며 새로운 흐름을 경멸하는, 이른바 시대와 야합하지 않는 인물을 그린다.

〈장미, 십자가, 눈물 원제_예수의 눈물〉이란 소설은 도대체 어떤 부류의 문학이기에 일본어의 번역 작품에 이토록 탐닉하게 만들었던가?

2 . 기독교여, 십자가를 떨쳐 버려야!

일본 출신의 김성일 신부와 함께 작품의 한 축을 이루는 여 주인공 테레사 수녀의 어린 꿈으로부터, 거창한 십자가 혐오 신드롬 정체가 그 정당성을 주장하는 설정이 참으로 신묘한 경지인 것을 맛본다. 버려진 고아로서 예수 성심 회에서 성장하고 마침내 수녀 된 테레사가 회상하는 꿈속에서 어린 예수와의 만남이 그 가경佳境인 셈이다. 십자가 혐오 신드롬의 전체 작품 주제는 바로 이것으로 비롯되었다. 이제 다시 작품으로 귀가한다.

고코로는 십자가를 바닥에 내려놓고 예수에게 이끌려 둘이서 숨바꼭질을 하며 놀았다. "오늘도 정말로 재미있었어!"

예수는 방긋이 미소를 지었다. "나도 재미있었어! 그런데 고코로, 이건 고코로와 나만의 비밀이야!" "응, 알았어! 또 함께 놀 수 있을까?"

" '언젠가' 만날 수 있을 거야!"

" '언젠가' 라고?" 예수는 대답 없이 미소만 짓고 있었다. (p. 85)

이것은 수녀가 되고, 성인이 된 후에 고코로, 테레사 수녀에게 들려지는 그리움의 목소리였던 것이다. 이제 그 목소리가 십자가 혐오 신드롬이라는 천주교회의 치명적인 미 증유 사태의 진상을 밝히기 위하여 변증해야할 수녀의 심정에 새록새록 들려지는 목소리로 살아난다. 가슴 저리고 눈물겨운 장면들이다. 성경의 예수는, 베다니 마을에서 마리아와 마르다 자매의 오라비 나사로의 죽음 앞에서 눈물을 흘린다. 죽어 장사 지낸지 사흘이나 지난 무덤 앞에서, 그리고 이어 나사로야 나오너라. 하고 부활 생명을 불러낸 것이다.

피터 샤비에르의 소설 〈장미, 십자가, 눈물 원제_예수의 눈물〉은, 그가 평생을 등에 지고 마침내 그 십자가상에서 가장 참혹한 죽음으로 다 이루었다! 선포하신 그 십자가! 허나 천년 이천년이 지나도록, 예수 십자가! 고난의 십자가를 영광과 찬미의 십자가로 숭모하는 인간들에게 제발 십자가를 내려놓아 달라. 십자가에서 벗어나게 도와 달라는 호소와 탄원의 눈물인 셈이다. 이 책은, 열사의 태양 아래서 인생들의 온갖 짐을 잔뜩 짊어진 낙타와 같이 수걱수걱 길을 걷는 듯 숙연하다. 멀리 지평선 저 너머를 바라보며 고개 주억거리다가 하늘을 우러러 본다. 그 눈길이 아롱아롱 눈물 머금고, 불볕쪼이는 모래벌판에 쏠린다. 추연하고 애상스럽기 그지없다. 하지만 이따금 고개 번쩍 쳐들며 헝! 헝! 헝 –거친 숨결을 토하며, 사막의 모래밭을 씽씽, 씽씽 씽 달려가듯, 반전과 변환의 신선한 맛 같이 작품에서 눈을 떼지 못하게 한다. 흉악한 사형 틀 십자가의 고난과, 어이없는 영광의 변천사인 듯싶다.

십자가 혐오가 전 세계 인종 국가 지역을 초월하여 퍼져나가는 이 미증유의 사태에 진상 조사위원으로 한국계 일본인 김성일 신부가 일본에서 사역을 수행하다가 유학길을 떠났던 로마 교황청을 오가며, 활약하고 진상을 살펴 보고하며 중책을 감당한다. 허나 급기야 그 마저도 청년 시절 한때 두 세 차례 연서戀書도 아니고, 아니랄 수도 없는, 헤아릴 길은 없었던 테레사의 재회와 고백을 통하여 변해간다. 급기야 이단과 미혹의 영에 사로 잡혔다하여 파문을 당할 수밖에 없는 상황을 무릎 쓰고 십자가 혐오의 정당성을 주장하게 된다. 교황청의 바티칸 보고서, 신드롬 대책 위원들과의 치열한 공방, 성심의 계시를 오해라고 외면할 수 없는 그 입장에 대한 주교와의 대화, 신학적 철학적으로 해박한 추기경들과의 질책, 마침내 불똥은 신임 교황의 중책을 맡은 한스라나 추기경, 팍스 1세에게 옮아 붙는다. 평생을 십자가를 추앙하며, 십자가의 고난과 영광을 더불어 누렸고 그 십자가 예수 상 앞에서 입맞춤하던 교황 자신이 십자가 혐오의 정통 화살을 맞고 위독한 지경에 이른다. 여기서 생각지 못한 바티칸의 진지한 고민이 시작된다. 숨결 가쁜 심정은 목사인 평자만의 선입견 때문일는지. 아니다. 이 작품이 실증을 들이대며 가차 없이 몰아간 셈이다. 이에 귀소 본능을 따라보련다.

팍스 1세 암살 미수사건의 진범은 아직도 찾을 수 없었다. 그러나 그 후 몇 가지 중요한 증거물들이 발견되었다. 첫째가 교황의 집무실에 장치된 도청기였고 둘째는 팍스 1세에 대한 협박장, 셋째는 독약이었다.

라나 신부의 증언대로 팍스 1세의 집무실 입구 가까운 벽에는 예수의 십자가상이 걸려 있었다. 교황은 그 예수상의 발에 입맞춤을 하는 습관이 있었다. 경찰이 추측한 대로 독약은 그 예수의 십자가상 발의 표면에서 검출된 것이다. (p. 213)

실로 이처럼 광범위하고 대범한 작품의 시도가 전에 어느 경우로 보았던 기억이 미거한 평자에게는 별로다. 사사로운 신변잡기유류에 맥 빠지고, 비현실감이 자폐나 파괴 충동, 그리고 종말의식 같은 단조로움에 기가 질리던 근자의 문학작품들에서, 불끈 쥔 손 쭉 뻗어 내민 호쾌한 기개를 맛보게 된다.

예수의 십자가 발등상에 입을 맞추는 그 신앙의 행위로 인하여 급기야 중독에 빠지는 교황, 그 범인 체포에 나선 제로니 경감에게 피의자로 몰려 수감되고, 깊은 절망에 빠졌던 김성일 신부, 눈물의 기도를 올리며 예수의 심정 계시를 사명으로 감내하려던 테레사를 통한 은총의 시혜로 기적적으로 눈을 뜬 팍스 1세 교황의 회복과, 그녀 요청에 화답하여 광장에 모였던 기도의 수만

청중들의 감동, 이처럼 천국과 지옥을 수 십 차례 오르내리는 이 작품의 시도는 참으로 대범한 발상이요 시대와 역사를 초월한 문학적 호연지기라 할 법하다

3 . 구세주 예수 십자가 아닌, 나의 십자가!

대속(代贖)제물로 십자가상에서 죽으시고 부활하신, 예수를 구세주로 믿고, 창조의 신이신 하나님을 섬긴다하는 기독자의 최대 과제는 무엇일까? 성경이 제시하는 신의 인간을 향한 최고의 사랑이 무엇일까? 그 말씀과 언약에 절대 순종이요, 전적 믿음의 화답인 것이다. 성경에 기록된 태초에 말씀이 계시니라. 그 말씀이 육신을 입으시고, 죄악 세상에 강림하신, 독생자 예수에 대한 신의, 원뜻은 무엇이었던가? 다시금 작품으로 돌아가 본다.

"나의 마음은 오해 받고 있어. 나의 심정을 이해해주었으면 좋겠다."라는 예수의 계시를 들었을 때, 테레사는 예수의 말씀을 전통적인 기독교의 관점에서 이해하고 있었습니다.

예수는 십자가에 매달려 죽은 후, 부활을 할 사명을 가지고 탄생하였는데도 당시 사람들은 아무도 그것을 이해해 주지 않았습니다. 지금의 크리스천들도 예수의 깊은 심정의 세계를 깨닫지 못하고 있으며 예수의 소망과 거리가 먼 십자가의 구원과 속죄의 의미와 가치를 가볍게 생각하고 있습니다. <중략>

테레사는 인류의 구원을 위해 십자가에 달려 돌아가신 예수와의 깊은 심정의 교제를 기도하였고, 그렇게 기도하기 시작할 때 자신의 생각과는 반대로 십자가에 대한 혐오감이 구역질로 나타난 것입니다. (p. 157)

구구 절절하게 헌신된 수녀들의 순수한 신앙과 예수 사랑이 느껴지는 아름다운 대목이다. 참으로 앞서 인용으로 밝힌 히라노 게이치라는 일본 열풍 작가의 담대한 선언이었던 예술 지상주의의 문학을 통한 성스러움을 추구하는 바로 그러한 심정이 아니겠는가? 그러나 이어지는 장면에서는 더욱 신에 대한 깊은 통찰이 드러나고 있음을 읽게 된다. 십자가의 사랑! 그리스도 예수를 통한, 죄인 된 인간을 위한 하나님 사랑의 완성이라는 교회의 고정 관념을 미루고 차분하게 주목해 볼 수 있는 작품이다.

예수 자신이 십자가의 길을 가기를 결심한다면, 아버지 되시는 신은 슬퍼하시게 될 것을 알고 있었고 아버지 되시는 신을 슬프게 하지 않기 위해 할 수만 있다면 십자가의 죽음을 어떻게든 피하는 길은 없는지 괴로워하며 번민하였던 것입니다. <중략>

그러나 예수는 십자가의 길이 진정으로 아버지 되시는 신을 슬프게 할 것을 알았고, 자신의 죽음이 가져 올 미래의 이스라엘 민족의 비참한 운명을 알았던 것입니다. 십자가의 길은 곧 자신을 스승으로 공경하는 크리스천들의 순교와 박해의 길이라는 것을 알았고, 더욱이 모든 인류의 구원이 재림 예수를 맞이할 때까지 늦어지고, 전 세계 모든 나라와 민족이 전쟁과 살육으로 비참한 길을 가야 함을 알고 있었던 것입니다. (p. 180)

이 숨가쁜 진정을, 십자가 길에 대한 석명釋明을 들으며 과연 역사적으로 십자가를 통한, 기독교회와 인류의 행보는 어떠하였던가? 이에 대하여 새로운 관점을 추론하는 역사적 실체를 고찰해보는 것도, 작품 〈예수의 눈물〉을 온전히 이해하고 분석하는데 매우 유익하리라고 본다.

천주교회는, 로마 교황을 중심으로, 세계교회가 추기경 대주교 주교 신부 수녀님 신도들로서, 일목요연하다 하겠지요. 따라서 무소불위의 전권을 휘둘러 역사적 공과도 많았지요. 얼핏 기억나는 데로 대제국 로마의 십자군 원정으로 벌였던 참혹한 학살극이나, 4세기 교부 크리소스 토머스의 유대인 저주며, 12세기 성 로마 황제 프레데릭 2세가 도입했던 이단 척결의 화형제도며, 교황 이노센스 4세의 무차별적 선택의 마녀 고문과 화형식이며, 청교도들의 아메리카 신대륙에서의 십자가 깃발을 앞세운 원주민 학살극 등은 진실로 생명의 도리라고는 말할 수 없지요. 거룩하신 주 예수의 이름으로 말이요. - 소설 <빛의 닻줄> 최 운상 작 P58 인용.

들춰본 김에 십자군 전쟁을 잠시 살펴보면, 신의 이름으로 신의 뜻이라 하여 행해진 종교의 참혹상은, 그야말로 광란의 극치라 아니할 수 없다. 이는 11세기에서 13세기에 걸쳐 중세 서유럽의 가톨릭 국가들이 성지 예루살렘을 탈환한다는 목적으로 중동 이슬람 국가들에 대척한 대규모 군사 원정이었다. 1095년~1456년까지 무려 361년간, 제7차에 걸친 십자가 군단의 거룩한 성전이었다. 처음의 순수한 열정과 달리 정치 경제적 이권에 따라 움직이면서 그 절정은 콘스탄티노플을 함락시켜 같은 그리스도 국가인 비잔티움 제국을 몰아내고 라틴 제국을 세운 제 4차 십자군 전쟁의 깃발은 하늘을 찔러대는 열정과 피바람에 휘날리는 십자가 군기였던 것이다.

가장 비극적인 사실은 1212년 소년 소녀들의 십자군 파병으로, 크루아 마을의 소년 스테반은 12세의 양치기를 중심으로 남녀 3만 명을, 십자가 군기 앞에 내세웠고, 마침내 전멸당하는 치욕을 겪기도 했다. 독일 니코라스라는 소년 2만 명을 거느리고 십자가 군기와 함께 살과 피를 전쟁터에 흩뿌렸던 기록도 숨길 수 없는 역사적 사실이다. 제1차에 이어 7차에 걸친 361년간의 전쟁사, 은자隱者 피에로는 1096년 콘스탄티 노플 도중에 헝가리 어느 도시를 덮쳐 4000여명 대학살 극을 벌렸고, 가는 곳마다 약탈과 강간 살인, 심지어 식인행위까지 저지르며, 성전聖戰이라는 십자가 깃발을 흔들었다. 처창한 광란의 극치였다. 하여간 전 세계의 기독교 신자들이 전통에 의하여, 뿐만 아니라 성경에 근거한 신학에 의하여 2000년 동안 신봉하여온 십자가 사상을 뒤집는다는 발상은 경천동지驚天動地할 일임이 분명한 사실이다. 작품 〈장미, 십자가, 눈물 원제_예수의 눈물〉의 참담한 고민이 바로 거기에 비롯된 일이다. 연이어 작품이 호소한다.

지금의 위기상황을 살펴보면 "십자가혐오 신드롬"이라 칭해지는 십자가를 싫어하는 현상이 전 세계적으로 확산되고 있으며 그것과 깊게 연관된 '심정의 계시'가 주장하는 이단적 내용이 예수의 계시라고 믿는 움직임이 일어나고 있습니다. 무엇보다도 우려해야 할 일은 우리들이 선택한 교황 팍스 1세가 그 "십자가혐오 신드롬"이라는 사상에 빠지게 된 일입니다.

'심정의 계시'는 예수의 십자가의 죽음은 신의 바람이 아니라 예수는 살아서 이 지상에서 신의 나라를 건설해야 했다고 설득하고 있습니다. 그것은 기독교의 근본 교의를 부정하는 것입니다. 그 문제를 방치한다면 기독교가 가장 소중하게 지켜온 예수의 십자가의 가치와 의미가 부정되어 기독교의 정체성과 의미는 사라지게 될 것입니다. (p. 223)

성명문을 정리한 토니 추기경은 피곤한 상태로 그날 밤 늦게 잠들었지만 새벽녘에 꿈을 꾸었다. 그리고 꿈속에서 목소리를 들었던 것이다.

"파오 토니! 너는 어찌하여 나를 박해하는가?"

"당신은 누구 십니까?"

"나는 네가 박해한 예수다."

"주님! 그럴 리 없습니다. 나는 당신을 사랑하고 당신과 당신의 교회를 위해 일생을 바쳐 살았습니다. 어찌하여 제가, 주님을 박해하겠습니까?"

"그래! 너는 확실히 나를 사랑하였고, 나를 위해 생애를 바쳤고, 교회의 발전을 위해 최선의 노력을 다하였다. 그러나 너는 한번이라도 나의 심정을 깊이 생각해 본

적이 있었는가?"

그런 말을 남기고 예수는 사라져버렸다. (p. 228)

성경에서 꿈이란 중요한 고비마다 천사의 신비한 전갈로서 생명을 건지는 은사로 나타난 것도 사실이다. 구약의 요셉은 꿈꾸는 자였고, 그로 인한 인고의 세월은 마침내 그로 하여금 이방인 대 이집트 제국의 총리 메시아가 되게 하였다. 아브라함과 다윗의 자손 예수 그리스도의 세계에서, 요셉과 마리아의 동정녀 탄생기록에서도 꿈은, 꿈으로 인하여 목숨을 건지게 된 사실은 빈번했다. 그러한 꿈으로 통하여 보수적인 토니 추기경은, 마침내 거듭되는 꿈을 통한 예수의 만남과 질책을 듣게 되는 것이다. 피할 수 없는 질곡이었다. 급기야 팍스 1세 교황에 이어 교황의 미혹됨을 증언하려던 파오 토니 추기경마저 "예수의 심정"을 위로하기 위하여 헌신의 결단을 내리게 된 것이다. 예수에게서 십자가의 질곡을 벗어나게 하는 새로운 걸음이 시작된다.

4 . 예수와 놀기, 예수와 함께 살아가기

'심정의 계시'를 믿는 것은 예수가 구세주인 것을 부정하는 것이 아닙니다. 그것은 예수가 십자가에 달려 죽기 위해 이 지상에 오셨던 것이 아니라는 것을 이해함으로써 메시아는 이 땅에 신의 나라를 수립하는 사람이라고 믿는 유대교와의 대화의 길이 크게 열릴 가능성이 있기 때문입니다.

유대교뿐만 아니라 이슬람교나, 불교나, 힌두교나 기타 많은 타 종교와의 화해의 길도 틀림없이 열릴 것입니다. 크리스천에게는 아름다운 상징이었던 '십자가'가 다른 역사적인 사실 속에서 지금까지 얼마나 많은 전쟁과, 살육과, 타민족을 정복하기 위한 도구로 사용되었는지를 생각해 보십시오. (p. 238)

우리는 〈장미, 십자가, 눈물 원제_예수의 눈물〉이 소설이라는 점을 기억하지 않을 수 없다. 이 점이 상당히 유감이라는 생각을 금하기 어렵다. 허나 오히려 소설이라는 비교적 자유로운 양식을 택하여, 이 같은 전위적 신 신학이 발표된 사실에 주목하지 않을 수도 없다고 느낀다. 신학이라면 정녕 세상은 더욱 치열한 논쟁으로 벌집을 쑤시고 난리를 치르다 그만둘 소지도 크기 때문이다. 과거의 무수한 역사가 그를 증언하리라고 평자는 씁쓸하게 믿는다. 그래서 이 소설은 갈수록 재미와 진지한 사고를 겸하여, '값진 문학적' 결실이라고 평하는 바이다.

마름질하기

"이럴 수가! 내가, 예수의 진정한 심정과 사랑 안에, 이제까지 함께 있었다니…!"

그는 그렇게 자신을 새롭게 깨우치며, 무엇인가 찾기 위해 오른손을 가슴 속에 넣었다. 그것은 테레사가, 팍스 1세에게 마지막 인사를 드린 후에 바친 목걸이로, 팍스 1세가 다시 갓시니 추기경의 목에 걸어 준 것이었다. 거기에는, '예수의 눈물'로 팍스 1세를 살린 장미 꽃잎이 그 신선한 빛을 잃지 않은 채 들어 있었다. 그는 그 목걸이를 움켜쥐고, 석양이 넘어가는 것도 잊은 채, 오랫동안 꽉 쥐고 서있었다.

(p. 290)

흔히 인문학의 지름길이라 하는 작품들, 만화책이나 시나 소설 읽기란 바로 이런 것들이어야 하지 않을까? 인문학이 숨죽어가고, 시란 독백이요 뼈다귀만 앙상한 넋두리, 흐흐! 급기야 만화책 씩이라니, 그래서 꿈과 비전이 메말라 가는 비탄의 현상에서 말이다. 이런 세상에 문학서라니, 약간은 계면쩍음으로 넌지시 손길에 들추어 본다. 보다 본즉 눈이 열리고 맘이 쏠리고, 차츰 몰두하다가 주위 눈치를 살피면서도 마침내 푹 빠져드는 맛이라니, 즐겨야 한다. 은근히 취하고 즐길 거리가 있어야 사는 맛이 솟구치는 법 아니던가? 타는 목마름으로 삶의 가락이 갈수록 팍팍해가는 세상에서, 옆구리의 나선을 간질이듯, 거문고나 피아노의 선율을 건드린 듯 잔잔한 감동과 콧등 찡긋거리는 환희와 눈물, 마침내 해피엔딩으로 휴우- 하고 한숨을 뱉어가며 내일의 단잠을 청할 수 있다면, 그것은 진정 뿌듯한 향유享有의 은총일 것이다.

순수 문학에서 해피엔딩이란 상당히 천박한 결미쯤으로 치부하는 듯싶다. 이는 하잘 것 없는 교만과 허세라고 분명히 선언하고 싶다. 연속적인 반전과 잦은 변환의 정황에 사로잡혀 초고의 서책에서 눈길을 떼지 못한다. 크나큰 매력 아닌가? 또한 은근짜가 아니라, 21세기 기독교 사에서, 16세기 마르틴 루터의 종교개혁사 이후 이만한 반란과 개혁, 기독교 본질에 대한 문학적 통찰이 있었던가? 십자가 예수의 성경 기록도 새롭게 조명되고 음미하게 하는, 정녕 성령의 깨우침이다. 성경이란 무엇인가? 오직 성령의 감동으로 기록된 인류 최상의 문학 작품이었다. 저 유대 땅 베들레헴 출신의 예수님은 누구신가? 오직 창조 신 성령으로 잉태하신 참 신이요, 참다운 인간이셨다. 어찌 꼭 사랑과 자비의 본질이셨던 신께서 가장 사랑하신다 하는 독생자를 통한 인간의 구원역사를, 그토록 저주 받고 잔인성의 극치를 드러내면서, 십자가 대속 죽음으로써만 완성하신다고 믿어야 했던가? 거기에 커다란 의혹을 제시하는 것만으로 악령의 유혹이라, 저주란 말인가? 신의 권능과 사랑의 예수가 더 살아서 온전한 가정을 이루고, 거룩한 사랑의 법치로 이루어 보여주는 신의 나라를 소망해가는 진리는, 그걸 믿고 배우며 따라가는 염원은, 지구촌의 운명은 오늘날 이 참담한 물질문명의 현실에서 핵폭탄의 저주에서 헤어 나올 길이 전혀 없는 것일까? 진정 영원하고 소박한, 만화나 시나 소설 같은 꿈이란 말인가? 이는 나의 독후감 첫 소견이었다. 오자를 잡아가던 연필로, 원고 이면지에 무심코 끄적거려 본 것이다. 이 책에서처럼 현실로 이루어지기를 바라는 마음으로 서평의 끝을 맺는다.

2014년 11월 20일 운상 최춘식

장미 十 눈물

피터 사비에르 장편소설

초판 인쇄 2014년 11월 28일
초판 발행 2014년 12월 1일
지은이 피터 사비에르
옮긴이 정만호

펴낸이 노승택
편집주간 안혜숙
편집디자인 임정호
펴낸곳 다트앤

등록 1998년 9월 15일
등록번호 제22 - 1421호

주소 서울시 종로구 삼일대로30길 21 종로오피스텔1214호
전화 02-582-3696
팩스 02-522-2185

값 12,000원

ISBN 978-89-6070-573-9 *03830